고독한 축배

고독한 축배

김녕희金寧姬 소설집

사단법인 한국소설가협회

생각하는 사람

로댕의 대표적 조소 작품 '생각하는 사람'을 보았다.

아주 깊이깊이 바라보았다. 오래도록 '생각하는 사람'과 마주 서서 곰곰이 나를 생각해본다. 이제껏 내 생의 시간이 내게 요구했던 의미는 무엇이었는지, 흐리마리 생각하며 반쯤만 눈뜨고 어딘지도 모르고 마구 달려온 건 아닌지.

인간의 시간은 한계가 있고 우주의 시간은 한순간도 멈춤이 없음을 자각하지 못한 채 내일은 오고 또 오는 줄 여기며 헉헉 살아왔다. 나의 소설작업은 내 생의 무엇이었을까. 숨고 싶다.

미술관을 나와 나란히 덕수궁 돌담길을 걸으며 젊은 야스코는 상냥하게 덧니를 보이며 격려를 보낸다. 추앙받는 천재 조각가 작품에 질려 쓸쓸한 나에게.

'심각하게 생각하면 우울증 생겨요. 영, 자아, 우리 지금부터. 네에…?'

그럴지도, 눈앞에 '지금'이 있으니까, 가버린 시간보다 정녕 유종의 미를 위한 지금이 더 중요한 걸지도. 미술적인 분위기의 카페에서 우아한 경복궁을 바라보던 일본 여성 설치미술가는 노화한 시간이 안타까운 나를 위로하려고 애쓴다.

　‘불안을 떨쳐내야 해요. 작년에 고베에서, 전시회 성과에 실의한 나에게 말하셨지요. 열정이 식지 않았으면 된다고, 이제부터는 용기가 더 필요한 거라고. 깨인 정신으로 공부하고 부단히 모색해야 한다고. 이제는 잠자는 시간도 아깝다고요.’

　그녀는 ‘씽크 하드’란 말을 여러번 하였다. ‘프루스트가 한 말이 생각나요. 참된 인생, 마침내 도달한 정말 살아있는 인생, 그것이 예술이다!’하고 눈과 입이 큰 설치미술가는 의미 있는 미소를 지었다.

　참된 인생, 정말 살아있는 인생…? 아무 말도 할 수 없었다. 여전히 나는 천재 조각가의 전신에 흐르는 고뇌 깊은 작품의 경외감에 잠겨 있었다. 신의 손이라 일컫는 로댕! 초대형의 채색 석고작품 ‘생각하는 사람’은 예술작업에 투혼을 품은 사람은 누구든 독창적인 창의성에 경이를 느끼리라.

　침묵은 사유를 동반하고, 짧은 침묵 끝에 나는 마음속에 담아 두고 있어 온 것을 말하였다. 야스코 상 까뮈를 좋아한다고 했죠. 그가 이렇게 말했어요. ‘나는 살아야 하고 창조해야 한다. 눈물이 날수록 더욱 살아야 한다고.’

　어하, 하더니 야스코는 새 커피를 주문하고 매력적인 모습으로 ‘만일 내가 내 인생의 전환기를 느낀다면, 그것은 내가 성취한 것에 의해서가 아니라 내가 잃은 그 무엇 때문인 것이다.' 나에게 용기를 주는 말이에요.

그녀는 세계적으로 성공한 설치미술가 오노 요코를 지향하고 있다. 비활동적인 일본의 전통의상을 파괴하고 구멍 난 청바지와 일하는 여자들의 바지정장 차림의 인형들을 마구 노상에 헤쳐 놓았었다. 21세기 일본 여성의 정체성을 겉치장의 파괴를 통해 강렬히 표출하고자 시도한다고 했다.

75세에 그림을 시작하여 성공한 유럽의 여성 화가와 얼마 전 99세에 작고한 미국의 조각가 루이스 부르주아의 작품들을 그녀는 힘주어 말하였다.

—몇 년 전 같이 본 리움미술관에서 거대한 거미를 형상화한 루이스 부르주아의 작품 '마망'을 생각해보세요. 예술혼과 작품 의욕에 연령은 전혀 장애가 될 수 없지요! 건강과 씽크 하드(몰입)의 작가정신을 유지하고 있는 한!

둘은 침묵하였다.

2023년 여름. 김녕희(金寧姬)

목 차

생각하는 사람

간격間隔… 9

시간을 건너다… 35

하모니카 소리… 79

현해탄 엘레지… 107

호수공원 이야기… 133

자작나무 광시곡… 153

소라의 귀국… 173

대각선對角線… 199

이상한 재회… 223

노르웨이 화실… 253

꽃신… 277

주목나무… 305

■ 김녕희 작품평

　시간의 강을 건너는 자들을 위한 悲歌 / 이태동… 315

　인간의 숙명적 한계와 실존적 극복의 과제 / 홍성암… 333

간격間隔

내가 왜 여기 있는가. 왜 후들거리며 저 여자 앞에 서있는가. 유자는 현실감이 들지 않는다. 뭔가를 잘못한 것 같은 느낌이었다. 환자복의 가경은 등을 올린 전동침대에 앉은 채 무언극을 하듯 멍한 눈으로 유자의 눈길을 따라 방안을 휘둘러본다. 그 모습에 유자는 도무지 두 주먹 부르쥐고 뛰어온 분노는 잔뜩 흐린 하늘 같다. 일인병실은 아늑한 분위기였다. 침대 건너편 벽에 우거진 푸른 숲 아래로 하얀 시냇물이 흐르는 풍경 사진에 잠깐 불안한 유자의 눈빛이 머물렀다. 침대 앞 둥근 탁자의 펴본 적 없는 경제신문을 힐긋 본 후, 벽 모서리에 세워져 있는 헌 장구와 구식기타가 눈길을 끌었다. 중고교 행사 때면 껑다리교장선생님 홍까지 돋우어 인기를 독차지하던 재능꾼 가경의 신바람 장면이 보인다. 그러나 그건 중학교 때뿐이었다. 체육 말곤 공부와 예능 재봉까지도 일등을 거머쥔 가경이었다. 그런데, 저 키가 천장에 닿을 듯싶은 나무가 이 병실에…?

　유자는 가경이 아들 예가 입양 기념 행운목 보러오라는 전화에 출판사 퇴근길에 가경 아파트로 숨차게 갔던 기억이 열리었다. 그때 다섯 살짜리 예가만 하던 어린나무가 저토록 자라다니, 세월의 무서운 힘을 느낀 유자는 사방으로 뻗힌 싱싱한 잎 사이 나뭇가지에 매달린 사진을 보고 가슴이 싸아 했다. 두 모자의 운명을 부채질하는 것 같아 유자는 의자에 털썩 앉는다. 일분일초를 겨루는 사회생활 중에 거실 남향 창가의 나무를 가리키며 가경은, 얘는 물과 햇볕만 주면 매일 나에게 몰래 자란 잎사귀를 흔들며 노력하라. 발전하라 하고 충고한다. 젊은 날 가경의 말을 상기하며 병실 천장에 닿은 행운나무를 유자는 넋 놓고 처다 보았다. 나무가 무성하게 자란 세월 저 끝을 보는 유자는 가경이 병실에 갖다 놓은 나무사연을 묻지 않았다. 어느 날, 느닷없는 가경의 문병 요청 전화는 기묘하고 의아했지만, 침대에 앉은 채 가경은 입을 다물고 있다. 중증 전이암이라고 한 번 문병 와달라는 문자에 해묵은 유자의 분노를 휘저은 가경은 의연히 침묵을 깨지 않고 있었다. 꽤 긴 시간이 지났다.

　"류 유자. 참 보고 싶었어."

　"꿈에서도 네 욕을 매일 퍼부었는데. 난-."

　"그랬겠지. 잘못하는 건지도 모르고 순간, 저지른 범죄이니까. 유자, 나 이해하고 용서해 줘."

둘은 중소도시의 S여중고를 다닌 각별히 친한 친구였으나 류유자는 6년 동안 최가경의 일등을 한 번도 따라잡지 못하였다. 가경의 무참한 중병에 유자의 해묵은 증오의 분노는 불에 닿은 듯 오그라들었다.

"류 유자. 그 폭설 사건은 20년 지난 거야. 어떻게 해도 할 수 없는 순간의 환각. 그 미친 혼미의식에 왜 사로잡혔었는지, 공진이 왜 K로 보였는지, 그 무정한 K놈이 왜 눈 쏟아지는 바닷가 눈밭을 미친 인간처럼 뛰어다녔는지, 지금도 나는 모른다. 도저히 알 수가 없다."

"네가 눈 쏟아지는 강화도호텔에다 부려놓은 공진은 빈속에 위스키 한 병을 먹고, 신장이 도져 일 년 앓다 죽은 책임은 결국 가경이 너잖아? 너는 경제계 유명인사로 호사를 누리고, 난 작고한 불쌍한 엄마의 천직을 이어받아 고단한 보육원 보모의 인생살이 중이고."

침묵을 깬 가경은 누그러진 어조였다.

"유자. 전엔 왜 느끼지 못했는지, 회색빛 겨울이 개나리 꽃피는 노란 봄보다 애잔하다는 걸―."

유자를 올려다본 가경은 초점이 삐끗한 말을 하고 유자는 화가 난다.

"차마, 그게 궁금해서 문병 전화할 용기가 난 거니?"

"보고 싶었어. 너 보고 싶었다니까. 봄여름가을 없이."

멈칫 유리창 쪽에 시선이 가 있던 가경은 새된 소리를 질렀다.

"눈 온다. 굵은 눈발이 유리창을 때린다. 저거 유자, 너 좋아하는 첫

눈이잖아…?"

눈발이 병실 창으로 흩날리는 걸 바라보는 유자는 말 대신 눈을 감는다. 직장 신체검사에서 신장투석 통고를 받고 커피 탁자에 고개 묻고 있는 부하직원 공진의 뒷덜미를 채서 폭설 속으로 내달린 가경은 얼음 표정이었다. 결혼할 공진을 끝내 잃은 증오를 유자는 혓바늘이 아려 그냥 입을 다물고 만다. 커피 보온병을 집으며 가경은 특유의 비웃는 미소를 짓는다. 안타까워 유자가 물었다.

"그 커피, 의사가 뭐라고 안 해?"

여고 때부터 커피광인 가경은 보온병의 뚜껑을 열며 피식 웃는다.

"고작, 하루에 이거 하난 데 뭘. 이게 왜 안 좋은 음료로 낙인찍혔나 몰라. 억울한 의심 받고도 변명 않는 여자처럼 훌륭한 음료인데"

전동침대에서 일어나려다 다시 누운 가경은 한동안 입을 열지 않는다. 유자의 연인 공진이 목숨을 잃은 건, 그날 가경의 순간발작 정신장애가 원인임이 판명되었지만. 정지시킬 수 없는 시간은 유자와 가경의 얽힌 감정 못잖게 얼굴 모습을 변화시켰다.

둘은 쓸쓸하게 변한 얼굴을 보고 아무 말을 못 하였다. 그동안 못된 욕을 짓씹어 뱉은 유자는 가경의 참담한 병색에 고개가 수그러든다. 일등에 미쳐서 맘 편한 잠을 못 잔 가경은 집에서도 학교에서도 혼자이고 혼자가 좋았다. 아이들 많은 교실과 강당은 싫었다. 더구나 모인 아이들이 큰소리로 왁자지껄 웃어대는 꼴은 정말 도망가고 싶었다. 무엇이

든 최고를 향해 헉헉댔던 후회가 억울하고 창피해서 그 누구도 아닌 자기에게 부끄럽다고 가경은 입술을 깨물었다.

"6년 동안, 한 번도 나에게 일등을 비켜주지 않은 얄미운 너는 전국 백일장대회에서도 국어교사의 딸인 나를 밀어내고 시의 최우수상까지 뺏었잖아?"

"그럼 뭐하니? 나는 바깥사람들은 쳐다보기도 싫어하는 이 병원에 갇혀있는데, 헛되고 헛된 후회뿐인데…."

병실 창밖의 사납던 바람은 잦아들고 굵은 눈이 자장가인 양 내리는 창밖 풍경은 고즈넉하였다. 점심 식판이 들어오자 시큰둥한 가경은 큰 소리로 말하였다.

"우리 S여고 문예반의 김소월 연인 류 영재 국어선생님은, 건강하시지?"

유자는 흐린 표정으로 말하였다.

"얼마 전 아버지 방 대청소하다가 침대요 밑에 잔뜩 숨겨놓은 병원약을 발견했어. 음식은 하루 한두 끼 새 모이처럼 드신다. 더는 어떻게 말릴 수도 없이, 인생의 흔들다리를 건너가려고 작정하신 것 같아."

"김소월 시를 사랑한 순수한 시인이시고 교육자신데, 너의 엄마가 일찍 돌아가셔서 퍽 외로우셨을 거야. 다소곳한 외딸은 휠 줄 모르는 대나무이고."

소리 없이 눈은 내리고 환자도 문병자도 깊은 침묵에 잠기었다. 가경은 불현듯 목요일마다 자기를 보러 오는 의대생에게 물었더니, 그 의대생 왈, 실은 최가경 네 친구 영문과의 류 유자를 보러왔던 거라고 실토를 해서 당장 절교했다. 어이없는 유자는 말 한 마디 못하고 얼굴이나 보러오는 남자는 의대 박사 코스면 엇다 쓰겠니 해서 크게 웃던 그 빛난 세월은 어디로 증발했는지, 두 노년 초년생은 침묵을 깨물 뿐이었다. 유자는 가경에게 식사를 권하고 돌아앉아 아련한 공진의 생각을 한다. 자기 대신 품고 자라고 그가 준 하얀 낮 달 같은 루미 얼굴이 겹쳐 온다. 만 17년을 한 침대 이불에서 잔 다정하고 조용한 루미 얼굴로 공진의 숨결이 스며든다. 보고 싶은 사람. 보고 싶어도 볼 수 없는 사람….

노크 소리 없이 헛기침 한 번으로 병실로 들어온 남성을 보고 가경은 닥터 리 하고 반색을 하였다. 유자는 어디선가 본 듯한 정중한 남성 뒤로 가서 이때다 싶어 백을 들었다.

"손님이 계시군. 내일 들릴게." 하고 준수한 남성은 문 열고 나갔다. 백을 메고 문 앞에 서있는 유자에게 가경은 '안 돼'하고 소리를 질렀다. 바람처럼 들어왔다 바람처럼 나간 남성은 아무래도 가경과 친밀한 사이로 느껴졌으나 의아할 뿐, 가경이 말하지 않아 유자는 묻지 않았다. 경제계 동료거나 해묵은 대학동창이거나 아무튼 유자는 가경의 병실을 오고가는 남성이 있어 한결 안심이 되었다.

가경은 탁자 서랍에서 사진 몇 장을 꺼내어 유자에게 주고 보온병의 커피를 마신다. 한 장씩 사진을 보는 유자는 가경에게 입양해 준 다섯 살짜리 예가가 어느새 청년이 되어 갓난아기를 안고 있는 모습을 유심히 들여다보았다. 유자가 출판사 사직하고 어머니에게 이어받은 교회 보육원에 근무할 때였다. 가경이와 미래를 약속한 K가 시카고대학 유학 약속을 어기고 잠적한 후, 가경이 남아입양을 원하였다. 유자는 당시 보육원장인 어머니와 의논하여 외양이 이국적인 모습의 다섯 살 남아를 독신인 가경에게 입양해 주었다. 독신남녀에게 입양이 불법이던 때였다.

예배가 끝난 텅 빈 교회당에 다섯 살 남아를 두고 사라진 생모의 연락처와 이름은 없었다. 고예가라는 이름과 생년월일 적은 쪽지가 아이 주머니에 들었을 뿐이었다. 아이의 옷이 든 중간 크기의 캐리어백 속 칸에 돌 사진과 근간에 찍은 엽서만 한 컬러사진 두 장이 셀로판봉지에 들어있었다. 빈 교회에 침착하게 앉아 있는 아이의 사연을 예측할 수 있는 건 전무하였다. 생모의 이름과 주소가 있을 리가 없다. 가경은 경제계 직장이 바빠 보모겸용의 지적가정부를 두고 입양아들을 양육하였다.

생모에게 정신교육을 지독하게 받았는지, 아이는 투정을 하거나 우는 법이 없었다. 다섯 살 나이의 단어가 부족한 예가는 생모의 세뇌 교육효과인지 가경을 친엄마 못잖게 따랐다. 초중고교를 우수한 성적으로 졸업한 예가는 양모를 닮아 공부두뇌가 출중하였다. A대 러시아어과 합격증을 받은 예가는 세계적인 작가가 되고 싶다고 엄마가 있는 한국과 가까운 일본유학을 원하였다. 가경은 외국어두뇌가 뛰어난 예가를 세계적인 두뇌들이 모인다는 입학시험을 한 번밖에 치를 수 없는 프랑스의 Z대학을 다니게 하고 싶었으나 가경은 희망을 접을 수밖에 없었다.

일본 나이로 고작 스물다섯인 예가가 갓난쟁이를 안고 있는 사진을 보며 유자는 생의 비애감이 느껴져 눈시울이 붉어졌다. 갓 낳은 아기를 안고 있는 예가의 모습을 마음 여린 유자가 묻지 못한 말을 눈치 빠른 가경이 말하였다.

"내 얘기 아직 말 안 했어. 못 했어. 예가가 핸드폰으로 보냈던 걸 인화한 사진을 보며, 축복 받은 아들에게 내 병에 대한 말을 할 수가 없었어. 그것도 전화로 중병을, 도저히 입이 떨어지질 않았어."

가경은 어설픈 미소를 지었다. 예가가 방송작가로 같이 일하는 한일 혼혈여와의 결혼식에 참석한 가경은 아담하고 예의 바른 며느리가 흡족하였다. 하지만 아이 아빠가 된 예가는 양모 복마저 암담하여 가경은 마음이 쪼그라든다고 시무룩한 표정이었다.

'드물게 보는 특수한 아이다. 두고 보면 알겠지만 독한 독신여자에게 큰 위안이 될 재목'이라고 딸의 친구 가경에게 예가를 입양해준 어머니 생각에 유자는 아린 감정이 솟아 가방을 들고 일어섰다.

"안 돼. 유자. 가지 마. 너에게 종지부 찍어야 할 말도 있어. 그리고 그때, 내가 밤새껏 강화도 호텔바다 눈밭에서 쫓아다닌 K의 환영은 줄곧 내 머릿속에 잠재한 환각이 극대화된 거래. 확대 환각… 스트레스성 환영…? 지금껏 뭐가 뭔지 모르겠다. 유자야. 여기 7층부터 1층 꽃집까지 한 바퀴씩 돌아보며 내려가고 싶어. 꽃을 보고 싶어. 너도 연말에 보육원이 바쁠 거고, 내 직장 동료와 후배 몇 명도 정떨어지게 돌팔매처럼 다들 바쁜 세상이니. 너 빼면 난 속말할 마음 친구가 없다.”

지금 세태는 어느 시대보다 변화무쌍하다. 유자가 가경을 만나지 않은 2000년대는 어느 유명인 언급처럼, 지금은 달나라 정복을 꿈꾸는 인간정신의 유전자가 무섭게 변해간다고 하지 않던가. 유자는 암환자인 가경을 용서할 수밖에 없는 눈으로 응시하고 있다. 목숨과 대결하고 있는 저 우수한 인재의 생명을 완치할 수는, 연장할 수는 없을까. 염원해 본다. A대학병원 암센터 의료진은 세계적 엘리트이고 치료제는 세계 어느 선진국에 뒤지지 않는 수준임을 가경도 유자도 알고 있다. 그럼에도 암환자의 수치는 왜 확대일로인 것인지 알 수가 없다.

“사고 싶은 꽃이 있는 거니?”

“꼭 너에게 말할 것도 있고. 그냥 천천히 7층부터 한 바퀴씩 돌아보며 1층까지 가보고 싶어. 너 온 참에 걷기 운동도 하고. 너는 피곤해 보이지만 오늘 하루 남은 시간을 나를 위해 써줘. 오늘이 이 세상에서 너와의 마지막일지 모르잖아?”

속으로 ‘그래 알았어’ 하고 움직인 유자는 가경의 손목에 손수건을 매어주고 보온병에 따뜻한 보리차를 챙기고 가경의 어깨에 스웨터를 걸쳐주었다. 그런데 가경이 자기 팔을 잡고 걸을 줄 알았는데, 가경은 휠체어를 타고 병실을 나선다. 순간 유자는 가경의 건강은 병원 구내 산책에도 휠체어를 타야 할 정도인가 의아하였다. 일인실 병동인 7층을 한 바퀴 돌고 7층에서 엘리베이터를 타자 아무도 없는 둘 뿐이었다. 유자가 6층을 누르려고 하자 가경은 잠깐 하고, 천천히 가자고 저지하였다.

"네가 출판사 다닐 때, 잘 쓴 시와 좋은 소설원고를 넘기고서 독한 에스프레소커피로 피곤을 씻었듯이, 우리도 한 층씩 내려가면서 그렇게 마음정리를 하자."

"가경이. 네가 무슨 미친 짓을 했는지, 나와 결혼할 네 부하직원 공진이 장기 입원 끝에 끝내 죽도록, 네가 무슨 짓을 저질렀는지, 알아…?"

"알지. 천재 소리 듣는 내가 왜 모르겠니. 지금은 알지만 그때는 몰랐던 차이뿐인 거야."

이 악물어 온 20년 원한을 옴니암니 따지러 온 유자는 약한 자기 의지에 푸시시 김빠진 탄산수 마신 기분을 실소한다. 엘리베이터에서 내려 문 닫힌 암환자 입원실들을 훑어보듯 하며 가경은 무슨 생각을 할까. 가경의 표정을 살피며 그녀와의 간격에 두려운 생각이 몰린다. 문 닫은 방마다 암세포와 싸우며 목숨을 견디는 사람들이 갇혀있는 6층을 천천히 돌았다. 다시 6층에서 승강기를 타고 일인실 병동인 5층에서 내렸다가 문 닫힌 병실들을 점검하듯 한 바퀴를 돌고 다시 타고 4인 병실인 4층에서 가경의 휠체어가 멈추었다. 무슨 생각에서 휠체어를 멈춘 것인지 가경은 유자와 마주 선 채 시선을 왼쪽 창 쪽으로 돌리었다.

"가경아. 뭐, 할 말 있는 거야…?"

"4층부터는 4인실이니까, 한 방에 네 명씩 암환자가 있겠지…?"

"…?"

두려운 말문이 막혀 유자가 고개를 돌리자, 가경은 휠체어를 밀며 말하였다.

"마음 약한 너 놀랄까봐 그래. 놀라지 마. 이따가 말해 줄게."

'무슨 말이기에 놀라지 말라는 걸까…?'

1층까지 내려가며 유자는 가경의 돌이킬 수 없는 그 눈 쏟아지는 날의 후회담을 진지하게 들어주었다. 가경은 직장건강검진에서 신장투석 통보를 받고 카페 탁자에 고갤 박고 있는 공진의 뒷덜미를 채 가지고 미친 경주마처럼 차를 몰았다. 강화도 바닷가 호텔에 던져놓은 공진은 위스키 한 병을 꺼내 마시고 바람 빠진 풍선처럼 실신을 하였다. 가경의 돌발행동은 머리꼭지까지 치달은 스트레스가 다혈질인 자의 과대망상 발동을 부채질할 수 있고, 그런 스트레스 발작이 폭발적으로 치달을 수 있다고 진단의가 말하였다.

"…"

'부디 이 천재 경제학자의 생명을 연장해 주세요. 부디' 유자는 자기 묵언기원에 입술을 깨문 채 눈을 감는다. 가경은 카페 탁자에 고갤 박고 있는 공진을 K로 보았다. 망향병에 중도에포기하고 온 시카고대학에 미친 K는 꼬집고 입으로 입을 틀어막아도 대답 대신 캑캑거릴 뿐이었다. …가경이 호텔 10층에서 내다본 바다는 휘몰아치는 눈보라가 황홀한 천상의 세계로 보였다. K가 그 천상의 바닷가에서 마구 손짓하는 걸 보고 쫓아 내려간 가경은 새벽에 호텔경비원에게 발견되지 않았으면 밤새 눈 더미에 쓰러진 채 폐렴에 걸려 죽을 수도 있었을 거라고. 그건, K가 현실에서 공진으로 환시된 가경의 확대망상장애라고 의사는 예상하였다.

"가경. 네가 시카고 와서 잡을 구하고 생활비 줄여야지. 동거하자. 내가 우주공학 Ph D. 따면 결혼하고. 너는 문학 석사 따고 미국 베스트셀러 작가 돼서, 그렇게 우리가 원하는 걸 두 손에 잡자. 우리 대서양보다 드넓은 미시간호수의 시카고에서 만나자!"

떠나는 날. 손을 들어 보인 K가 뒤돌아보지 않은 채, 출국조사실로 들어간 모습이 내내 가경의 마음에 씁쓸하고 서운한 상처를 남겼다. 소식 없는 K를, 일 년을 기다린 가경은 K의 약속은 거짓이었다는 걸 확고히 인식하였다. 그를 철석같이 믿은 가경은 쓰라린 원한이 움트기 시작하였다. 시카고대에 등록하지 않은 그는 미국 유학생 선후배를 샅샅이 훑어봐도 K를 봤다는 유학생은, 깜깜할 따름 아무도 없었다.

독립심 강한 가경은 휠체어로 여기저기 화원을 점검하듯 다닌다. 유자는 향기를 뿜내는 백합꽃 코너에 울적하게 서서 집 걱정에 잠기었다. 하루 종일 누워 지내며 그래도 화장실 출입을 몸소 하는 평생여고국어교사출신 아버지는 의욕상실의 90을 넘긴 상수上壽의 노인이었다. 그는 한사코 노인요양 병원을 죽음으로 가는 기차의 간이역 같아서 싫다고 거부하였다. 내 집에서 마지막 생을 하직할 거라고 완강하였다. 고단한 유자를 한층 슬프게 하는 것은 17년을 동락한 애견이 음식기피증을 보이는 것이었다. 유자는 공진이 자기 대신 품고 자라고 준 루미와 아버지가 안타까워 시시각각 두렵고 소름 돋는 삶이 서글플 따름이었다. 루미는 밥그릇을 피하고 하루 종일 새로 사준 겨울용인 빨간 누비집에 동화의 그림인 양 누워 있었다.

올드미스 동물병원 원장은 루미의 건강엔 이상이 없다고, 식욕부진 원인을 노쇠현상이라고 영양주사를 놔주곤 하였다. 유자의 표정이 안쓰러워 가경은 고만 들어가자고 휠체어에서 벌떡 일어섰다. 놀란 건 유자였다. 가경은 빈 휠체어를 엘리베이터 쪽으로 떠밀며 말하였다. 주치의가 혼자 병원 식당이나 화원에라도 가고 싶을 때는 간호사를 부르라고 절대로 혼자는 안 된다고 했어. 오늘은 유자 네 팔을 잡을 수 있었지만, 부담 주고 싶지 않았다고 가경은 피식 웃었다. 소리 없이 소담스러운 눈발이 날리는 창밖을 향하고 서있는 유자는 하루하루 가경의 병은 어떻게 될까. 조마조마한 마음으로 노란 꽃이 핀 작은 프리지어 화분을 둥근 탁자에 놓아주었다. 꽃의 냄새를 한번 맡아본 가경은 말없이 침대에 누워 밭은기침 끝에 엉뚱한 말을 꺼내었다.

"그때가 언제였지? 네가 길에서 피 토하고 쓰러진 남자를 무료병원에 입원시켰던 광부 말이야. 유자, 너 기억나지?"

"그럼 생생하지. 시체실에서 사라졌다는 그 광부는 목숨이 남아있었다 해도 그 병원 뒷산 어딘가 으슥한 곳에서 굶고 얼어서 죽었을 거야."

가경은 바락 화난 목소리를 뱉는다. 목숨이 남아있었으니까 신의 손을 거머잡고 이생의 강을 건넜을 수도 있지 않았을까 하고 반박을 하였다. 경제계 차기 차관에 점 찍힌 인재가 시체실에서 탈출한 시체가 살았을지도 모른다고, 사람의 일은 모른다고 정색을 하다니…? 유자는 가슴이 두근거리고 불안한 의구심이 전신을 훑는다.

생명의 초조한 경각심이 우수한 두뇌를 혼란시킨 걸까. 이곳은 그녀가 목숨을 잡힌 암 병동이었다. 왜 난데없이 광부의 시체이야기 생각이 난 걸까…? 유자가 침묵하자, 가경은 가늘게 뜬 눈으로 먼 시골 국민학교 때 일화를 꺼내었다. 월사금을 못 내서 복도에서 두 손 들고 벌서던 키다리를 남미여행에서 만난 건, 기막힌 우주의 사이클이 아닐 수 없다고, 미묘한 웃음을 지었다. 또한 키다리 아버지 의류사업 성공담에 신을 올리는 것이었다. 혼자 호젓한 여행을 좋아하는 가경은 쓰다듬어 주고 싶을 만큼 아름다운 아르헨티나의 수도 브에노스아이리스 대학을 그려보며 그 먼 시공의 추상을 열었다.

풀로리다 거리에서 모르는 이태리인과 탱고를 추고 아사다 고기를 그곳 포도주와 해가 지도록 먹었다. 브에노스 시장에서 일본인과 이태리의류상들이 독점하고 있는 벽을 뚫고 의류 장사로 키다리가 거부가 된 얘기를 가경은 흥분한 어조로 피력하였다. 키다리 아버지는 1980년대 말. 미국이민에서 실패한 가발사업을 복구하고도 넘칠 부를 이루었다고 가경은 엄한 병을 잊고 흥이 난 어조였다. 경기도 농촌의 중졸생인 키다리 아버지는 두 아들에게 말하곤 했단다.

―사람은 확고한 목표가 있어야 한다. 암사자가 덩치 큰 물소사냥을 할 때 사냥할 놈을 점찍어 놓고 오직 그 한 놈만을 향해서 달리는 걸 TV 동물 프로에서 봤지? 사자는 결코 그놈을 못 잡으면 새끼들이 굶게 된다는 걸 알면서도 찍은 놈만을 쫓아가는 그 엄청난 집념을.

가경은 키다리 이야기를 시작할 때와 달리 실심한 표정이 되었다. 유자는 가경이 자신의 병을 밝히고 병원 주소 문자를 보낸 마음을 지난 밤새 헤아려 보았던 생각에 어처구니없었지만, 지금 가경의 병실 창가에 서 있는 유자는 용서할 수 없다고 이 악물어 온 가경의 생명이 통절하여 입술을 다물고 있었다. 놀랍게도 가경은 단독 여행한 아르헨티나에서 2주일을 보낸 여행담을 책의 다음 페이지를 한 장씩 넘기듯이 꺼내다가 화제를 돌리었다.

"유자야. 시간은 내 몸의 암세포를 싣고 급행으로 달리고 있는데, 그런데 유자. 너는 사는 게 무언지 알고 살았니…? 나는 일등만 하면 뭐든지 다 최고인 줄 알고 여기까지 왔다. 도망을 가고 싶어도 갈 수 없는 여기, 이 병실까지—."

가경은 이리저리 긴 말을 하였다. 이 시간에도 어리석은 인간은 욕심에 휘둘리며 유한한 생명을 좀먹고들 있겠지. 생과 사가 한 묶음인 걸 모른 채, 거짓말을 일삼고 죄를 목마른 물 같이 마시겠지. 허무. 나는 매시간 허무하고 허무하여, 아무 생각도 들지 않는다. 허무하고 허무하다. 그냥 눈 뜨고 숨 쉬고 걸어 나가서 하늘에 떠가는 뭉게구름과 바람에 흔들리는 나뭇잎을 보고 싶다. 하얀 토끼풀꽃으로 팔찌를 만들어 손목에 감고 싶다. 소풍 갔을 때처럼.

눈 크게 뜬 가경은 커피 메이커에 남은 커피를 컵에 따른다.

"어차피 하늘에서 내 목숨을 가져가려고 벼르는데, 지금 살아 있는 내가 먹고 싶은 걸 먹어야지. 내 실존의 자유를 향유해야지."

피곤하고 암담한 유자는 고갯짓 응답을 하였다. 현관 앞에 엎드린 채 눈 똥그랗게 뜨고 자기를 기다리고 있는 루미 생각에 유자는 두통이 일고, 누운 채 음식 먹는 것도 말하는 것도 잊어버린 채, 간신히 호흡을 잇는 홀아버지가 가여워 눈물겹기만 한 심정이었다.

"집 걱정돼서 너, 그런 얼굴인 거지?"

유자는 고갯짓 대답을 하였다. 그러자 가경은 엉뚱하게도 시체실에서 사라졌다는 그 광부 이야기를 생각나는 대로 해달라고 정색한 얼굴로 요청하였다. 유자는 아까도 말했던 시체실에서 없어진 광부얘기를 되풀이할 수밖에 없었다. 가경은 왜 알지도 보지도 못한 광부 생각에 몰입한 것인지, 유자는 가경과의 만남은 이 세상에서 마지막일 것 같은 불안의식에 밀려 이야기를 시작하였다.

그날. 유자는 포장마차 앞에 술 먹은 남자가 피 토하고 쓰러진 구경꾼들 속에 껴있었다. 시청에 보육원문제가 있어서 나온 유자는 왠지 발길이 돌아서질 않았다. 신사복의 중년 남자가 졸도한 남자 주머니에서 주민증과 돈 이만 원을 꺼내었다. 다행히 의식을 회복한 남루한 젊은 남자는 가족은 없고 강원도 삼척탄광 광부라고 죄진 자의 자백 같은 어투로 말하였다. 서울에 결핵무료병원이 있다고 해서 온 거라고 떨리는 목소리였다. 유자는 구경꾼 중의 도와줄 대학생과 환자를 택시에 싣고 무료결핵병원이 있다는 북쪽으로 달렸다. 그 당시 택시비가 딸꾹질이 날 만큼 먼 거리였다.

유자가 무료결핵병원에 입원시킨 광부를 보러 가는 버스길은 멀고 고달프다. 병실에 들어서자 손수건으로 입을 막아야 할 분위기였다. 구석구석 결핵균이 차 있을 것 같은 방에서 아직 식사 중인 환자들 침대를 조심스레 지난 유자는 삼척광부침대 앞으로 갔다. 식사를 끝낸 그는 벽을 보고 누워 있었다.

"이 일진 씨. 좀 어떠세요?"

놀란 그는 일어나려고 하다가 가벼운 물건처럼 픽 쓰러진다. 그의 침대발치의 알루미늄 식판엔 보리밥풀과 콩나물 꼬투리가 눈길을 끌었다. 매일 이런 음식이라면 성한 사람도 곧장 영양실조에 걸릴 식단이었다. 그녀는 빵 봉지에서 카스텔라를 꺼내놓고 토마토 주스 캔을 따놓았다. 그는 아무 말 없이 벽에 등을 기대고 카스텔라를 손톱이 자란 손가락으로 조금씩 뜯어먹었다. 남루한 옷과 더러운 손과 결핵균으로 피를 토하는 폐를 가진, 이 세상에 부모형제 아무도 없이 오직 혼자인 서른 살 광부, 이 일진은 입을 열었다.

"바쁘실 텐데, 어떻게 오셨습니까."

"오려고 했지만, 생각만 하고 쉬이 오질 못했어요."

어렵게 입원시켜 준 그녀가 방문한 감격에 광부는 목이 멘다.

"약을 잘 먹고 허술한 식사라도 주는 대로 다 먹어야 해요. 이 일진 씨."

유자는 만 원짜리 세 장을 닭발 같은 그의 손에 쥐어 주었다.

"부족하지만 이걸로 삶은 계란이라도 사먹어요. 시간 내서 올게요."

그녀는 가족 없는 슬픔과 무일푼인 그의 절망감을 눈감고 도망치듯 그곳을 나왔다. 흐린 밤하늘을 한참 바라보고 서 있었다. 유자의 광부 얘기를 들은 가경의 표정은 밝았다. 왜 광부얘기가 생각났느냐고 물어보려다 고만두었다. 겨드는 소리로 가경이 류영재 선생님 안부를 물은 때문이었다.

"류 선생님. 건강하시지…? 내 인생은 뭐가 이러니. 이제 류 선생님 뵈러 가려고 맘먹었는데, 내가 이게 뭐니…? 그것도 전이암이라니, 싫다. 유자야. 난 정말 싫고, 싫다. 어디 먼 데로 도망가고 싶지만. 그것조

차도…"

"아버지는 매일 먹는 병원 약을 침대요 밑에 숨겨오셨다. 무슨 생각으로 그런 건지, 가경, 너 말해 봐."

"얼마 전, W방송국 윤동주 특집 시간에 류영재 선생님이 주인공이시던데 어떡하니, 꼭 가고 싶었는데…?"

소리 없는 시간은 흐르고 조는 것도 아닌데 둘은 고개 숙이고 침묵하고 있었다. 침대에 누운 가경은 창을 가리켰다. 눈보라였다. 불현듯 유자는 루미의 미용과 건강을 위해 십 년 넘게 다닌 동물병원장이 떠올랐다. 늙은 대형견을 기르다가 죽으면 다시 늙은 대형견을 데려다 사육하는 특별한 동물병원 골드미스 원장은 어느 날 말하였다.

"안락사라니요, 살아있는 개가 살 수 있을 때까지, 자연사를 할 때까지 목숨을 연장해 주고 싶어요. 개는 꿈을 꾸며 잠꼬대를 하기도 합니다. 언어능력이 없을 뿐, 두뇌 감각기관은 사람보다 능한 면도 있습니다."

60세 되기 전, 남들 다 하는 결혼을 꼭 할 거라고 다짐하던 59세 동물병원장은 금년 봄 고래 쇼를 보러 간 곳에서 50세 총각을 만나 첫 결혼을 하고 남편 나라 스코틀랜드 에든버러로 떠났다. 59세 결혼 초년 신부의 빠이빠이 하는 손에 유자는 행복한 장미 '일곱 송이'를 주었다. 나날이 바쁘고 힘겨운 유자는 보육원에서 세상사 행불행 더께에 대한 스토리 메모 속에 동물병원장의 특이하고 아름다운 영혼도 들어있었다. 가경은 환자답지 않은 쉿소리로 말하였다.

"죽을 레야 죽을 시간 없이 숨차게 살았다. 내가 기다린 것은 무엇일까. 난 출생 나이만 먹었다. 최신 의학으로도 완치할 수 없는 암세포에 패배할지도 모른다는 생각 같은 건 해보지도 못한 채, 최고를 향한 욕망에 패배할 줄은 단 십 분도 생각 못해봤다. 비참하고 서글프고, 무엇으로 어떡해도 뒤집을 수 없는 후회가 한스럽기만 하다. 유자야. 오늘 내 목숨이 간당간당하니, 어떡하면 좋으니? 착한 유자! 나 어떡하니…?"

"어떡하긴 뭘 어떡하니? 치료해야지. 특출한 너의 용기로 대결해야지. 네가 학교에서나 사회에서나 일등을 먹던 그 힘으로 암세포와 싸워 이겨야지. 일등을 해야지! 어디서나 항상 베스트 오브 베스트를 해야만 직성 풀리던 최가경의 의지와 정신은 엇다 됐니? 부디 정신 단단히 차려야지. 새벽호랑이에게 물려가도 정신만 차리면 산다는 말, 너 알지?"

갑자기 가경은 강한 어조로 세상에 부당 불미한 논거를 펼치었다. 기억력에 불이 켜진 걸까. 유자의 응원에 용기를 낸 걸까. 이 세상 이면에 황당하고 어이없는 행불행은 집집마다 개미 떼 같은 지붕 아래 얼마든지 있다. 억울한 장기수, 근거 없는 누명. 미친 인간처럼 기아 선상을 헤매는 빈민가. 수뢰에 눈먼 상부 공무원. 사도師道의 타락, 무엇을 위한 사이비 단체인지 대형종교계 수장의 대형외제차 자랑. 명예욕에 병든 사회지도자의 각종 파노라마. 밀수에 가담한 교육자의 욕심팽배사 회상. 애견에게 금이빨을 해준 고아원장. 비만병을 앓는 정치고위층의 고칼로리 식단과 서민병동의 기준미달식단. 폐지 줍는 독거노인. 병균처럼 전이되는 고독사 등등. 분통 치미는 세상추태가 어디 그뿐인가. 이십 년 넘게 베스트셀러 모색하고 있는 보육원 보모 류 유자 작가. 두 눈 똑바로 뜨시길─.

"유자. 하늘은 정녕 나의 내일을 걷어가려는가 봐. 결코 나의 내일을, 내일의 내일을 허락하지 않으려나 봐…?"

첨예한 가경의 호소에 눈 감은 유자는 시간이 갈수록 가슴이 조여 온다. 현관 앞에 엎드리고 기다리고 있는 애견과 죽으러 가는 기차의 간이역 같은 노인병원엔 절대로 가지 않겠다고 도리질 치는 아버지가 애절하여 유자는 아무 말을 못 한다.

"유자. 한 번 더 와줘. 꼭 해야 할 말을 아래층 꽃가게로 갈 때, 입원실을 돌아보느라 고만 놓쳤어. 내 목숨이 어떻게 될지 조급해서 그래."

유자는 공진을 잃은 원한에 사무쳐 온 상대의 목숨이 절박한데 원한이라니, 여중고를 고향에서 손 붙잡고 다닌 금강석보다 귀한 옛날 친구를, 안 될 말이었다. 심신이 유약한 유자는 아버지의 장례를 교회 도움으로 혼자 치른 유자는 정신을 가다듬었다. 강한 정신으로 가경을 만나러 갈 마음을 먹었다. 유자를 보고 텀블링을 할 만치 기뻐하는 가경은 더 상한 외양은 아니었다. 그녀 특유의 목소리가 생생하고 기분도 나쁘지 않아 보였다. 하지만 전에 없이 분위기가 가라앉고 심각해 보였다. 엄청난 부친 장례를 치른 유자가 먼저 입을 열었다.

"가경아! 노인병원엔 절대로 입원 않겠다고 다짐하시던 류영재 선생님이 내가 네 병원에 갔다 온 날 밤에, 운명하셨어."

그 말을 들은 가경은 탁자 서랍에서 류 선생님의 사진을 꺼내어 두 손으로 받쳐 들고 일어나서 절을 세 번 하였다. 놀란 유자는 가경의 줄줄 흘러내리는 눈물에 더 크게 놀랐다.

"가경아. 내 아버지 류영재 선생님의 믿을 수 없는 비밀이라니. 무언데, 그렇게 슬픈 얼굴인 거니…?"

"진작, 벼르기만 하고 내 생의 귀중한 시간을 영영 놓치고 말았다. 어떡하나, 천재라며 나는 왜 귀중한 걸 다 잃는지, 정녕 어떻게 해야 하는지도 모른 채…?"

가경은 가방 지갑에서 명함보다 조금 큰 흑백사진을 꺼내어 유자에게 내밀었다. 피곤한 유자는 낡고 흐릿한 옛날 사진을 돋보기가 없어 눈 가늘게 뜬 채 들여다보았다. 젊은 남자 한 사람과 젊은 여자 둘이 호수 옆에 칭칭 늘어진 버드나무 아래 앉아있는 구식 사진을 한 참 본 유자가 물었다.

"가운데 하얀 블라우스 입은 이쁜 여자가 가경이 네 엄마 같은데…?"

"그래. 우리 엄마 지금도 예뻐. 옆의 베레모 쓴 남자를 잘 보라고. 우리와 아주 친밀한 사람이야. 너하고, 특히 나 하고도. ―"

가경은 의사가 금하는 찬 생수 한 병을 들이키고 숨이 차서 침대에 눕는다. 그리고 반쯤 감은 눈으로 긴 이야기를 꺼내었다. ―유자 너를 못 만나는 동안 우리 부모님은 서울 뚝섬강변의 침실 두 개짜리 고급 실버타운으로 가셨어. 사업가 지영자 회장은 우울증이 심해지자, 변호사사업체를 닫고 가족 소집령을 내렸어. 아버지 최 교수와 미국에 사는 동생네 식구까지 불러다 놓고 유언 같은 말을 토로하는 거였어. 인생 팔십 고개를 넘으니, 집도 보석과 옷도 예의 바른 가정부가 해 주는 밥도 다 싫다. 그 여자를 매일 보는 건 더 싫었다. 그 여자가 내 지인들이며 최 교수 후배교수들까지, 내가 속치마 속까지 보여준 것 같아 자존심 상하고 싫다. 그러니까 세상 모두 다 쓸데없고 영 싫기만 하다고, 유능한 사업가 엄마가 우는 걸 첨 봤어. 점점 흐느껴 울어서 술 못 먹는 애처가 아버지와 나까지 죄 없는 막걸리 두 컵씩을 먹고 곯아떨어졌더랬다.

며칠 후. 아들딸에게 상당한 유산을 주고 세무사 불러다 공증까지 마쳤어. 유자야. 삼 년 전 일이야. 나는 암 진단을 숨긴 채 한강을 거슬러 가는 유람선을 내다보고 있을 때였어. 엄마가 이 낡은 사진을 주면서 중요한 어조로 "잘 간직해라" 해서 놀라고, 엄마의 눈물을 보고 또 한 번 놀랐다. 그 베레모 쓴 사람이 유자 아버지 류영재 선생님이고, 최가영 너의 친부親父이시다. 대학 졸업하고 귀향한 둘은 일 년간 S여고에서 영어와 국어교사로 일하는 사이 연인이 되었다. 임신을 알게 된 지영자는 부모에게 결핵진단서를 내밀고 친한 선배가 사는 제주도행의 도주를 꾀하였다. 제주도에서 지영자는 최가경을 낳고, S여고에 근무하

32

는 류 영재는 부모가 권한 결혼에 류유자를 낳았다. 사는 공간과 흐르는 시간의 간격에 두 연인의 관계는 흩어지고 서서히 끓은 주전자의 물처럼 식어간 것이다.

가경엄마의 연애를 들은 유자는 무엇에 세게 부닥친 것 같이 머리가 핑하였다. 어떻게 내 엄마와 가경엄마가 같은 해 딸을 낳은 것은…? 갑자기 닥친 아버지 장례를 치르며 순식간에 맞은 인생의 허망한 종결에 시달린 유자는 중병자인 거경에게 아버지 사망소식을 말할 수는 없었다. 대신 도장을 찍듯이 가경 엄마의 말을 하였다.

"가경아. 네 어머니 고백은, 류영재 선생님이 너의 생부이고, 그러면 너와 나는…? 최가경 그 사진 가져온 네가 말해 봐."

낡은 흑백 사진 속의 흘러간 두 연인의 깊고 은밀한 인생을 사색한 가경은 자기 생의 무너진 실존과 맞서 있었다. 무성하게 자란 예가 입양기념 행운나뭇가지에 걸린 어린 예가와 찍은 영롱한 자기 얼굴을 눈치뜨고 바라보는 가경은 어떤 시구를 뜨문뜨문 중얼거리었다.

…

현악기의 줄들이 같은 화음을 내면서도 혼자이듯이

함께 노래하고 춤추며 즐기되 서로는 혼자이게 하라.

…

사원의 기둥들은 서로 떨어져 서 있고

참나무와 삼나무는 서로의 그늘에선 자랄 수 없나니.

...

유자. 나 지금. 강화도 그 옛 바다에 서있다. 세상 파도날개가 후회에 찬 내 영혼을 마구 휘갈긴다. 나는 어떻게도 더 달리할 수 있는 길은 없다. 류유자. 허무한 내 영혼은 너 없이 고독한 곳으로 간다. 최가경.

시간을 건너다

문 앞에 서 있는 사람은 눈 코 입 빼고 머리로부터 귀 아래 목까지 온
통 털투성이 중노의 남자였다. 현관문 손잡이를 완강히 잡고 있는 나를
노려보는 자는 눈길을 지싯거릴 뿐 말이 없다.

"누굴 찾습니까?"

내가 물었다.

"이거, 참ㅡ. 구주현 나야. W."

"W…?"

아는 이름이었다. 팽이 치듯 도는 내 생각 속에 뻔뻔한 W의 핼끔 하
던 모습이 떠오른다. 배신자. 죽을 때까지 보고 싶지 않은 놈. W는 시
커먼 괴나리봇짐을 지고 새까만 개 한 마리를 안고 있다. 뻐딱하게 서
있는 그는 꾸깃꾸깃한 검정양복을 걸친 후줄근한 행색이었다. 무슨 낯
짝으로 W가 날 찾아오다니, 있을 수 없는 일이었다. 있어서는 안 될 상

황이었다.

"오랜만에, 좀 들어가자."

뭐라고 할 새 없이 그가 내 팔 사이로 몸을 들이밀었다. 본 지가 오래되었어도 영락없는 W였다. 황당해서 말문이 막히는데 그가 거침없이 마루 의자에 털썩 앉는다.

"해가 서쪽에서 떴나, W가 무슨 변고야?"

"목마른 자가 우물 판단 소리, 그거야."

나는 음악을 끄고, W는 서가를 힐끔 보고는 나무사진들을 두루 훑어본다. 그가 안고 있는 개가 몸을 틀며 끼깅거리고 불편한 소리를 내었다.

"아. 미안. 미안. 로즈야―"

W는 등짐을 마루에 내려놓고 강아지를 자기 무릎에 안았다. 그리고 새까만 털이 고불고불한 개를 다정한 눈으로 내려다보고 익숙하게 머리를 쓰다듬어 준다.

"로즈야. 괜찮아―. 여기서 좀 쉬어가자."

까만 털의 개 이름이 로즈라니, 검은 장미를 본 적 없는 나는 삐딱한 W에게 실소한다. 그의 음성은 외양과 달리 바리톤으로 울린다. 싫어도 집 안에 들인 이상 따질 걸 따지더라도 커피 대접을 하려고 하자 그가 손을 내젓는다.

"술을 주게. 쏘주가 좋은 데 없으면 아무거라도. 안주는 라면이면 좋고."

배가 고픈 모양인 W는 역시 야멸친 놈이었다. 나는 어이없고 기가 막혔으나 그의 청을 들어줄 수밖에 없었다. 그는 기차 시간에 대야 하는 사람처럼 급히 소주병과 라면 냄비를 비웠다. 내가 그가 먹은 그릇을 설거지통에 담그는 사이 W는 마룻바닥에 벌렁 누워 있었다. 흔들어도 반응이 없다. 그는 술기가 아닌 것 같은 열이 느껴지고 밭은기침을 한다. 거친 숨소리가 앓는 것 같은 느낌이 들어 걱정이 되었다.

나쁜 놈. 뻔뻔한 놈. 아픈 놈을 내쫓을 수 없어 우선 해열제를 먹이고 옆방에 이부자리를 펴 주었다. 이게 무슨 날벼락인가. 난데없이 들이닥친 W 때문에 잊고 있던 그의 행동배기가 상기되어 도무지 나는 잠을 이룰 수 없었다. 생각할수록 이해할 수 없는 인간이었다. 멀리 달아난 미대 청년시절이 상기돼 오고 화가 지망생으로 W와 날밤을 새던 춥고 외롭던 젊은 기억에 나는 미간을 펴고 미소가 나왔다. 여름 솔나무 가지처럼 짙푸르고 깨끗하던 한때의 W와 나….

자고 일어난 아침. 푸시시 한 W는 내가 먹는 대로의 토스트와 우유와 커피의 아침식사를 말없이 먹어서 나는 다소 마음이 풀린다. 털투성이의 씻은 얼굴은 해쓱해도 열은 내리고 간간이 기침을 한다. 문제는 개의 먹이였다. W가 중얼거리었다.

"아무거나 줘. 즈 엄마가 도망을 갔으니 별수 없지. 여기가 어디라고 주는 대로 먹어야지."

옳은 말이었다. 무단 침입한 여기가 어디라고? 새까맣고 앙증맞은 개는 식빵과 햄을 잘게 썰어줬더니 냉큼 그릇을 비웠다. 다행이었다. 어제저녁 W가 술 먹으면서 라면 몇 가락 준 걸로는 개의 저녁먹이론 턱없으리라는 걸 나는 생각지 못하였다. W는 뭐라고 사과를 하던 무슨 변명이든 설명을 해야 할 입장이건만, 손수 소주병을 꺼내다가 아침부터 병 나팔을 분다. 당장 내쫓고 싶은 뻔뻔하고 야비한 W의 도주사건 생각에 부아가 끓었지만 나는 꾹 삼켰다. 죄지은 상대가 저러할 진데 되돌릴 수 없는 걸 따지고 추궁한들 무슨 소용이겠는가. 충고나 권유도 인격이 온전한 자에게나 해당할 터. 유명세를 탄 그림 붓을 던지고 그가 강원도 산속으로 잠입한 것 자체가 자기 과오를 인정한 것으로 나는 단념해버렸던 것이다. 우정을 배반한 철면피한 그를 나는 도외시하기로 하였고, 그 생각은 지금도 매한가지였다. 십수 년 만에 초라한 꼴로 찾아온 그를 붙잡고 〈3인 추상화 전시회〉 매각대금과 내 그림을 챙겨 도주한 당사자가 입을 열지 않고 있는데, 뭘 따지고 어쩔 것인가.

인간 위주의 일관된 나선작법인 내 작품에 붉은 딱지가 월등하게 붙었다. W의 도시 건축물에 대한 강렬한 색채와 직선구도가 독특한 대형 작품은 의외로 꽃 주제의 소품 위주인 전미가보다도 판매성적이 저조하였다. W는 분개하였다. 상한 자존심을 나의 약혼자 전미가를 꿰어차고 3인 전시작의 판매대금과 남은 내 그림을 몽땅 챙겨가지고 수달처럼 자취를 감췄던 W. 나는 금전 문제보다 W가 미가를 끌고 도주한 충격에 불면증에 시달리며 겨울잠에 든 곰처럼 은둔에서 헤어나질 못하였었다.

W의 배반도 그렇지만 결혼을 언약한 전미가의 배신에 심약한 나는 세상으로부터 숨고 싶은 절망감에서 헤어날 수가 없었다. 전화선을 끊고 칩거하였다. 일 년 넘게 히키코모리 (집쪽)으로 살았다. W가 산으로 갔다는 말을 들은 건 이삼 년 뒤였다. W의 도주 사건은 인격 장애의 즉흥적인 행위라는 소문이었으나 나는 묵살하고 침묵하였다. 누구나 한 번쯤은 자기 의지와 상관없는 돌변행동에 빠질 때의 한순간이 있다는 글을 읽은 때문은 아니었다. W를 용서한 것도 이해한 것도 아니었다. 그냥 무시하기로 한 거였다. 그게 나로서는 그에게 내린 가장 중한 형벌이었다.

"구주현. 난 누구에게도 지고 싶지 않았던 거야. 특히 너에게. 미안해."

"미친 자식, 미친 소리 집어쳐."

나는 갑자기 이기심 강한 그와 그때의 말을 논하고 싶지 않았다. 이미 충격은 사그라지고 배신감은 희석된 지 오래였다. 미가 때문에 한동안 자존심이 상했을 뿐. 되돌릴 수 없는 일이므로 무시하기로 했다. 그렇다. 그들은 그렇게 내 인생과 창작열에 상처가 될 정도로 중요한 인물도 사건도 아니라고 여긴 건 아니었다.

"미가의 소식은 있어?"

술기가 돌아 소파에 누운 그가 물었다. 나는 대답할 필요가 없었다.

"이게 내가 받은 미가의 유일한 편지야. 구주현 너 주려고 여태껏 간수했던 거야."

W가 내민 국제우편 봉투의 직인을 본 나는 〈3인 추상화 전시회〉 후, 그러니까 그들이 도주하고 2~3개월 후의 편지였다. 자기에게 보낸 미가의 편지를 왜 나에게 주는지 이유를 묻지 않았다.

"열어봐."

책상 앞에 앉아있는 나에게 W가 말을 이었다.

"전미가도 그렇고 나도 그냥 돌았던 거야. 사랑의 도피니 뭐 그런 것과는 거리가 먼 순간적인, 그냥 미친 짓거리였던 거야."

"W. 네가 이해할지 어떨지 모르지만. 나는 정말 그 당시의 말을 하고 싶지 않아. 무슨 일의 결과엔 원인이 있는, 그걸 꺼내고 싶지도 않아—"

"시기심은 열등감의 소치라는 걸 몰랐던 거야. 난 구주현을 좋아하면서도 미워했으니까. 좋아하기 때문에 시기했던 거니까."

"말 같은 소릴 해. 계집애도 아니고, 이제 나잇살이 몇인데…?"

W의 특출한 추상화기법과 찬란한 색채의 작품을 나는 좋아하였고, 시간이 지나면서 그의 배신행위를 칼로 무청 자르듯 했다. 지금껏 마찬가지 감정이었으나 막상 얼굴을 보니까 부아가 치밀었다.

"어서 읽어보라니까" W가 큰 소리로 재촉하였다. 무슨 내용인지 배반녀의 편지를 나는 찢어버리는 기분으로 펼쳐보았다.

W 선생. 미안합니다.

구주현 선생을 배반한 건 내 정신이 나간 행동이었습니다. 누구를 배반한다는 것이 이토록 몹쓸 중병이라는 걸 알았더라면, 아무리 생각하고 생각해 봐도 말로는 설명할 수가 없어 떠납니다. 부끄러운 후회는 유효기한이 없을 것이므로 언니가 성악공부하고 있는 이태리로 숨어들어 갑니다. 무엇보다도 나는 구주현 선생을 사랑합니다. 이번 W 선생과의 광풍 사건으로 절실히 알고 느꼈습니다. 부디, 두 분의 우정을 회복하시고 창작열에 매진하시길 기원합니다.

2005. 봄. 전미가.

황당하였다. W의 말대로 미가도 돌발광란증 발작이었던 걸까. 어찌됐든 되돌릴 수 없는 지나간 일이었다. 그럼에도 소중한 기억일 리 없는 배신의 꼬리표를 단 쓰디쓴 기억이었다. 술 취해 소파에 누워 눈을 감고 있는 W는 말이 없다. 날벼락을 맞은 나 또한 할 말은 없다. 욕을 해도 원망을 해도 지나간 시간 앞에는 무색할 따름일 뿐이었다. 벌떡 일어난 W가 엉뚱한 소리를 질렀다.

"주현은 이해할까―? 튼실하게 의지하고 있던 반려자가 메모 한 줄 없이 튀어버렸다는 걸. 이상한 기미라도 있었다면 모르지만. 도무지 알 수가 없으니, 생각할수록 돌아버리겠지―."

'꿰차고 간 미가도 그렇고, 오죽하면 두 번째 여자도 도망을 갔을까.'

유치한 생각을 한 나는 마른침을 삼키듯이 실소를 한다.

"피 말려 미치고 말 것 같아 찾으러 나온 거야. 구주현 날 좀 도와줘."

나는 커피잔을 놓고 눈을 감는다. 우리는 미대 동기로 미술단체에서 유독 가까웠고 동갑내기 추상화가였다. 미대 시절 둘은 추운 고시원 골방에서 배고픈 시간을 살라 그림에 청춘의 영혼을 바친 미술수업 친구였다. 서로 작품에 대한 칭찬을 하며 고무되어 격려하며 화가의 꿈을 키운 풋풋한 청년기를 나눈 친밀한 사이였다.

특히 W와 나는 젊은 추상화단의 독보적이라는 찬사를 받기도 했다. 외향적인 성격으로 W는 은연중 나를 앞지르려고 화단의 선배들과 문화계언론과 비평모임을 찾아다닌다는 스캔들이 들릴 때도 나는 개의치 않았다. 같은 미술의 길을 가는 W의 도시풍경과 건축물을 직선 화법으로 현대의 고뇌를 표현하는 그의 재능을 나는 누구보다 높이 평가해 왔다. 광야의 혼자 서있는 나무와 같은 심성인 나는 W를 진실한 우정으로 이해하고 감싸는 마음이었으나, 그는 아니었던가 보았다. 가끔은 나를 혹평하는 낌새를 느꼈으나 나는 도외시하였다. 시샘 많은 여자같이 속 좁은 그의 성격 탓이려니 하고 재채기를 하듯 넘겨버리곤 해왔다. 결국 정신적으로 불쾌한 감정을 느끼게 되는 건 가해자의 몫일 테니까. 전미가는 아직도 이태리에 숨어 사는 걸까. 국내 화단에 그녀의 그림들이 자취를 감춘 지 오래이듯 사랑한 나에게도 그림자조차 없는 그녀에게 나는 망연할 따름이었다.

전미가와 W…?

그렇다. 헤어진 그들은 배신자이고 배신을 당한 나는 나대로 마음 편한 피해자가 아닌가. 나는 외출에서 돌아오는 길에 마트에 들렀다. 소주와 라면을, 과일과 인스턴트식품들을 배달시켰다. W는 달려들어 술병을 꺼내어 들이키기 시작하였다. 햄이며 연어통조림을 안주로 다른 때보다 마시는 속도가 빨랐다. 그는 뭐라고 말해도 들을 리 없는 알코올 중독이었다. 내가 컴퓨터 앞으로 돌아앉자 그가 큰 소리로 말하였다.

"구주현. 실은 남해여행을 같이 가자고 온 거야. 여자가 밤이면 우리 남해에 가요! 하고 세레나데 부르듯 했던 걸, 나는 무심히 넘겼던 거야. 하루하루 기다리며 후회에 쫓기다 못해 이렇게 그 여자의 개를 두고 나올 수 없어서 데리고 나온 거야."

남해라는 말에 나는 오랜만에 지난가을에 왔었던 동경의 얼굴이 스쳤다. 의료계를 떠돈 동경의 스캔들이 생각나서 나는 초밥 먹던 젓갈을 쉬고 지금 어디 있느냐고 그녀에게 물어보았다.

"나…? 남해의 땅끝마을 착한 사람들이 사는 춘풍마을 보건소에 있어. 임시야."

그날 동경의 모습이 번개처럼 상기되었다. W는 무슨 선언문을 낭독하듯 말하였다.

"참, 이상도 하지. 세상을 다 뒤져봐도 속내를 말할 사람이 구주현

너밖에 생각나는 얼굴이 없었다."

　그는 여전히 자기 위주였다. 내일쯤은 가려니 하고 바라고 있던 W의 엉뚱한 말에 나는 화가 치밀었다. 다음 주에 정선으로 봄 산 스케치를 하러 갈 계획이 뒤통수를 맞은 기분이었다. 나무는 그 나라 그곳 사람들의 삶과 환경의 의미를 지니고 있다는 생각에 나는 다양한 인간상과 사계절을 따라 색깔을 달리하는 각양각색의 나무를 견주어 주된 추상화 소재로 삼아왔다. 작품을 위한 여행계획을 W의 여자 찾기 남해여행으로 대치할 수는 없는 일. 나의 거절은 당연하였다. 무례하기 짝이 없는 인간이지만 차마 나는 내일쯤은 가길 바라고 있다는 말을 꺼내지 못하였다. 과거엔 배신을 한 강자였어도 현재 그는 도움을 청하는 약자였으므로. 내 반응에 낙심한 W는 술 쟁반을 차려다가 허기 들린 듯 마시기 시작하였다.

　오후가 되면서 비가 내리었다. 조용한 봄비였다. 사념의 눈을 감은 내 귓가에 퐁… 퐁…퐁… 유리창에 빗방울 튀는 소리가 들려온다. 나는 머릿속으로 노란 물방울을 그린다. 꽃 몽우리 같은 봄비 방울을.

　상념을 그리고 있는 나에게 W가 또 남해여행을 조른다. 끝내 분신인 그 여자를 찾지 못하면 죽을 것 같다고, 같이 여자를 찾으러 가달라고, W는 닫은 내 귀에 협박조의 독촉을 난타하였다. 나는 속으로 비웃는다. '네가 죽는 건 네 운명이고. 죄진 자는 넌데, 내가 왜. 정선 스케치여행 계획을 포기해야 한단 말인가—

"주현. 부탁이야. 다 뒤져도 세상에 구주현밖에 없어. 제발 유언이라고 생각하고 같이 남해에 가자고. 어…엉—"

그 말을 한 W는 술잔을 떨어트리고 바닥으로 굴렸다. 엎친 데 덮친다는 속어가 실감 나는 사건이었다. 눈을 감으며 W는 어눌한 음성으로 말을 맺지 못하고 실신을 하였다. 내가 후들거리는 손으로 119를 불러 응급실로 실어 간 W는 곧장 생사를 겨루는 뇌출혈수술을 받은 중환자가 되었다. 그리고 그는 장기입원환자가 되어 나의 일상을 조여오기 시작하였다.

*

연두색 사월의 날씨는 쾌청하고 차창 밖 풍경은 소녀의 이미지로 깨끗하였다. W의 강아지는 의외로 조용하였다. 여섯 살짜리 강아지라고는 믿을 수 없을 만치 작고 차분하여 나는 가끔씩 옆을 보며 로즈야—하고 말을 시킬 정도였다. 제 이름을 부를 때마다 유리알 같은 동그란 눈을 맞추며 육포를 받아먹는 게 여간 귀여웠다. 차에서 배변을 할까 염려되어 내가 차를 세운 곳은 서해의 바다낚시터가 있는 어촌이었다. 내가 목줄 맨 로즈를 데리고 차에서 내리자 강아지는 오줌을 꽤 길게 누었다. 기특하게도 참고 있었던 게 분명하였다. 나는 2시간 넘게 운전한 몸을 풀 겸 목줄을 맨 강아지를 데리고 몇 안 되는 낚시꾼이 보이는 어촌귀퉁이로 갔다. 놀랍게도 그곳에서 만난 건 한 마리 개였다. 덩치가 로즈의 두 배가 넘어 보이는 개는 버드나무에 상당히 고급한 자주색 가죽목줄이 턱까지 감겨 있었다. 목줄을 풀려고 얼마나 뻥뻥 돌았는지 숨을 헐떡이며 늘어져 있었다. 허겁지겁 놀란 나는 얼른 목줄을 돌려서 느슨하게 풀어주었다. 낚시꾼들에게 주인이 누구냐고 물었으나 아무도 주인이 아니라는 대답이었다. 배에 중성화수술 자국이 있고 훤한 면상이 꽤나 사랑을 받은 놈 같아 보였다. 뱃살의 탄력이 시들지 않은 암놈이었다. 등에 짙은 갈색과 진검정이 섞인 대형견이었다.

W에게 얻어들은 나의 개 지식으로는 시베리안 허스키 종인 썰매 개일 게 분명했다. 그렇다면, 이놈은 무슨 연유로 인가가 대여섯뿐인 서해 외딴곳에서 앓는 소리를 내며 숨을 헐떡이고 있는 걸까, 나는 숨이 턱 막히는 느낌이었다. 낚시를 데려왔던 주인이 잘생긴 이놈을 버리고 간 것이면, 나로서는 그 이유가 의문스러울 수밖엔 없다. 낯선 곳이 신기하여 둘래둘래 즐기고 있던 놈은 갑자기 자동차를 몰고 주인이 달아날 때, 혼비백산하여 목줄이 매인 버드나무 둥치를 미친 듯이 돌았을 게 뻔했다. 튼튼한 가죽 목줄은 죽을힘을 다해도 끊어지지 않았던 증거로 놈의 패인 목에 붉은 목걸이처럼 피가 엉겨 붙어 있었다. 주인의 자동차가 시야에서 사라졌을 때의 놈의 절망감이 의식되자, 의지하고 살던 여자의 도주를 이겨내지 못하고 끝내 머리 핏줄이 터져 쓰러진 W의 모습이 오버랩 되어 나는 개 앞에 쭈그리고 앉았다. 불끈 부와가 돌았

다. 오그라든 내 기분이 부르르 떨리며 W의 목소리가 귓가로 스민다.

"그 여자가 분신처럼 살뜰하게 기른 강아지야. 귀여워해 줘. 이젠 내 분신 같이 된 놈이니까."

나는 반박하였다.

"어쨌든, 나는 개를 좋아하지 않아. 싫다고."

"개보다 못한 인간들이 득시글거리는 세상을 생각해 봐."

"더구나 개까지 같은 집안에서 살다니, 당장, 난 W 너도 싫은데 끔찍하다고."

그렇게 개 때문에 티격태격하던 W가 노려보고 있는 느낌에 나는 슬그머니 놈의 머리를 쓰다듬어 주었다. 혼자 살아온 나는 졸지에 쳐들어온 W가 배신감에 앞서 부담스럽고 불편할 수밖에 없었다. 더부살이 주제에 끼고 온 의붓자식 역성들듯 애지중지하는 개 때문에 다툰 W의 병상 얼굴이 흐린 낮달 같이 어려 온다.

"그 여자를 남해에 가서 찾아봐 줘. 같이 가려고 했는데 구주현! 부탁해. 그 여자 이름과 나이, 이 여권에 다 있으니까. 어으 어 으으…?"

W는 뇌출혈수술 후유증으로 말더듬이가 되어 어어 으으으 거리다 얼버무렸다.

'배신자 놈. 개 한 마리까지 안고 쳐들어온 네 수술비가 얼만지나 아냐? 나쁜 자식. 배신한 주제에 좋아한다는 과거의 이유를 달고 도대체 무슨 염치로 행패냐고—'

내 은행 잔고는 그리 여유롭지 못하다. 지도하고 있는 아카데미의 미술대학 입시생 수가 줄어들어갔다. 경제 탓인 건 미술 분야뿐 아니고 영수학원은 물론, 음악학원도 다르지 않은 실정이라고 했다. 즉흥적인 W는 그동안 강원도 산에서 나무보다 주로 꽃들을 그린 작품들을 산속에다 둔 채 빈손으로 나왔다. W와 가장 친분 있는 H갤러리가 하루속히 W의 작품들을 가져와 기념전을 개최해 주기를 오로지 W와 같이 나도 바랄 뿐이었다. W가 뇌출혈 수술 후 언어장애를 입은 건 치명적이었다. W를 24시간 간병인이 돌봐주는 재활병원에 입원을 시킬 수밖에 없었다. 비용이 후들거릴 만큼 만만치 않지만 당장 다른 길은 없었다. 점심시간 후. W는 연변간병인을 시켜서 나에게 전화를 하는 게 일과였다. 으으으 어어 거리며 빨리 그 여자를 찾아야 한다고 빚 준 돈 빨리 내놓으라는 식의 억지를 쓴다. 역적 같은 무뢰한이 따로 없었다.

아무리 생각해도 W의 가출한 여자를 찾아주러 나선 여행길에 버림받은 유기견을 만난 건, 암운이 튼 기분이었다. 나는 W의 질책 소리에 쫓겨 덩치 큰 놈을 안아다 차 뒷자리에 놓았다. 앞자리에 있던 까만 로즈가 싫어하거나 무서워하면 어쩌나 했으나 그렇진 않았다. 으르렁대지도 않고 말똥한 눈으로 팔랑개비처럼 환영의 꼬리를 쳐서 다행이었다.

뇌출혈을 일으키기 전날 밤이었다. 같이 산 여자 이야기를 하는 W의 표정은 행복의 여운이 짙어 보였다. 여름저녁 늦은 산보 길에 편백나무 숲에서 W에게 발견된 여자에게 새까만 강아지가 몸을 기대고 있는 모습은 놀랍고 환상적이었다고 W는 싱글 웃으며 묘한 표정을 지었더랬다. 남편에게 딴 여자가 생기기 전, 남편과 왔던 편백나무 숲에서 생을 단념한 여자를 만난 건 운명적인 인연이라고 속삭였다. 그는 사라진 여자이야기 끝에 덧붙였다.

"인연은 특별한 거라고 생각해. 자기가 창작할 수 없고 곧장 삭제해 버리거나 수정 할 수 없는 운명 같은 거니까."

'인연과 운명…?'

"그러니까 무엇이든 인연이 닿으면 운명과 같은 거지. 피하기 어려운 관계니까."

나는 W의 명령이듯, 졸지에 만난 썰매 개의 얼굴과 손발을 물휴지로 닦아주었다. 눈을 껌벅이며 나를 살피는 놈에게 소시지와 식빵을 주고 먹어! 해도 달려들어 먹지 않는다. 아마 먹어온 먹이와 다르기도 하겠지만, 생각 깊은 썰매 개는 의심이 들고 불안하기 때문인가 보았다. 놈의 몸을 구석구석 살펴보았다. 내 지시를 고분고분 따라주는 놈의 왼쪽 엉덩이가 시뻘겋게 붓고 진물과 고름이 엉덩이 털에 흥건히 젖어있었다. 물휴지로 꼼꼼히 닦아주고 손 닦는 넓적한 종이타월을 환부에 붙여주었다. 종이에 금방 피고름이 배었다. 환부를 소독하고 항생제 주사를 놓아야 하는 기초 상식이 떠올랐으나, 지금 그건 전혀 불가능한 처치였

다. 아직 해지기 전이어도 이 오지에서 약방이나 동물병원을 찾는다는
건, 초등학교 소풍 때, 숨은 보물찾기보다 어려운 일일 것이었다. 놈이
아픈 소리를 지르는 것과 비례하여 차 뒷자리의 방석이 피고름으로 흠
씬 젖었다.

나는 놈을 다시 차 밖으로 끌어내었다. 내가 환부를 건드린 탓에 놈
이 괴성을 지르는 신음소리에 공포감이 든 나는 묵직한 놈을 안고 풀밭
에 주저앉았다. 덩치 큰 놈은 칼로 생살을 찢는 것 같은 고통의 소리를
내질렀다. 그 공포에 쫓기듯 나는 놈의 환부를 입으로 빨기 시작하였
다. 어릴 때 얼굴에 난 밤톨만 한 부스럼을 엄마가 입으로 고름을 빨아
주었던 기억이 번개처럼 떠오른 행동이었다.

정신없이 놈의 왼쪽 엉덩이를 붙들고 쌈싸우듯 고름을 빨아서 뱉은
덕에 고름과 피가 잦아든 모양이었다. 그냥 노르스름한 액체가 조금씩
나올 뿐이었다. 나 자신이 예상치 못한 치료법이었다. 내가 입 헹궈내
는 세정액으로 환부를 닦고 치약을 발라준 건 어쩌면 놈에게는 해가 되
는 처치일지 모른다. 그럼에도 나로서는 무엇이든 발라줘야 할 것 같은
의무감에 행한 행동이었다. 나는 세정액으로 여러 번 입을 헹궈내고는
KO펀치를 당한 신참내기 권투선수인 양 그대로 뻗고 말았다.

놈은 한동안 신음소리를 깨물고 엎드려 있던 고개를 들고 둘래둘래
주위를 살폈다. 배변을 하려는가 싶어서 "쉬, 쉬"하고 배에 손짓을 했
더니 놈은 절뚝거리며 몇 발짝을 가서 오줌을 누었다. 그리곤 주저앉아

고개를 땅에다 박는다. 통증이 심한지 끄릉 끄릉 몸을 뒤챌 뿐, 일어나라는 명령손짓을 해도 도무지 움직이려 들질 않는다.

"날이 샐 때까진 꾹 참아야 해! 넌 씩씩한 놈이니까, 알았지!"

나는 딱한 생각이 들어 머리를 쓰다듬어 주고는 알아듣든 말든 그렇게 말해주었다. 인간이 아니어도 생명이 있는 것에겐 수목일지라도 이름이 있고, 이름이 있어야 한다는 생각에 잠시 궁리한 끝에 나는 놈에게 허스키! 하고 불러버렸다. W가 신이 나서 남해로 갔다는 여자에게 들은 개의 종류와 상식을 떠들 때, 썰매 개의 종種일 성싶은 시베리안 허스키가 퍼뜩 떠오른 것이었다. 빤히 쳐다보는 놈의 머리를 두어 번 쓰다듬어 주고 허스키! 하고 다시 한번 다정하게 불러주었다. 그리고 차로 안고 와서 물을 주고 햄을 주었다. 저녁을 먹은 놈의 신음소리가 점차 잦아들었다. 다행이다 싶었다. 나는 W의 강아지 로즈와 앞칸에서 자고 덩치 큰 허스키를 내가 먹는 수면제 반쪽을 우유에 타서 먹이고 뒤칸에 재웠다.

엎드려 있는 허스키는 자기 처지를 인식한 입양아처럼 앓는 소리 없이 기가 죽은 모습이었다. 주인과 환경이 바뀌어 당황하고 불안할 텐데도 허스키는 자기 덩치 반도 안 되는 로즈에게 덤덤하게 굴고 내 지시를 온순히 따라주었다. 놈은 버림받은 자기 처지와 내가 의지할 새 주인이라는 걸 알아차린 모양이었다. 눈치 빠르고 머리 좋은 놈이 분명했다. 병들었음에도 차에서 배변하는 일 없이 웬만한 지시사항은 곧잘 알아차렸다. 그만큼 사람과 산 연륜이 길고 두뇌가 우수한 놈은 그러나 나는 버릴 수 없는 벅찬 병든 개일 뿐이었다. 달아난 여자의 개를 애지중지하는 W의 동물사랑 설교가 이놈을 외면하지 못하게 해도 나에게 피곤을 가중시키는 건 사실이었다. 노숙의 여로는 생각만큼 만만치가 않았다. 더구나 덩치 작은 푸들 한 놈도 신경이 쓰였는데, 앓는 썰매 개는 벅찬 짐일 밖엔 없다. 어디쯤 가야 동물병원이 있을지, 나는 초행길이 막막하고 고단하여 이게 뭔가 하는 자괴감으로 지쳐갔다.

개를 동물병언에 맡기겠다고 하자 W는 안 된다고, 데려가라고 어어으으으 거리는 통에 여섯이 누운 입원실 벽이 흔들릴 정도로 난리를 쳤을 것 같았다. W의 엄포에 난생처음 푸들을 데리고 떠난 여행길에 버림받은 허스키를 만나게 된 후회가 폭풍처럼 밀려왔다. 잠이 오지 않는다. 시름겨워 나는 차에서 나와 투명한 서해의 밤하늘을 멀거니 서서 바라보고 있다. 색 짙은 청남색의 하늘은 한없이 맑은 봄 바다를 닮은 이미지였다. 나는 〈3인 추상화 전시회〉 끝나는 다음 날. W가 전미가를 꿰차고 사라지자 한때 그림 붓을 던지고 칩거하던 시절. 달이 뜬 하늘을 무연히 바라본 적이 있었던가. 사념에 물이랑이 인다. 내게 안겨 있는 강아지에게 지극정성이던 W의 병든 모습이 어른대었다. 술이 있었으면, 술을 살 수 있는 구멍가게라도 있으면 덜 답답하겠건만. 구멍가게와 밥집은 이미 문 닫은 지 오래였다. 빨리 가라는 W의 성화에 미처 술 살 생각을 못한 게 못내 아쉬웠다. 나는 초조롭고 공허하여 애써 끊은 담배를 찾는 시늉으로 이쪽저쪽 점퍼 주머니를 스리꾼 남의주머니 훑듯 뒤져보았다. 양쪽 바지 주머니에까지 손을 넣어보았으나 허전한 빈손은 초조로운 공허감을 불러올 따름이었다.

*

폭우가 쏟아지는 밤이었다. W는 취한 것도 아닌데 고아원 시절을 꺼내었다. 비웃고 있는 듯한 얼굴이었다. 자기와 살던 할머니가 사망하여 고아원에 맡겨졌기 때문에 부모의 이름은 고사하고 사진 같은 것이 있을 리 없다는 거였다. 한 살 때 홀홀 단신 천애고아가 되었다고 특유의 얼굴로 피식 웃었다. 고아인 건 알았지만 내가 실제로 그의 이야기를 듣는 건 처음이었다.

"초등학교 3학년부터 호시탐탐 탈출을 꿈꾸며 잠들었다. 중학생이 되고는 실제로 고아원 담을 넘기도 했다. 기차역 의자에서 꼬부랑 잠을 잤어. 가을밤이 그렇게 추운 걸 그때 첨 알았거든. 이틀 만에 겨들어갔을 때 똥개 순이가 정신없이 내 얼굴을 핥으며 반가워하는 거였어. 앞다리 하나가 불구인 바둑이는 부엌 아줌마부터 원생들의 구박덩이였다. 불쌍한 순이를 돌봐줘야겠다는 마음에 동정심이 들어갔다. 그때부터 공불 파고들고 미술부였던 난 그림을 열심히 그렸다. 다행히 전국고교미술대전에 특선을 따는 바람에 미댈 장학금으로 다니게 된 기쁨보다도, 새끼 네 마리 낳은 구박덩이 순이를 두고 떠나는 슬픔은 말로도 그림으로도 어떻게도 할 수 없는 사무침 때문에 내 가슴을 주먹으로 얼마나 쳤는지. 구주현 너는 이해하지 못할 것이다."

빈 잔을 뱅뱅 돌리며 W는 바둑이 순이가 보고 싶다고 첫사랑 이름을 부르듯 뇌까렸다. W보다 술이 약한 나는 W의 말끝을 이어 입을 열었다.

"엄마가 사망하기 전, 나는 진돗개를 기르는 시골 할아버지 집에서 살았어. 그때는 쇠사슬목줄을 매놓고 마당의 개집에서 기르던 때라 요즘 애완견처럼 목줄을 잡고 산보를 다녀본 적은 없었다. 고깃국을 끓인 날이었어. 밥그릇을 똑바로 놓아주는 내 손을 덕구가 덥석 물었던 거야. 자기 밥그릇을 뺏는 줄 알고 물었다는 걸 나중에 알았지만, 글씨를 써야 하는 오른손을 오랫동안 묶고 다닌 불편함이 내가 개를 싫어하게 된 원인이기도 했던 거야."

W가 쳐들어와 하룻밤을 자고난 아침. 나는 더는 그대로 볼 수 없어 W에게 이발하러 가자고 권하였다. 그는 홰 홰 손을 내저으며 갑자기 동물강의를 토로하였다.

"구주현! 말하는 개를 보았어?"

"개가 말을 못 하는데, 내가 어떻게 봐?"

"밥 먹듯 거짓말을 하고 욕심 때문에 친한 친구에게도 나처럼 배반을 때리는 철면피한 개를 보았는가 말이야?"

"그러니까 개만도 못한 인간 운운하는 말이 있는 거겠지."

"동물들의 천적은 사람이라는 건, 알지? 야생의 포식동물들에게도 가장 큰 천적은 인간인 거야. 옛날 서양의 부자 놈들은 투우를 하며 즐겁다고 소를 괴롭히며 즐기고 꿩 사냥이며 여우 늑대 사냥놀이를 하며 낄낄거리던 놈들은 지금 시대도 다르지 않지만. 사실은 귀족이 아니고 돈 많은 야만인인 거야. 영장류인 인간이 무기로 동물을 죽이고 괴롭히는 놈들은 모두 사람을 해한 것과 같은 형벌을 적용해야 한단 말이야! 가장 친한 반려라고 애완견을 물고 빨며 귀여워 죽겠다고 호사를 시키다가도 병이 들 거나 싫증이 나면 휴지 조각 버리듯 기르던 개 고양이를 버리는 인간들의 인격과 비양심도 마찬가지로 죄를 줘야 한단 말이야…"

W는 허한 눈으로 어투에 힘을 주었다.

"나는 인간들이 입술에 달고 사는 사랑을 믿지 않아. 알지? 배신. 세상에서 제일 믿을 게 못 되는 게 남녀의 그 사랑이라는 거야."

W는 무슨 생각에선지 여자 이야기를 꺼내었다. W는 어스름 봄밤. 작업 붓을 놓고 허리를 펴려고 나갔다가 기절할 뻔하였다. 저만치에 시커먼 물체가 있어 다가갔더니 사람이었고 여자였다. 숨을 쉬는 여자를 업어다 방에 뉘었더니 헛구역질을 하고 계속 노란 액체를 토해내는 거였다. 묽게 밥 끓인 걸 먹은 여자는 앳된 40대였다. 정신이 든 여자는 W를 쳐다보며 말문을 열었다. 뉴욕 로마에도 가보고 런던 파리, 텐마

크 노르웨이까지도, 남미의 아르헨티나 칠레 등. 지구의 끝까지 가봤지만, 이제 서울은 죽어도 싫다고 고개를 저었다.

"무서워요. 편백나무 산에서 살고 싶어요."

하고 W의 나무집에 눌러앉은 여자는 W와 오 년 가까이를 산나리꽃처럼 살았다. 그녀가 이른 새벽, 실뱀처럼 사라진 이유를 도무지 이해할 수 없어 미칠 지경이라고 W는 갑자기 나온 딸꾹질을 하듯 흐느꼈다. 그리고 중요한 비밀을 고백하듯이 말하였다.

"그 여자, 제자와 바람난 음대 교수 아내이고, 성악과 출신의 세련된 여자야."

그래서 어쩔 셈이냐고 묻자, W는 그래서 찾으러 나온 거라고 히죽 웃었다. 웃다니, 돈 게 아닌가 싶어 나는 원숭이 꼴을 한 털북숭이의 이발이고 뭐고 집을 나왔다. 한 치 앞을 모르는 인생이라더니, 나야말로 도깨비 같은 옛날 그림쟁이 친구 놈이 들이닥쳐 술을 퍼마시는 통에 내쫓을 수도 없는 지경에 중한 뇌출혈까지 일으켜 수술비며 재활병원 입원비용을 충당해야 하는 보호자로 붙잡힐 줄을 낮 꿈엔들 알았겠는가.

W는 여자가 도망간 곳이 남해일 게 분명하다고 강아지를 자동차에 태우고 빨리 떠나라고 기어코 나를 내몰았다. 남해라면, 땅 끝 마을 춘풍 보건소…? 그렇다. 허동경. 그녀는 오랜만에 햇불처럼 나타났다가 순식간에 도깨비불처럼 사라져버려 내 혼을 빼놓았던 어릴 때 같이 자란 고향 친구였다. S의대 출신인 그녀는 의료계에선 알아주는 신경외과

의로 이름을 날린 명의였다. 나는 허동경이 불명예스런 사건이라는 것
만 들었을 뿐, 내용에 대해선 알고 싶지도 아는 것도 없었다.

"몰상식한 한국 놈들이 오줌 갈기듯 필리핀에 싸놓은 혼혈아 구호
모금에 동참해 줘. 화가의 수입 어쩌고 하는 군소리 달지 말고, 성의
껏ㅡ."

"알았어. 그런데 자기 앞가림도 어렵다면서, 필리핀 혼혈아 구호 모
금 운운은 대체 무슨 과제야?"

흡사 홀아비 같은 차림의 동경은 내가 1인분을 먹는 사이 생선 초밥
2인분을 먹고 맥주 한 병을 비워냈다.

"닥터 허. 너 지금 어디 있는데…?"

내 물음에 그녀는 '남해 땅끝마을 춘풍 보건소에 있어. 임시야.' 하고
는 그녀 특유의 뻐딱한 미소를 지었다. 부잣집 딸로 인물과 옷태가 멋
스럽고 수재이던 동경의 몰골은 말이 아니었다. 주머니 사정보다 자학
적인 차림 같아 보였다.

"남편 놈이 나 모르게 동료 의사들에게 돈을 빌리는 바람에 망신을
주더니, 아예 그 작자 집 팔아가지고 십 년 연상 유부녀를 달고 아프리
카로 튀었어."

"정말이야?"

"거짓말이면 춤을 출 일이겠지만."

나에게 눈을 흘긴 동경은 심화를 끄러 이 금연열풍 시대에 담배를 피

러 식당을 들락거리더니, 어느 순간 사라져버렸다. 내가 남해 땅끝마을 춘풍 보건소에 있다고 한 동경을 생각하고 희망의 속력을 낼 때였다. W 간병인의 전화가 왔다.

"아유 - . 큰일 났어요. 선상님이 수퍼 바이러스에 걸렸다고 독방에 갇혔어요. 한참 거기 혼자 있어야 한 대요. 그런데 죽는 건 아니래요. 내일 또 전화할 게요 -"

이게 무슨 날벼락 같은 소리인가. 내가 남해여행을 떠나면서 간병인에게 하루에 한 번씩 W의 보고전화를 해달라고 부탁했는데, 이건 또 무슨 사건인가. 배신자 주제에 날벼락같이 쳐들어와 뇌출혈을 일으키고 나에게 보호자의 올가미를 씌우고, 생명이 경각에 달린 놈이 뭐 수퍼바이러스에…? 독방에…? 달아난 여자 찾아달라는 유언 같은 보챔에 떠난 이 길은 내 생의 무슨 여로인가….

색색깔의 칠을 한 양철지붕이 드문드문한 곳에서 차를 세웠다. 대소쿠리를 엎어놓은 형상으로 부드러운 반달형 야산아래 마을에 사람의 그림자는 보이지 않았다. 차에서 내리자 개들이 오줌을 누었다. 로즈를 안고 집들 주위를 한 바퀴 둘러보았다. 허스키가 다리를 절뚝거리며 줄레줄레 따라왔다. 병들었어도 허스키는 덩치 큰 개라 의지가 되었다. 야산의 어린나무들엔 연두색 물감을 찍어놓은 것 같은 연녹색 잎들이 삐죽삐죽 솟아있고 뿔긋뿔긋 진달래의 꽃망울이 영글어 있었다. 계절의 순환 고리에 경이감을 느끼며 나는 꿈같은 서해의 노을을 마치 화필을 든 듯이 오래도록 감상하였다. 찬연한 핏빛 석양을 오른편 뺨에 받으며 달리는 내 시야에 언어장애를 입은 W가 슈퍼 바이러스에 감염되어 격리치료실로 옮겨진 실루엣 위로 이태리로 간 미가의 모습이 물 위에 핀 연꽃 송이처럼 불쑥 떠오르곤 하였다.

얼마를 달렸을까. 바다를 낀 관광지인 모양으로 동화 속 그림 같은 펜션들의 불빛이 환한 곳을 지나 밥집 뒤에 차를 세웠다. 나는 국밥 한 그릇을 사먹고 개 두 마리에게 소시지를 먹이고 허스키에게는 빵에 수면제 한 알을 끼워 먹이고 뒤 칸에 눕혔다. 나는 로즈 옆 운전대 자리에 고단한 몸을 뻗고 고단한 잠을 청하였다. 막 사로잠이 드는 데 이상한 소리에 눈을 떴다. 산짐승의 울음소리 같았다. 겁이 나서 귀를 기울여보다가 잠잠하기에 차에서 내렸다. 달빛 어린 야산 아래 허연 짐승이 시야에 잡혔다. 무슨 짐승인지 눈에 야광을 발하며 졸랑졸랑 이쪽으로 다가오고 있는 게 아닌가. 황급히 차 속으로 피한 내 눈앞에 있는 짐승은 예상 밖의 자그마하고 하얀 개였다. 몹시 탈진해 보여 차창을 조금 열고 식빵조각을 던져주자 숨도 쉬지 않고 허겁지겁 먹어치웠다. 배를 곯은 게 분명했다. W의 얼굴이 떠올라 차에서 내리지 않을 수 없었다. 진흙 구덩이에서 나온 것 같은 개는 내 눈치를 살피더니 내 운동화발등을 핥기 시작하였다.

조금 후, 몸을 돌리더니 로즈보다 조금 큰 하얀 개가 따라오라는 듯, 왔던 곳을 향해 급히 뛰었다. 뭣에 썰 듯 따라간 곳에는 두 마리의 새끼가 사과 상자에서 꼼지락거리고 있었다. 달빛에 잠긴 야산은 깊은 밤그림자에 덮여있고 멀리 펜션 마을은 잠든 듯 고요하였다. 나를 꼼짝 없이 붙잡은 건 배설물 범벅인 과일상자 안에서 꼼지락대는 두 마리의 새끼가 아니었다. 그 옆에 늘어져 있는 새끼를 어미가 열심히 핥아주고 있는 주먹만 한 죽은 강아지였다. 새끼가 깨어나기를 바라는 열망에선지 어미 개는 죽은 새끼 핥기를 멈추지 않았다. 안타까운 나머지 꼬물거리는 두 마리의 새끼를 번쩍 들어 안고 나는 도망치듯 차로 돌아왔다. 어미개는 새끼들을 데려가는 나를 따라왔다.

흡사 W가 "빨리 먹을 걸 줘. 빨리!"하고 닦달을 치는 느낌에 나는 소름이 돋아 흙 범벅인 로즈만 한 어미에게 식빵 조각과 소시지를 주었다. 어쩔 수 없이 나는 세 마리의 오물자국을 물휴지로 닦아주었다. 그리고 허스키가 있는 뒷자리 바닥에 로즈의 방석을 깔고 세 마리의 자리를 잡아 주었다.

나는 털이 짧고 하얀 개의 종이 무엇인지 모른다. 턱이 뾰족한 얼굴은 예민하고 예쁘게 생긴 어미는 얼굴이며 등에 온통 불긋불긋 피부병이 퍼져 있었다. 그런 어미에게 달려들어 새끼 두 마리가 젖을 빠는 거였다. 내가 처음 보는 그 모습은 신기한 판타지였다. 자기 처지를 알아서인지 허스키는 고맙게도 작은 개들에게 거부감을 나타내지 않아서 안심이었다.

지금은 육지와 교량이 연결돼 있어 엄격한 의미의 섬이랄 수는 없는 야산자락에 개 세 마리가 과실 상자에 들어있는 건, 떠돌이 개는 아닐 게 분명했다. 주인이 버리고 간 게 분명할 터. 피부병 걸린 개가 임신을 하여 버린 것인지, 낳은 새끼 세 마리까지 피부병일 게 두려워 굶어 죽으라고 인가가 먼 산자락에다 버린 악독한 주인은, 화 있을 저! 무엇보다도 나는 W가 줄곧 개를 대하는 나의 행동을 주시하고 있는 것 같은 강박관념에 깜짝깜짝 놀라고 소름이 끼친다. 두렵고 싫어 저어되었으나 W가 노려보고 있는 것 같은 불안증은 어쩔 수가 없었다.

"구주현. 인도의 간디는, 동물을 사랑하는 사람들을 보면 그 나라 국민의 민도를 알 수 있다고 했어."

내 품에 안겨있어도 W를 기다리는 유리알 같은 눈으로 말똥말똥 쳐다보는 까만 털이 고불고불한 로즈가 측은하여 나는 사물거리는 눈을 감는다. 나를 만나지 않았으면 새끼 두 마리와 함께 죽고 말았을 피부병 어미 개에게 동정심이 일고, 입으로 고름을 짜준 썰매 개가 더 심하게 절뚝거려 내 마음을 상심에 빠트렸다. 졸지에 이 많은 개들의 보호자가 된 나는 동물병원 못지않게 개들의 식량을 구할 마트가 급했다. 동물을 사랑하는 W와 세계적인 성웅인 간디의 말에 힘입어 나는 성한 W의 개 와 병든 개 네 마리의 생명을 넘겨받은 개 보호자가 되었다. 목숨이 눈앞에 달린 배반자 W의 보호자가 된 건 미술학도 운운하고 변명도 못 하고 억울하게 벌서는 기분이었다. 어이없고 막막하여 한동안 나는 달무리 낀 밤하늘을 우두커니 바라보고 서있었다.

*

어렵게 찾은 동물병원은 깨끗하고 널찍했다. 나는 난생처음 들어 와 보는 동물병원을 휘− 둘러보았다. 청년 수의사는 협소한 인품으로 보였으나 나는 사람의 인상을 믿지 않는다. 숱한 인간의 포장술에 속은 경험 때문이었다. 네 마리 개의 각종 검사비의 선금을 카드로 그었다. 로즈는 온 다음 날 이발하자는 내 말을 거절한 W가 동물병원을 찾아가 건강검진을 했다. 아직 내 통장의 잔고는 거덜이 나지 않은 모양이었다. 로즈를 제외한 네 마리의 개를 입원시켜야 한다는 수의사 말에 나는 동의할 수밖에 없었다. 아픈 개들로부터 해방된 나는 수의사의 소개로 동물병원 가까운 오피스텔로 갔다. 모처럼 다리 뻗고 잘 수 있는 세 평짜리는 그런대로 괜찮았다. 모처럼 피곤을 풀기 위해 수면유도제를 먹고 푹 잔 나는 라면상자만 한 냉장고를 열고 물병을 꺼내었다. 찬물이 식도를 타고 내려가며 신체의 부분들을 마디마디 들깨웠다. 커튼을 열고 환하게 밝은 낯선 아침 풍경을 바라보는 내 의식에, 신문도 TV도 스마트 폰으로도 뉴스를 보지 않는 동안, 세상은 뭉텅 잘려 나간 필름처럼 새까맸다.

한길 복판으로 인간들이 생의 희망과 절망을 안고 내달리고 있다는 걸 나는 믿을 수 없는 기분으로 응시한다. 자동차들이 불 끄러 가는 소방차처럼 달리고, 고단한 사람들을 콩나물시루같이 실은 버스가 매연을 풍풍거리며 달리고 있는 걸, 유심히 보고 있었다. 낯설다. 경상도 한 소도시의 작은 오피스텔에서 하룻밤을 말 없는 W의 애완견과 깊은 잠을 잔 나는 모처럼 수갑이 풀린 죄수처럼 손이 홀가분하고 시장기를 느꼈다. 이틀 만에 샤워를 한 나는 냉장고에 붙여져 있는, 음식집 전화번호들을 훑어본다. 된장찌개백반, 피자집, 중국집 호프집 전화번호들과 지금까지 혼신의 힘으로 내가 그려온 작품들이 뿌옇게 떠오른다. 내가 걸어온 삶은 무슨 의미로 남을 것인가.

ㅡ지상의 모든 인간들의 미래가 나에게도 존재할 것인가. 과거 속에 미래가 존재한다는 말은 진실일까. 나는 나에게 고개를 끄덕이었다. 운동회와 학예회 때면 엄마가 작고했다는 말을 하지 않아 교무실로 불려 가곤 하던 초등학교 때부터, 나는 고아원에서 자란 W처럼 주눅 들고 외로웠던 나를 응시한다. 나는 크게 웃어본 기억이 별로 없다. 모로코로 가기 전, 부유한 아버지와 살 적에도 나는 뭔지 모를 결핍을 느껴 달팽이처럼 고개가 안으로 수그러들곤 하였다. 툭하면 술 먹자고, 내가 널 좋아한다고 성화를 부리던 코스모스를 닮은 유명한 동양화가가 된 후배 여자를 밀쳐내던 기억이 아련히 스친다. 비단가게와 자수刺繡점을 운영하는 조신한 홀어머니의 딸인 긴 머리의 전미가는 결혼을 언약한 여자였지만 가장 친한 W에게로 날아갔고, 부유한 집 딸이고 두뇌 우수한 유명의사인 고향 친구 허동경의 프러포즈에 응했더라면, 내 생은 어

디로 흘렀을까. 어릴 적 시골집 앞에 흐르던 시냇물 속의 이끼 낀 조약
돌처럼 묵은 기억들은 말갛게 반짝였다.

동경은 알바를 뛰느라 강의 시간에 꾸벅꾸벅 졸던 나와 달리 방학이
면 외국여행을 다니는 호사를 누렸다. 파리 샹젤리제의 유명식당에서
달팽이요리를 먹어보고, 모나코의 그림 같은 소왕국 관광을 누리고 몬
테카를로에서 장난기로 한 슬롯머신에서 딴 달러를 지갑에 넣어가지고
다녔다. 또한 동경은 남프랑스의 니스와 영화제로 유명한 칸에도 가보
고, 일 년 사시사철 세계의 관광객이 붐비는 로마의 '사랑의 샘' 트레비
분수에 동전 세 개를 던져본 달콤한 추억을 맨드라미 미소로 피력하던
소꿉친구였다. 대학시절 그렇게 달리던 동경은 결혼과 함께 추락하고
말았다. 임시라지만 그녀는 남쪽 바다마을 착한 사람들이 모여 사는 춘
풍 보건소에 옥돌처럼 박혀있다고 했다. 그런 동경을 나는 찾아가고 있
는 것이었다. 죽다 만 W의 여자 찾는 데 도움을 받아야 하니까.

내가 살아온 기억들은 구멍 난 풍선인 양, 고스란히 빠져나가 내 생
각과는 다른 곳에서, 다른 시간이 꾸역꾸역 밀려오고 있었다. 낯선 오
피스텔에서 나는 쓰다듬어 주기를 바라는 강아지가 곁에 있어도 일시
에 시력을 잃은 자같이 나는 고독하였다. 쓸쓸한 나는 곰팡이 핀 식빵
을 발라 먹으며 밍밍한 캔 커피를 한 모금씩 아껴 먹는다. 묵은 일상의
사고가 갈빗대 속으로 차곡차곡 들이밀었다. 비 오는 날. 귀갓길에 십
년 만에 검사가 된 고교 동창이 돌연사했다는 연락을 받고 뛰어간 장례

식장에서 나는 맥주병을 단번에 비웠다. 머리를 숙이고 앉아, '과연 제대로 사는 인생은 어떤 것인가-?' 반문하며 들이킨 술병들이 새삼 허무로 떠오르는 건 무엇 때문인 일까. 이유가 뭘까.

오래 지난 기억이었다. 오랜만에 만난 동경은 일상성의 생체리듬이 아침이면 눈뜨게 하고, 밤이면 잠들려고 약을 먹는 너는 허무의 성을 쌓는 고독한 생이라고, 나에게 그녀 특유의 냉소를 지었다. 그건 그랬다. 결혼을 사양한 나에게 동경은 눈 흘기며 "잘 생각했어. 너를 위해서도, 나를 위해서도"라고 뼈 있는 말을 들은 기억은 지금도 아프고 미묘하다. 휴대전화의 시간은 10시를 넘었다. 나는 한사코 몸을 비트는 로즈를 목욕시키고 느릿느릿 내 몸에 비누칠을 한다. 여름 번개처럼 나타났던 동경을 찾아야 하는 생각에 나는 급히 탁자의 차 키를 집었다. 신발장 거울에 비친 푸석한 내 얼굴을 보며 나는 영혼의 빗장을 연다. 뚜벅뚜벅 세상 밖으로 걸어 나간다. 늦봄의 햇빛은 눈부시도록 밝고 찬란하였다. 나는 절뚝거림이 심해진 썰매 개와 눈코까지 얼굴 전체로 피부병이 번진 어미와 똘망똘망한 새끼 두 마리를 입원시킨 동물병원으로 향해가고 있었다.

─사다리를 다오, 사다리를.

위대한 소설가 고골리는 죽어가면서 왜 사다리를 달라고 했던 걸까. 그가 닿고자 했던 곳은 어디였을까. 어지러이 휘도는 안막 속의 영상을 나는 응시하고 있다. 허리 잘려 쓰러진 사다리가 하늘의 빛살처럼 무수한 입자로 쏟아져 내렸다. 밤이면 빙글빙글 가로등 불빛으로 휘도는 하루살이 떼같이 인간들이 삶의 군무를 추고 있었다. 현기증을 털듯이 눈을 한 번 꾹 감았다가 떠 보았다. 이내 현실감이 든다.

동물병원 원장은 선금을 제외한 엄청난 치료비를 미안하지 않은 얼굴로 청구하였다. 그리고 말하였다.

"동물병원은 보험적용이 없습니다."

카드를 그었다. 피부병 개 두 마리의 검사비와 예방접종비와 어미 개의 피부병 치료비와 허스키의 한 쪽 엉덩이 상처의 치료와 종양조직 검사비의 액수가 두 자릿수의 백만 단위를 넘는 액수였다. 아직 내 은행 잔고는 땡처리를 당한 건 아닌 모양이었다.

"개는 보험이 되지 않아서요."

청년 수의사는 뒤늦게 멋쩍은 표정을 지었다. 나는 허스키와 피부병 개의 종種이 무엇이냐고 물었다.

"이 피부병 개는 치와와라는 귀한 종입니다. 정확한지 모르지만, 일본이 원산지란 말도 있고, 일본인들이 젤 좋아하는 개라고 합니다만—."

나는 내 짐작대로 썰매 개라는 허스키와 치와와 세 마리를 어디 좋은 사람들에게 입양부탁을 할 수 없겠느냐고 말하였다. 수의사는 상냥하게 고개를 주억거린다. 감정표현이 어색한 나는 먼저 허스키를 번쩍 들어 안았다. 그리고 말하였다.

"허스키! 어디서든지 건강하게 살아야 한다. 아프지 말고. 네가 간 집을 꼭 찾아가 볼게. 아저씨가 약속한다. 허스키!"

감정이 담긴 눈을 수의사에게 보이지 않으려고 나는 허스키를 내려놓고 얼른 피부병약을 바른 얼굴에 빳빳하고 둥근 비닐을 챙 넓은 모자처럼 쓴 치와와 어미 개를 들어 안았다. 개들은 이미 헤어지는 분위기를 눈치챈 모양이었다. 허스키는 내 발등에 얼굴을 마구 비비고 번쩍 들어 안은 치와와 어미는 내 뺨을 정신없이 핥는다. 나는 머리를 쓸어 주며 다정하게 타일렀다.

"네 새끼들까지 데려가는 주인을 만났으면 좋겠지만, 새끼들과 헤어지더라도 어리둥절하지 말고 네 새끼들이 건강하고 똑똑하게 살기를 바라고 너도 잘살아야 한다. 알았지─?"

갑자기 덩치 큰 허스키가 치와와를 내려놓은 내 가슴으로 뛰어올라 덥석 안겼다. 엉치에 커다란 거즈를 붙인 허스키는 내 목을 앞발로 끌어안고 얼굴을 마구 비벼대었다. 놀란 나는 등을 쓰다듬어 주며 울컥 목이 메었다.

"허스키, 사랑한다. 사랑한다."

내 눈물 어린 눈을 본 수의사의 표정이 일그러지며 나직이 말하였다.

"선생님, 이 썰매 개는 나이가 많습니다. 열대여섯쯤 됐을 것 같습니다. 죄송하지만 골반종양세포가 신장에까지 전이되어서 입양은 어려울 겁니다. 동물보호단체에서도 열흘 후면 안락사시킬 보호소로 보낼 게 확실합니다."

비수 같은 수의사의 말에 나는 의자에 주저앉고 말았다. 수의사는 차마 허스키가 종양이라는 말을 하지 않았던 것이다.

'안락사라니 - ? 억지로 허스키 목숨을 안락사를 시키다니 - ?'

"안 돼요. 안 됩니다!"

번개가 번쩍하듯 W의 얼굴이 떠올랐다. 급히 치와와 새끼 한 마리를 안고 허스키의 줄을 잡은 나는 동물병원의사에게 치와와 두 마리를 차도 건너편에 있는 차로 데려다 달라고 말하고 도망을 치듯 차도를 건넜다. 혼자 차에 남아 있던 까만 로즈는 반색을 하며 내 무릎으로 파고들었다. 버림받을 뻔한 걸 아는지 치와와 세 마리는 차의 뒷자리 바닥에서 숨을 할딱이고 당장 죽다 산 걸 아는지 허스키는 길게 엎드려 헐떡거리며 숨을 몰아쉬었다. 안락사란 말에 경악한 나는 한동안 운전대에 얼굴을 묻고 북치 듯 하는 심장을 진정해야 했다.

서둘러 빵집을 찾아 나섰다. 마침 내가 늘 가는 P 바게트가 있었다. 안락사란 말에 정신이 나간 나는 오늘 먹을 샌드위치와 두고 먹을 바게트와 치즈, 식빵이며 생수를 잔뜩 사고 그 집에서 뽑는 커피를 여러 개 샀다. 마트에 가서는 개들에게 줄 소시지와 치즈 종류도 이것저것 듬뿍 샀다. 동경이 사는 춘풍 보건소 마을에 그런 걸 파는 가게가 없을지 몰라 통장의 잔고 생각을 잊고 욕심껏 담았다.

차로 간 나는 조각치즈를 조금씩 잘라서 푸들에게 먼저 주고 의젓하게 기다리는 허스키와 치와와 어미에게는 햄을 잘라주었다. 나는 큰 마트를 만난 김에 동경이 W의 여자를 수소문하는 동안 시골 여관에 박혀 먹을 것들을 충분히 산 만족감을 느낀다. 캔 커피와 동경이 즐겨 마시는 맥주도 샀다. 안락사란 말에 흥분하여 개와 함께 먹을 식료품들을 주저 없이 산 나는 바닥을 칠지 모를 내 은행 잔고 생각에 뜨끔하였다.

얼마쯤 달린 걸까. 인가가 없는 들판이 나왔다. 로즈의 숨소리가 풀피리 소리처럼 들리고 푸푸 소리를 내며 놀란 허스키도 잠이 들었다. 어미젖을 빤 치와와 새끼도 조용하였다. 바다 냄새인가. 바람결에 소금기가 코로 스민다. 내 눈시울로 뇌수술을 한 W의 이미지가 바다 위의 뭉게구름을 타고 따라왔다. 하루에 한 번씩 전화하는 연변 간병인은 W가 개 죽는 꿈을 꿨다고, 까만 개 걱정을 한다고 전하였다. 순간, 나는 슈퍼 바이러스에 걸려 W가 무균실 독방에 있는 모습을 상상하며 부디 살려달라고 묵언기도를 하였다. 잔뜩 술 취한 W가 자기의 분신이라고 남해로 여자를 찾으러 가자고 조를 때였다.

"미친놈. 네게는 분신인지 뭔지 모르는 여자를 왜 내가 찾으러 가냐―?"

"너는 나의 친구니까. 엉―."

"내가 네 친구일진 몰라도 넌 나의 친구가 아니란 말야. 정신 차려. 나쁜 놈아―"

"나는 나쁜 놈이지만, 지금 너는 나의 하나뿐인 진짜 친구니까. 정말이야."

"W. 너는 머리 핏줄 터진 놈이 죽지 않고 살아줘서 고마운 놈이다. 빨리 나아서 강원도 편백나무 산에 두고 온 그림들 실어다 전시회 열어야지. 살았으니까, 살려면 돈을 벌어야지. 바보 같은 뻔뻔한 놈아—"

그때, 무슨 생각에선지 W는 속없이 히히히 거렸다.

역시 우주의 태양은 어김없이 초여름의 연둣빛 계절을 수놓았다. 나는 W가 지켜보는 느낌에 새까만 푸들과 하얀 치와와 세 마리와 허스키의 밥시중을 끝내고 바게트와 커피로 만족한 점심식사를 하였다. 차의 시동을 걸고 힘차게 달릴 때였다. 가까이에 파도치는 바다가 보이고 코로 스미는 소금기가 기분 좋게 스쳐왔다. 주유소 앞에 차를 세우고 춘풍 보건소의 위치를 물었다.

"조금만 더 가다 보면 5백 년 된 느티나무가 나올 거요. 그 옆에 정자가 있는데, 거기 옆이 바로 춘풍마을 보건소요."

착해 뵈는 곰보 아저씨에게 고개 숙여 인사하고 급히 차를 몰았다. W의 여자를 쉬이 찾을 성싶은 예감을 느끼며 사거리 정차 신호에 차를 멈추었다. 나는 고갤 돌려 허스키의 등을 한 번 쓸어주고 치와와 세 마리를 살펴보았다. 나이가 많고 엉덩이에 종양이 깊어 허스키는 동물보호단체에 맡겨도 곧 안락사시킬 것이란 말에 처음 듣는 안락사란 말에 혼비백산한 나는 W의 까만 로즈의 곱슬머리를 익숙한 W처럼 사랑스럽게 쓰다듬어 주었다. 그리고 동경을 만날 수 있을 것 같은 희망으로 나는 춘풍 보건소를 향해 속력을 내었다.

동경은 고향에서 초등학교 다닐 때처럼 펄쩍 뛰며 반가워하였다. 기관지에 좋다며 도라지차를 내오고 그녀답게 성큼 여행목적을 물었다. 나는 성정 급한 동경이 묻는 대로 상세히 W에 대한 설명을 피력하였다.

"여자가 남해 바다로 갔을 거라고 확신하는 W의 말을 듣는 순간, 남쪽 바다 마을 춘풍 보건소에 있다고 한 닥터 허에게 오는 게 최선책이란 생각이 들었어. 지금은 시골 보건소에 박혀 있어도 신경외과계의 톱인 닥터 허의 실력을 믿는 나는 오랜 소꿉친구니까."

"바보. 그건 의사로서의 능력이지. 그게 사람 찾는 일과 무슨 상관일까. 그것도 도망간 여자 찾는 일과 무슨-?"

"의료계의 시시한 소문 따윈 치우고. 역시 인간의 심보엔 남이 잘 안 되는 것의 흥미를 느끼거든. 손 씻듯이 무시해 버려. 나는 자기 일의 열심인 사람이 똑똑해서 좋거든. 닥터 허처럼."

"아부성 발언하는 걸 보니, 구주현 화가도 연륜이 느껴지네. 쓸쓸하다."

"미안하지만 서둘러 줘! 여자 여권 사진 확대해서 넉넉히 복사해야 할 거야. 원수 같은 W가 쳐들어와서는 죽을지도 모른다는 뇌출혈수술을 하는 통에 정신이 나가서 난 그대로 들고 온 거야. 미안-."

"고향에서 초등 때 계집애인 허동경에게 공부에 밀리던 주제에, 내가 유명화가 된 걸 닥터 허, 알아ㅡ?"

내가 먼 곳까지 찾아온 어색함을 무마하러 괜히 쓸데없는 소리를 하자, 소꿉친구는 큰소리로 하하 웃고는 너스레를 떤다.

"결혼 못 한 주제에 구주현 화가는 남의 여자 찾아주기 위해 그의 개까지 모시고 왔으니, 그것도 자기 애인 뺏어 달아난 배신자의 여자를 찾으러 먼 길을 나섰으니, 세상에 그보다 바보 같고 흥미 있는 얘기가 어디 있을까ㅡ"

바로 그때였다. 밖에서 괴성이 들려왔다. 동물의 울부짖는 소리였다. 나는 개 다섯 마리를 차에다 두었던 생각이 나서 퍼뜩 밖으로 뛰쳐나갔다. 허스키가 몸부림을 치고 있었다. 토사를 해 놓고 계속 구토를 하며 큰 덩치를 뒹굴어 대고 있었다. 로즈를 안심시키고 나는 부리나케 허스키를 차에서 끌어 내렸다. 허스키! 허스키! 하고 나는 비명을 질러 대었다. 동경이 급히 진통제 주삿바늘을 허스키 엉덩이에 찔렀다. 하지만 허스키의 눈은 풀리고 계속 노란 액체를 토해내었다. 기운이 축 처져 나를 쳐다보지도 못하였다. 나는 허스키를 안고 이름을 부를 뿐, 어떻게 해야 할지 쩔쩔매는 동안 허스키는 혀를 빼물고 항문이 열려 똥을 싸고 눈을 뜬 채 숨이 끊기고 말았다.

이런 비극을 본 적도 예상하지도 못한 나는 늘어진 허스키를 안고 사람들이 보고 있는 것도 아랑곳없이 굵은 눈물을 흘렸다. 나는 할아버지의 시골집에서 살 때, 덕구가 죽은 모습을 보지 못했다. 할아버지가 가마니에 싸서 지게에 지고 간 덕구를 겨울 산을 파고 묻는 광경을 보았을 뿐이었다. 기가 막혔다. 하룻밤 입원시킨 동물병원에서 허스키가 잔걸 빼면 나와 사흘을 함께 먹고 자며 살았다. 버림받은 개를 사랑의 마음으로 구해주고 안락사를 당하지 않게 하려고 데려온 허스키는 천명을 다한 거라고, 동경을 비롯한 춘풍마을 사람들은 눈물 짓는 나를 위로하였다.

"죽는 날 아침까지 잘 먹고 보호자 품에 안겨 갔으니, 사람으로 치면 죽는 복을 탄 팔자지. 아암—"

탄식을 하는 마을 어른들에게 자문을 구한 동경은 허스키의 사체를 수습하였다. 사체의 입과 항문을 소독솜으로 막고 신문지로 여러 겹을 싸고 부직포로 된 쌀 포대를 구해다 허스키의 사체를 넣고 칡 끈으로 묶어 염을 하였다. 시골에 개 고양이 화장소가 있을 리 없었다.

"가! 빨리 가서 주현 씨 사는 마을 산에다 수목장을 해 줘! 화장을 하여 유골가루 단지를 집에 두는 건 부패하기도 하고, 그건 애착인 거야. 그놈 묻힌 나무를 보러 다니다 보면 서서히 그놈, 기억은 흐려질 거야! 세상이 무너진 것처럼 가슴을 치고 애통한 부모 자식 사망도 차츰 잊히는 법인데. 응—"

"고마워. 닥터 허 말대로 내가 사는 아파트 뒷산 소나무 밑에다 묻어 줄게. 이 불쌍한 치와와 세 마리는 어떻게 하지—?"

"치와와 세 마리 걱정은 하지 마. 점잖은 집에 자연사할 때까지 잘 길러 줄 집에 부탁할 테니까. 그리고 W의 여자를 열심히 찾아볼게. 그 여잘 찾으면 내가 데리고 갈 거니까. 걱정 마. 구주현 화가 선생, 운전 조심하고 잘 가─"

나는 치와와 세 마리의 머리를 한 번씩 쓰다듬어 주고는 불자동차처럼 차를 몰았다. 저만치 앞서서 가마니에만 진돗개를 지고 싸락눈이 떨어지는 겨울산 언덕을 오르는 할아버지의 뒷모습이 눈앞으로 어려 왔다. 열 살짜리 소년은 그냥 슬픈 마음으로 할아버지의 지게 뒤를 따라가고 있었다. 덕구는 동네에 들어온 자동차가 신기하여 따라다니다가 후진하는 차바퀴에 치어 내장이 터져 죽었다. 도청소재지엘 가도 동물병원 같은 건 없던 80년대였다.

할아버지는 곰방대를 피우고 나서야 구덩이를 파기 시작하였다. 산이 얼어 힘이 많이 들었다. 이불보로 둘둘 감아서 염을 한 죽은 덕구를 가마니에서 꺼내어 구덩이에 넣고 그 위에 흙을 덮었다. 머슴을 시키지 않고 손수 싸락눈이 날리는 겨울 해가 설핏하도록 덕구를 우람한 소나무 밑에다 묻은 할아버지는 다시 곰방대 한 대를 피웠다. 어린 나는 할머니를 잃고 단짝인 덕구마저 죽어 혼자가 된 염소수염 할아버지가 불쌍해서 빨강 파랑색 양철지붕들이 옹기종기 모인 강 건너 마을을 한없이 바라보며 오래도록 서 있었다. 할아버지가 빈 지게를 지고 "가자"고 할 때까지 눈물 어린 눈으로 서 있었다.

나는 갓길에 차를 세우고 몽글몽글한 로즈를 안고 밖으로 나왔다. 눈 오는 겨울 산에 늠름한 진돗개를 묻고 할아버지가 후우 뿜던 곰방대의 연기가 한숨이 아닌 눈물이었음을 나는 비로소 지금 느낀다. 나는 검은 강을 닮은 뉴앙스의 긴 고속도로 건너편의 초여름 산을 하염없이 바라보고 있었던 차의 속력을 내었다. 허위허위 아파트에 도착한 나는 늘 친절한 경비원에게 버림받은 썰매 개와 온몸에 피부병이 퍼진 치와와 어미와 새끼 두 마리를 만난 남도여행 얘기를 하였다. 선 듯 죽은 허스키의 시체를 안고 집으로 들어가기가 저어되어 반갑게 인사하는 경비원에게 여행 얘기로 뜸을 들인 것이었다. 죽은 허스키의 시체를 뒷산 나무 아래 묻어줄 생각이라고 하자, 주민 사무소를 퇴직한 경비원은 펄쩍 뛰었다.

"안 됩니다. 선생님. 그건 불법입니다."

"산에 묻어주는 게 어째서 불법이란 말입니까. 세월이 가면 토양에 비료가 되기도 할 텐데요."

경비원은 법 조항이 깁니다하고는, 전화번호부를 찾아 동물화장장에 전화를 해주었다. 죽은 개를 집에 들이지 말고 즉시 화장장으로 가는 게 좋겠다는 그의 충고에 나는 그대로 로즈를 태운 채 숨 가삐 양화대교를 건넜다.

"특별화장을 할 것인가. 기본 화장을 할 것인가"를 묻는 화장장의 억세게 보이는 여자에게 순간적으로 나는 "기본이요" 하고 대답하였다.

기본은 아마 뭔가 싼 나무상자려니 여긴 것이었다. 그런데 허스키의 염한 것을 홀랑 벗겨내더니 알몸을 철판에 놓은 한쪽 벽에서 전기화력이 무섭게 쏟아지는 것이었다. 나는 정신이 아찔해지면서 머리꼭지로 화가 솟았다. 나쁜 여자. 기본은 상자 없이 태우는 화장이라고 말해주는 것조차 생략할 만큼 돈에 눈먼 못된 여자. 순간, 나는 이미 저지른 그 나쁜 여자를 한 대 갈겨주고 싶었다. 허스키가 불쌍하고 미안한 마음이 치밀어 밖으로 나오고 말았다. W의 로즈가 차 유리문 닦는 것을 본 나는 황급히 강아지를 꺼내 안았다. 오늘 오전까지 살아있던 허스키의 맨몸이 철판의 전기 화력에 타고 있는 참혹함을 더는 생각할 수도 볼 수는 더욱 없었다. 오늘 아침까지 살아있던 생명체의 허무한 종말에 나는 온몸이 뱃멀미처럼 울렁였다. 늠름하고 잘생긴 허스키가 활활 타는 불길 속에서 꼼짝 못하고 있는 모습 위의 자화상을 본 나는 이 악문 몸서리를 쳤다. 끊임없이 세상 파도에 허우적이다 불길에 타버리는 게 생의 종말이라면. 그것이 누구에게나 주어진 운명이라는 생각을 잊고 살아가야하는 게 인생이라면….

나는 술 취한 주정뱅이처럼 현기증에 휘청거리었다. 주먹만 한 허스키의 종지를 받아들었다. 비감에 빠진 나는 흐려오는 눈을 껌벅이며 힘 빠진 손으로 운전대를 잡았다. 내가 정신없이 입으로 고름을 짜준 허스키가 화력에 불타던 영상은 내가 사는 동안 내내 사무칠 것을 나는 안다. 가슴이 미어지는데, 주머니에든 휴대전화 소리가 들려왔다.

전화를 열자 "선상님이어-" 하고 다짜고짜 간병인이 울먹거린다. 순간 나는 W의 최악의 상태가 떠올라 빨리 말하라고 소리를 질렀다. 당황한 간병인은 "선상님이 슈퍼 바이러스 독방에서 쓰러져서 남자 간호원 두 사람이 선상님을 실어 갔다니까요. 화가 선상님이 빨리 와야 해요. 빨리요-"

끝내 W가 어떻게 되면…? 안 돼. 안 돼. 놈은 용서하려는 나를 다시 배신하려는가. 한 번 배신한 놈은 그 짓을 또 한다더니. 옛날 친구고 뭐고 미친놈처럼 처들어와서는 뇌수술환자의 보호자를 만들고, 이젠 내 평화를 위해 용서할 시간까지 뺏는다면 역시 넌 인격 부재인가. 피할 새 없이 들이닥친 맹수 같은 연변간병인 말에 혼비백산하여 갓길에 차를 세운 나는 로즈를 무릎에 안고 차창 밖 푸른 세상에 눈길을 확대하였다. 급한 마음의 브레이크를 힘껏 밟고 한강을 건너며 한 주먹 가루가 된 허스키의 종지를 바라보는 내 시야에 수술실 문이 열리고, 머리를 면도칼로 민 w의 백지장 얼굴이 속삭인다.

구주현. 너는 이제껏 나만 알지 못한 훌륭한 화가이고 그런 인간인 거야. 메멘토 모리. 죽음을 생각하라. 메멘토 모리….먼 대학시절 굵은 테 안경잡이 철학교수의 목쉰 소리가 떨고 있는 나의 의식으로 스며들어 오고 있었다.

하모니카 소리

주선은 반납일이 임박한 책을 읽고 있었다.

'한 알의 모래 속에서 세계를 보고, 한 송이 들꽃에서 천국을 보네. 그대 손바닥 안에 무한을 쥐고, 순간 속에서 영원을 보라.' 책장을 덮은 주선의 눈빛은 아득해진다. 덮은 책을 응시하고 있던 그녀는 커피잔을 비우고 카세트라디오의 버튼을 누른다. 사뭇 귀에 익은 음악이 흘러나온다. 어저께도 그저께 그끄저께도 줄곧 듣던 음악이었다. 오래전, 주선은 남편에게 어렵게 물은 적이 있었다.

"제목은 '바다'라고 알지만, 불어가사를 모르는 음악을 계속 듣는 게 싫지 않아요…?"

"멜로디만으로 충분하지. 아버지가 좋아하신 곡이야."

"정상 씨, 아버님은 중졸 학력이시랬지요…?"

"목수일 하는데, 정성과 기술이지, 고학력이 무슨 필요겠니…? 그렇게 말하시곤 당당한 얼굴이셨어."

"그래도 아버님과 샹송은 어쩐지 좀, 그래서요….”

"광주에서 10층 건물공사 할 때, 밤이면 가끔 같은 방 미장이 친구와 다방엘 가셨대. 아버지가 술을 못 하시거든. 나처럼.”

그뿐, 괜한 소리를 물은 주선에게 더는 덧붙이지 말라는 듯, 정상은 진지한 표정으로 말을 이었다.

"도시에서 건축 일을 하던 시절, 아버지는 커피에 맛을 들이고 그 음악에 반하셨대. 그래서 오랜만에 집에 올 때, 가루 커피 병과 그 테이프가 든 카세트라디오를 보물처럼 안고 오셨으니, 허기진 보릿고개를 넘는 집에 한바탕 난리가 났을 건 뻔하지. 새 옷 입고 신발주머니 흔들며 뛰어다닌 기억이 나는 걸로 보아, 내가 막 초등학교에 들어간 여덟 살 때쯤일 거야.”

아버지 생각에 정상은 마른침을 삼키고 괜한 소리를 물은 주선은 남편의 건강한 옆얼굴에 멋쩍은 고개를 끄덕이었다. 그랬다. 남도의 2년제 전문대 졸업 후, 절박한 현실도피를 위해 고향을 탈출할 때 그는 아버지의 옛날 카세트라디오를 들고나왔다. 몇 번인가 서울 변두리 무허가 달동네를 전전할 적마다 그은 낡고 볼품없는 그 구식 카세트의 곡을 질리지도 않고 계속 들었다. 잠을 청할 때도 틀었다. 주선은 더는 뭐라고 하지는 않았으나 안쓰럽기론 늘 매한가지였다.

그가 없는 지금, 그녀보다 찬미가 가다가다 음이 지지직거리는 그 테이프를 자주 틀었다. 신기하게도 딸은 공부할 때와 심지어는 시험공부할 적에도 틀었다. 요즘 애들 같지 않게 딸이 아이돌 노래가 아닌 제 아빠가 듣던 낡은 샹송을 틀을 때마다 주선은 피곤한 남편의 묵묵한 얼굴이 떠오르곤 하였다. 삼 대째 내려오며 줄기찬 봉사를 하고 있는 테이프가 지르는 지친 소리처럼 그녀의 마음은 쓸쓸하고 애달프다. 주선은 자기 아버지가 좋아한 곡을 끔찍이 좋아하던 남편의 모습을 그려보며 청소를 시작하였다. 방 둘의 문과 창을 활짝 열고 앞 베란다와 부엌 뒤쪽 베란다의 창문까지 모두 열어놓았다. 일시에 찰랑찰랑한 바람에 실려 쌉쌀한 봄기운이 집안으로 와르르 몰려들었다. 흡사 어제 밤에 TV에서 본 비엔나 소년합창단의 별 같은 소년들의 합창이 끝날 적마다 음악회당의 천정까지 치닫던 박수 소리처럼.

어느새 샹송은 '갔다 올게'하고 트럭을 몰고 출발하던 남편의 손짓처럼 끝이 났다. 심장을 찔린 것 같은 고통을 털듯이 입술을 잘근 깨문 주선은 언제나 찬미의 방부터 치우기 시작하였다. 사뭇 제 아빠를 닮아 활달한 성정인성 싶어도, 언제나 찬미의 방은 옷걸이며 책상이 찬찬하여 그냥 마른걸레질 한 번으로 족하였다. 침대의 노란 장미꽃무늬의 이불정돈을 하던 그녀는 우뚝 멈춰서고 말았다. 화물차 운전대 앞의 남편과 찬미가 어깨동무한 사진을 보는 그녀의 눈시울은 금방 붉은 기가 돌았다. 건넛산 중턱으로 번지고 있는 진달래꽃 빛깔로 물든 눈으로 주선은 입술을 물고 서 있었다.

장거리운반을 떠나는 남편의 생일날. 초등학생인 딸이 졸라서 찍어 준 사진이 딸 침대 머리 벽에 붙어 있었다. 어저께 아침엔 세 식구의 가족사진만 걸려 있었는데, 사려 깊은 딸은 아빠의 마지막 사진을 보면 엄마가 슬퍼할까 봐 서랍에 두고 저 혼자만 봐온 생각에 그녀는 철퍼덕 방바닥에 주저앉는다. 주선은 젊은 엄마가 사망했을 때, 넋 빠진 아버지가 술 취한 목소리로 연신 떠듬거리었다. "주선아! 역시, 앞을 모르는 게 사람 일이라더니, 그건 헛된 말이 아닌가 보다. 어휴! 주선아! 엄마 잃은 불쌍한 내 딸 주선아―"

무능한 아버지는 벙어리처럼 계속 어―어 울부짖으며 손등으로 눈물을 닦아내었다. 부지런한 엄마는 돈이 되는 산더덕을 캐러 산으로 올라갔다가 중턱에서 굴러떨어졌다. 주선은 눈을 감는다. 코끼리 같은 남편의 생일날이 그의 마지막 날이 되고, 그의 죽음을 기리는 기일이 될 줄 어찌 알았으랴. 이번 토요일이 바로 동갑내기 남편의 마흔 살 생일이고, 삼주기三周忌였다. 유별나게 아빠를 따르던 딸이 아빠 없이 자라고 있는 서러움에 고개가 꺾이어 주선은 오래도록 눈물을 제어하지 못하였다. 남쪽의 땅끝, 고향 근방의 지방전문대학에서 만나 허위허위 가쁜 숨으로 15년을 살아온, 잔인하고도 귀중한 생의 파노라마가 깨고 싶지 않은 꿈처럼 그녀의 뇌리를 휘돌았다.

"공주선 씨, 해리 역이 참 어울렸어. 그렇게 분장을 하니까 꼭 주인공 알제리 여자 같았다니까―"

정상은 데이트를 청하고 싶은 주선에게 칭찬의 말을 그렇게밖에 할 줄 모르는 숫된 시골뜨기 전문대생이었다.

"주선의 매혹적인 북아프리카 아가씨 이미지에 감탄했다고. 다들 입을 헤하고 정신없이 손뼉들을 쳤다고. 나까지….."

연기가 아닌 분장 평이었다. 레슬링 선수의 체형인 정상은 음악과였다. 그가 품은 성악가의 꿈을 안 주선은 그의 순박한 친절을 애써 피해 다녀야만 했다. 게으르고 빈한한 술꾼 홀아버지를 돌봐야 하는 주선은 연극 담당 교수의 출연제의를 거절 못 한 출연이었다. 출판사에서마다 냉대를 받아온 소설 『바람과 함께 사라자다』로 급기야 세계적 작가의 영광을 안은 마가렛 미첼 같은 오롯한 작가를 꿈꾸며 주선은 소설공부를 하는 국문과생이었다. 운명은 선택이 아니었던가. 주선은 졸업을 하자 술에 절어 사는 아버지를 혼자된 고모네로 모셔갔다. 하루 삶이 막막한 그녀는 꿈의 성취를 위해 정상이 내민 손을 덥석 잡을 수밖에 없었다. 끓는 열의 하나로 거대한 암벽타기에 도전하듯이 그들은 맨손으로 상경 트럭을 얻어 탔다.

둘의 전 재산인 젊은 몸을 던져 서울 변두리 달동네 방 한 칸에 둥지를 틀었다. 구석진 2년제 지방전문대의 음악과 출신과 국문과 출신이 잡을 직장은 서울 하늘 아래 어디에도 없었다. 정상과 주선은 차라리 공고와 여상을 다녔더라면 유익했을 것을. 어떤 재주로도 되돌릴 수 없는 비정한 생의 버스는 이미 떠나간 후였다. 그랬다. 그럼에도 세월은 흐르고 아이가 태어났다. 주선은 어린 딸을 업고 남의 집 식모살이를 거치고 변두리의 쪼끄만 식당일을 하러 다녔다.

정상은 험한 노동판을 마다않고 매를 치는 대로 돌고 도는 팽이처럼 몸을 던져 삶을 싸워내었다. 마침내 그들은 까마득한 마천루 같은 임대아파트의 입주권을 따내는 희망의 꼭짓점까지 올라갔다. 그들은 서로의 노고를 위로하고 미래의 행복을 내다보며 잠을 이루지 못하였다.

"당신 장해요. 다들 중도에 포기하는 암석 쪼개기를 해냈잖아요. 목숨 건 세월이었지요. 굳은살이 터져 피가 줄지어 새는 손으로 말예요…."

"우리 조금만 더 견딥시다. 우리 세 식구도 머잖아 더운물 나오는 아파트에서 시원한 샤워를 하고 따듯한 잠을 잘 수 있는 날이 곧 올 테니까."

그날 아침. 석회자루를 야산 더미같이 실은 대형트럭이 움직이기 시작하자, 어린 찬미는 트럭을 따라가며 '아빠아. 빨리 오세요오…'하고 새된 소리를 질러대었다. 미루나무 우듬지의 까치집에서 새끼에게 먹이를 주던 어미 까치가 기를 쓰고 까악 까악 날갯짓을 치는데 찬미는 계속 '아빠 빨리 오세요!' 소리를 질러대었다. 승리의 깃발처럼 긴 팔을 흔들며 출발한 그는 좌우로 꺾는 트럭 운전대에 리듬을 맞춰가며 '돌아오라 소렌토로'를 목청껏 부른다. 트럭 운전사이던 엘비스 프레슬리가 세계적인 로큰롤 가수가 된 꿈을 품은 그는 그날도 목적지에 닿을 때까지 아는 노래를 하나하나씩 모조리 열창을 하였다.

떠나기 전날 밤. 감기를 잡겠다며 술 못 먹는 그가 술에 고춧가루를 타서 사이다처럼 마셨다. 말려도 소용없었다. 그렇게 고춧가루 타마신 술 때문인지 그는 뒤채지 않고 밤새껏 잘 잤다. 열은 조금 내렸어도 주선은 장거리 운반을 가는 남편을 극구 만류하였으나 완강한 그는 고개를 자동인형처럼 도리질을 쳤다. 일반 트럭의 단거리 일보다 대형트럭 장거리의 보수가 많아 눈독 들이는 치들이 많다고 고집을 부렸다. 왕성한 건강을 자신하는 그는 이번에 다녀와서는 느긋하게 며칠을 푹 쉬겠다고 고집을 꺾지 않았다.

"주선 씨. 우리 모처럼 찬미랑 대학로 나가서 슬슬 연극 하나 보고 찬미가 좋아하는 피자 먹고, 스타벅스에 가서 당신 좋아하는 블루마운틴 커피를 마십시다. 해마다 그냥 지낸 당신 생일을 아주 한꺼번에 치릅시다. 찬미가 대학생이 되는 결혼 20주년에는 우리 세 식구 꼭 해외여행을 갑시다. 당신이 영화 〈비포 선라이즈〉를 보며 애달파했던 도나우강에 꼭 데려가고 싶으니까. 알았지! 빈 필하모닉 오케스트라의 '아름답고 푸른 도나우강'을 연주하는 음악당도 함께 가보고 싶으니까."

"아빠, 정말…? 난 도나우강보다 다뉴브강이라고 부르는 게 더 멋있는데."

피자를 먹으며 찬미가 신이 난 새끼 새처럼 재잘댔다. 신혼여행도 못 가본 우리 부부에게 슈트라우스의 왈츠가 나비처럼 날아다니는 비엔나의 강변을 걸어볼 날이 정말 올까…? 상상만으로도 비눗방울처럼 피어오르던 '아름답고 푸른 다뉴브강의 꿈'은, 어쩌면 그것은 생의 무게를 힘겹게 지고 온 그의 희망 선서였을지 모른다. 주저앉지 않기 위해 그는 늘 외다리 자전거 바퀴 같은 삶을 달리며 노래를 부르고 희망의 꿈을 꾸었던가. 맨몸으로 세상과 맞선 그의 유일한 힘은 어떤 고난에도 끈질긴 희망을 놓지 않은 저력이었다.

그날 남편은 이번 장거리 운반을 끝내고, 교보문고에 가서 책들을 몇 권 사고 대학로에 가서 연극 〈신의 아그네스〉를 보자고 한 것도, 아내가 품은 작가의 꿈에 양분을 주려는 의도임을 알기에 주선은 봉숭아꽃 미소가 매달렸던 것이다. 하지만 그 약속을 어긴 채, 그는 돌아오지 않았다. 영영 돌아오지 못하였다. 술을 못 먹는 그가 속성 독감 해열제로 고춧가루를 타서 마신 빈 소주병 하나를 남긴 채.

자기 눈동자보다 더 귀히 여기는 찬미가 '아빠 빨리 오세요오'하고 소리친 말에 귀머거리가 된 듯, 그는 건설현장에 도착하자마자 심장마비로 쓰러지고 말았다. 그날. 병치레를 한 남편을 끝내 말리지 못한 회한은 독한 세월이 지날수록 주선의 심장을 결결이 저민다. 정상은 겨울에도 땀이 배어 옆에 있으면 후끈한 느낌이 들 정도의 건강체였던 그가 허약한 주선에게 딸을 맡긴 채 돌아오지 못할 강을 건너간 것이었다. 주선에게 운명은 정녕 말과 글과 음악과 회화, 그 어떤 것으로도 표현할 수 없는 인생의 독버섯이었다.

아빠를 잃고 달동네 천막촌에서 방 둘과 가스레인지가 있는 부엌과 새하얀 화장실이 딸린 13평 임대아파트로 이사한 날, 모녀는 화장실에서 부여안고 하염없는 눈물을 흘렸다. 천막촌에서 살 때 중학생이 된 찬미는 아침이면 얼기설기 판자로 두른 공동변소가 한대에 있어서 새벽같이 학교로 달음질을 쳐야만 했다.

동화에 나오는 공주와 왕비의 방 같은 코스모스꽃 벽지가 화사한 방 둘과 꼭지만 틀면 물이 쏼쏼 나오는 부엌보다도, 그들 모녀는 아무 때나 마음 졸이지 않고 둘이만 쓸 수 있는 수정처럼 눈부신 변기 앞에서 눈물을 멈추지 못하였다. 이사 온 지 세 해가 돼가도 여전히 남편과 함께 누리지 못하는 화장실의 감격은 비통한 그들 모녀의 가슴에 선명히 패인 암벽화로 남아있었다.

마음을 추스른 주선은 일 나가는 시간에 늦을세라 손을 재게 놀려 찬미의 방바닥에 걸레질을 치기 시작하였다. 힐긋 그녀의 시야에 책상 밑에 떨어진 종이 한 장이 띄었다.

@2022년. 송찬미의 계획.

*하루에 영어단어 5개씩 외울 것.

*국어사전 한 페이지씩 읽을 것.

*여름방학 때마다, 한 도시씩 우리나라의 땅 끝까지 가볼 것.

*용돈을 아껴서 가장 작은 악기인 하모니카를 사서 아빠가 좋아하는
  노래를 부를 것.

(피아노를 가장 배우고 싶지만, 지금은 놓을 장소도 살 돈도 문제니까.)

'하모니카를…?' 주선은 불에 덴 것처럼 놀랐다. 갑자기 여고 시절에 아버지에게 감추고 싶은 성적표를 들킨 것처럼 가슴이 뛰기 시작하였다. 심지 깊은 딸의 비밀일기를 본 것 같은 심정으로 그녀는 속말을 하였다. '그래. 아직 피아노는 아니지만, 하모니카라면 지금 당장 사 줄게!'

주선은 경중경중 마루에 걸레질을 치면서 들뜬 마음을 다잡는다. 마침 오늘이 1503호의 월급날이니까, 2시에 유치장 선교 끝내고 백화점에 가볼 생각이었다. '이담에 사줄 피아노 구경을 하고, 거기서 제일 좋은 하모니카를 사줘야지.'

그녀의 생각은 퍼즐처럼 꼬리를 문다. 토요일, 찬미 아빠 기일에 찬미하고 '청아공원'에 가서 그가 좋아하는 노란 프리지아꽃을 바치고, 다시 그 사기꾼 여자를 찾아봐야겠다고, 주선은 주먹을 부르쥐었다.

'피아노…? 그 사기꾼여자를 잡기만 하면 찬미에게 피아노도 사줄 수 있다!'

비가 오고 있었다. 봄비치고는 빗발이 굵고 바람이 세다. 주선은 찬미의 하모니카 때문에 마음이 들떠서 9시부터 12시까지 오전 일을 하는 1503호에 15분이나 일찍 갔다. 그녀는 목요일엔 오후 2시의 유치장 선교 때문에 오전 일만 하지만, 다른 날은 1503호의 오전 일과 오후엔 2505호의 두 집일을 한다. 그녀는 여느 날과 다름없이 조심성 있게 1503호의 비밀번호를 눌렀다. 오늘도 강 선생은 밤늦게까지 서예작업을 한 걸까. 북경서예협회주최 한·중·일 서예대전에 출품초청을 받고 〈사랑의 장〉을 쓰고 있는 서예가 강 선생은 홀쭉한 낯으로 누운 채 말하였다.

"주선 씨, 빨리 어머니 방에 가 봐요. 무슨 소리가 난 것 같았어요."

네. 하고 대답을 하면서도 주선은 오늘따라 누워있는 강 선생의 건강이 염려되었다. 작업복으로 갈아입으려고 구석방으로 가다가 그녀는 빠끔히 열린 방을 들여다보았다. 오늘이라고 다르지 않았다. 침대엔 아무렇게나 흐트러진 이부자리며 이것저것 입었다 벗어서 던져놓은 옷들이 시장의 흔들어 파는 가판대를 방불케 했다. 매일 아침, 미혼인 딸의 방은 한바탕 부부싸움을 하고 나간 것 같은 모양새였다. 강 선생의 외딸은 대기업 광고회사의 엘리트부장으로 연봉이 억대라고 하였다. 머잖아 남자임원들이 눈독을 들여도 오르지 못할 상무자리가 유력하다고 강 선생은 한숨을 쉬곤 하였다. 사회적으로 성공한 딸이 사뭇 오십을 넘어 혼자 나이 들어가는 것이 못내 애절한 모정의 한이었다. 남들이 부러워하는 부와 유명세를 다 쟁취한 모녀에게도 풀지 못할 생의 난제가 있다는 것이야말로 주선에겐 인생의 오묘한 문제였다. 강 선생 지시에 가사 일 전에 주선은 먼저 99세 노인의 방문을 열었다. 강 선생의 노모는 삼대모녀가족 중에 소화기능과 식욕이 가장 왕성한 분이었다.

요즘 들어 이 집의 가장인 강 선생은 지친 모습이어도 노인의 잔소리하는 기억력은 조금도 쇠하지 않아 주선은 엉뚱한 미움이 들 때가 있다. 처음 겪는 일은 아니지만 두꺼운 겨울이불 위에 엎어진 노인은 앓는 시늉을 하고 있었다. 노인의 체중 때문에 강 선생을 부르러 갈 수밖에 없었다. 그녀는 노인의 상체를 들고 강 선생은 주름진 목에 핏줄이 돋도록 힘을 써 비대한 노인을 침대에 올려놓았다. 딸을 보자 99세 노모는 죽고 싶어도 죽지 못하는 이놈의 팔자, 운운하며 심술투정을 부리기 시작하였다. 매일같이 70대 딸에게 퍼붓는 연극대사였다. 네, 네, 하던 강 선생은 스르르 실뱀처럼 자기 방으로 빠져나갔다.

"권사님, 의사 말을 들으셔야죠. 이렇게 자꾸 일부러 굴러떨어지다가 수술한 뼈가 어긋나면 큰일 난다는 의사 말을 잊으셨어요?"

"큰일이라야 죽기밖에 더할라고."

잠이 부족한 주선은 오늘따라 노인과의 말씨름하기가 영 싫은 기분이었다. 그녀는 한동안 입을 다문 채 불룩한 노인의 얼굴을 응시하고 서 있었다. 갑자기 노인이 소리를 질렀다.

"내가 어서어서 죽어야지. 아유, 빨리 소화제를 줘. 아까부터 아침 먹은 속이 거북해서 못 살겠다고."

주선은 소화제 두 알을 억지 쓰는 노인에게 먹였다. 서예에 바쁜 늙은 딸의 고충을 생각 않고 노인수용소 같은 요양병원에는 죽어도 안 가겠다고 왕고집을 부리는 노인은 철저한 이기주의자였다. 마음이 바쁜 주선은 전자레인지에 데운 물수건으로 노인의 손발 얼굴을 꼼꼼히 닦아주고 골고루 로션을 발라주었다. 머리를 빗기고 양말을 갈아 신 키는 것도 매일 하는 일 중의 힘든 일이었다. 내복과 잠옷은 일주일에 한 번 목욕하는 토요일에 갈아입힌다. 탄력을 잃어가는 피부와 달리 식욕이 쇠퇴하지 않은 노인은 점심 중에 한 번은 간식을 잡숫는다. 오늘도 딸기 반 접시와 곶감 한 개를 잡수셨다.

아침식사는 영국 유학생인 노처녀 손녀의 취향을 따라 서예가 딸이 준비한 토스트와 우유로 때운 노인의 칫솔질도 주선의 몫이었다. 굴러 떨어질 때 어깨를 찧었다고 파스를 붙여라 변비약을 달라, 이것저것 매일 노인의 엄살은 떼쟁이 유치원 애와 진배없었다. 배는 불룩해도 누워 사는 노인의 팔다리는 날이 갈수록 가늘어져갔다. 운신을 못 할 뿐, 노인의 기억력은 말짱했다. 자기의 살아온 일들을 생각나는 대로 헤집어내는 것에 일일이 대답을 해줘야 하는 게 주선에게는 가장 싫고 피곤한 정신노동이었다. 고관절 수술 후유증으로 5년째 누워 지내는 노인은 현역서예가 딸의 험한 십자가일밖에 없었다.

노인은 배우가 연극대사를 외우듯 매일 되풀이하는 푸념을 쏟고 갈빗국과 밥 한 공기를 맛있게 드셨다. 그러고는 막장드라마의 피날레처럼, 보통사람의 두 배는 되는 대변을 대형기저귀가 새도록 싸놓았다. 누운 채 먹고 자고 싸는 되풀이의 목숨도 신이 복을 주는 삶이냐고, 강 선생은 종종 젖은 눈으로 주선에게 한탄을 쏟기도 하였다. 서예가의 명성을 이룬 강 선생은 모교를 빛낸 인물로 선정되어 주선이 다니는 여고로 특강을 나왔었다. 그때 사회를 본 주선을 먼 훗날 가사도우미로 만나게 된 인연에 주선에게 각별한 호의를 베풀었다. 이번 달 월급봉투를 건네며 말하였다.

"내가 말했던가. 끊임없이 노력하는 자를 이길 천재는 없다는 말을—"

"네, 선생님. 딸아이는 책상머리에 써 붙여놨습니다. 저는 책상으로 쓰는 식탁 유리 밑에 껴놨고요"

야윈 강 선생의 얼굴에 만족한 미소가 어리는데, 갑자기 잦아들던 비가 쏴아—쏟아지기 시작하였다. 강 선생은 몸을 돌려 빗발의 부름 소리를 들은 것처럼 거실의 유리문 앞으로 다가갔다. 주선은 창포색의 긴 치마차림을 한 그녀를 따라가며 아아, 속으로 탄성을 삼켰다. 먼 눈길로 비를 응시하고 있는 그녀에게 주선은 스웨터를 걸쳐주고 의자 하나를 발코니 유리창 앞에 놔주었다. 그리고 작별인사말을 하였다.

"권사님은 갈빗국밥 점심을 드시고 대변을 보셨으니까, 한동안은 주무실 겁니다. 선생님도 좀 쉬시지요."

주선은 오늘 하루의 숙제를 끝낸 기분으로 월급봉투를 가방에 넣고 밖으로 나왔다. 그녀의 사념은 우산을 때리는 빗방울의 리듬을 타고 새록새록 이어졌다. 지난해 늦가을 무렵 겨울을 재촉하는 가을비가 발코니의 유리창을 두드리는 정오경이었다. 보라색 롱드레스의 뒤태가 자르르한 강 선생은 비 오는 창 밖에 눈길을 박고 서 있었다.

'난들 어쩔 수가 없었지. 불행은 낌새를 숨긴 토네이도 같은 것을. 피할 수 없으면 견뎌야지. 그렇게 참으며 기다렸지.' 누군가 듣는 이가 있는 양, 그녀는 조용조용히 뇌었다. 빗소리 리듬에 맞추어 일인극의 대사를 읊듯이 계속 읊조렸다.

그때는 왜 몰랐을까. 10년 후 그날이 좋았던 것을. 리옹에서 제네바까지 달리는 테제베에서 남프랑스의 전원 풍광을 감상하며 H와 먹은 샌드위치와 커피의 맛은, 혀끝을 감돌며 그날의 추상을 일깨우네. 샤모니에서 대형 엘리베이터로 몽블랑을 오르고, 밀라노의 듀오모 성당에서 촛불기도를 드린 패션의 도시 밀라노는 내 젊음의 파라다이스인 것을.

정녕 그때는 왜 몰랐던 걸까. 왜. 왜…? 끝없이 펼쳐진 올리브나무숲을 거쳐 버스로 달린 밀라노여행 길은 내 생의 청청한 아리아인 것을. 그 황홀함은 로마의 품격 높은 고적들을 지나 우아한 피렌체의 미술관과 정교한 예술품보다 더 정교하고 신묘한 건축물을 감상하다가 H를 놓치고 머릿속이 새하얗던 아찔함은 생각날 때마다 가슴이 오그라들곤 한다. 속절없이 보낸 내 생의 허망함을 H는 알까. 모나코의 그림 같은 고성에서 전설적인 왕비 그레이스 켈리의 죽음에, 운명의 잔인함에 입술을 깨문 의문의 반발의식은….

몬테카를로에서 슬롯머신에 20불을 잃은 즐거운 기억과, H가 사준 사치스러운 새하얀 실크스카프는 여직 내가 가장 아껴 간수하는 우아한 귀중품임을 H는 알 리 없으련만…. 모나코로부터 눈 시린 지중해의 니스를 지나 세계적인 칸 영화상의 도시 칸의 향수마을에서 내가 선물한 미모사향을 이제 H는 잊었겠지…? 지중해 색의 다리 긴 와인 잔의 샴페인은 언제고 내 전생의 메모리임을. 그리워. 그리워. 울어도 다시 못 올 시간의 비밀이여!

언제부터일까. 강 선생은 서예작업을 하다가도 빗소리가 나면 작업실을 나와 25층 밖의 비 하늘을 내다보았다. 드문 외출 때 말고는 하지 않는 화장을 하고 홈드레스로 갈아입는다. 의자를 거실 유리문 앞에 옮겨놓고 비를 향해 시낭송을 하는 몸짓으로 추억을 읊조리곤 하였다. 주선은 발코니 건조대에 빨래를 널면서 파리 런던 로마 밀라노 모스크바 상트페테르부르크 부에노스 아이리스 오슬로 더블린 등의, 세계의 도시 이름들을 자주 흘려듣곤 하여 귀에 익었다.

그랬다. 극도의 고독은 인간의 심리를 변질시킨다는 심리학은 진리이리. H가 누구일지라도, 그는 지상의 실존 인물이 아닐지라도, 분명 일생을 바친 고독한 서예가 강 선생이 생을 건너는 징검다리 위에서 안간힘을 내어 부여잡고 있는 삶의 버팀목임을 주선은 2503호를 나오며 사념한다. 강 선생이 고달픈 생의 시간을 건너는 법의 의미가 신비하게 느껴져 한동안 비 오는 하늘을 우산 밖으로 올려다보고 서 있었다. 주선은 남편의 손놀림이 밴 검정 우산을 받고 차도로 나갔다. 거리엔 가

지각색 우산들이 밀물 썰물로 흐르고 있었다. 이쪽 길엔 고급승용차가 줄이어 가고 저편 길론 한 무리의 우산들이 일용할 양식을 위해 숨 가 삐 흐르고 있었다. 이번 달치 월급봉투를 가방 깊숙이 간직한 주선은 결코 걷기에는 먼 거리의 전철역을 향해 빗길 걸음을 재촉하였다. 유치 장 선교 후 찬미의 하모니카를 사러 갈 생각에 주선의 기분은 한 것 상 승하였다. 전철역의 지하 3층까지 내려간 그녀는 전철을 기다리는 사 람들을 두루 바라보며 스스로 봄바람을 탄 목련 송이처럼 입술을 벙긋 거렸다. 때마침 G경찰서를 경유하는 전철이 왔다. 승객이 많지 않아 앉 을 수가 있었다. 고마운 일이었다. 그녀는 아직 젊은 나이여도 장거리 행 사람들 속에 끼어 서서 가다 보면 옆구리가 결리고 피곤함이 가중되 는 가사도우미임에.

'아니, 저게 무슨 소리인가…?'

훤칠한 청년이 전철 바퀴 돌아가는 쇳소리에 섞여 하모니카로 샤앙 샤앙… 애국가를 불고 나더니, 양손에 빨간 하모니카를 하나씩 들고서 듣기 좋은 음성으로 외쳤다.

"악기점에서 3만 원짜리 최고급 하모니카를 단돈 만 원에 팝니다. 수 출 길이 막혀서 아주 싸게 파는 겁니다. 만원은 제조원가도 안 되는 저 렴한 가격입니다. 여러분! 하나씩 사서 아들딸, 손녀손자에게 선물해 주십시오. 중소기업도 살리고 아이들 정서도 살리고, 여러모로 아주 귀 한 선물이 될 것입니다. 만 원 한 장입니다. 이 값으로 이보다 더 좋은 선물을 살 수는 없을 겁니다. 최고급 하모니카입니다. 자 여러분. 하나씩 사 주십시오.”

'전철에서 하모니카를 팔다니…?'

주선은 오랜만에 생각지 않은 곳에서 만나고 싶은 사람을 본 듯이 가슴이 뛰었다. 일주일 내내 아파트 단지에서 도우미 일을 하는 주선은, 목요일에 유치장 선교 때 말고는 차 타고 외출하는 날은 드물었다. 교회도 사는 아파트 부근이어서 차 탈 일은 거의 없었다. 그녀는 모처럼 전철에서 때맞춰 사러 가는 하모니카를 파는 청년을 만난 것이 여간 기쁘고 신기한 게 아니었다.

바뀌는 계절을 알려주듯이 전철에서 파는 물건들도 달라졌다. 털목도리와 양말이니 장갑 같은 것을 팔던 것이 날씨가 풀리고 달이 바뀌면서 외투와 두꺼운 점퍼 같은 옷을 보관할 때 덮는 부직포 옷 덮개와 특히 남녀노소 누구에게나 두루 필요한 파스와 강력접착제 따위의 용품들을 팔았다.

오늘따라 하모니카 장사를 전철에서 만나다니, 주선은 마냥 반가워 절로 주위를 둘러보았다. 헌칠하게 잘생긴 청년이 전철에서 장사할 용기를 내었으니, 그 얼마나 멋지고 대견한 젊은이인가. 요즘같이 대학을 졸업하고도 부모에게 얹혀사는 캥거루족이 사회적 문제인 세태에 참으로 칭찬할 만한 모범 청년이었다. 등이라도 두드려주고 싶은 청년을 흐뭇하게 바라보던 주선은 얼른 손을 들어 하모니카청년을 불러서 한 개를 샀다. 흡사 찬미가 함박웃음을 피우듯 그 청년은 인사성도 좋았다.

"고맙습니다. 손님 감사합니다. 이 봄에 맑은 하모니카 소리처럼 좋은 일이 많으시길 바랍니다. 목적지까지 안녕히 가십시오."

덥석 악수라도 하고 싶은 하모니카청년은 다른 칸으로 가고 주선은 바로 다음다음 정거장에서 내려야 했다. 전철에서 내려 빗줄기가 가늘어진 드넓은 십자로를 건너가며 주선은 앙증스러운 하모니카를 꺼내어 피앙…하고 한 번 불어보았다. 낙원에서 들려오는 어린 아기의 웃음소리 같은 소리가 봄비 내리는 하늘로 피앙… 하고 퍼져나갔다. 길을 다 건넌 주선은 하모니카를 살살 털어서 곽에 넣고 가방 깊숙이 간수하였다.

우기의 콸콸 흐르는 냇갈 물같이 굽이치는 우산 인파 속을 헤쳐 가며 주선의 입가엔 한 떨기 장미 송이를 닮은 미소가 달렸다. 하모니카를 보면 당근을 본 망아지처럼 펄쩍펄쩍 뛸 찬미의 보름달 얼굴이 떠올랐다. 임대아파트로 이사 와서 난생처음 침대를 사줬을 때처럼.

주선은 10분 먼저 G경찰서에 도착했지만, 두 집사와 젊은 전도사가 벌써 와 있었다. 요즘 여자범죄자와 청소년 범죄가 느는 추세여서 감방 넷이 가득 찰 때가 많았다. 오늘도 다르지 않았다. 전도사와 내근경찰관이 나누는 대화에 주선의 가슴은 덜컥했다. 맨 왼쪽 끝 방에 엎드려 있는 여자는 대학교수 부인인데 백화점에서 명품가방을 훔친 절도범이라고 한다. 주선은 괜히 자기 잘못인 양 가슴이 두근거렸다. 교육자의 아내가 돌지 않고서야, 아무리 허영심이 뻗칠지라도 어떻게 백화점에서 도둑질을 할 수 있느냐고, 조신한 전도사가 흥분하였다. 그 옆방의 앳된 청소년들은 학교폭력과 소년절도범이라고 경찰이 말하였다. 주선은 호기심 가득한 눈으로 이쪽을 보고 있는 찬미 또래의 아이들을 보기가 민망하여 급히 살인미수 강도라는 중년 남자에게로 눈길을 돌렸다. 언제쯤이나 소가 밭 갈러 간 외양간처럼 저 감방이 휑할 것인지. 세상의 죄악은 무료 점심시간 노숙자의 줄처럼 늘기만 하니 큰일이라고 경찰관은 걱정 어린 헛기침을 하였다.

교회에서 나온 여전도사와 집사 셋은 찬송가와 기도를 끝으로 한 장씩 전도지를 돌리고 빵과 우유를 나눠주기 시작하였다. 소년범들은 눈을 말똥거리고, 누워있던 범죄자들은 몸을 일으켰다. 웅크려 있던 명품가방 절도범 여자는 벽 쪽으로 돌아앉았다. 술 취해 폭행을 일삼는 남편을 견디다 못해 순간 과도로 방어를 하다가 살인미수 죄목으로 잡혀 온 중년 여자는 눈물을 닦으며 안타까운 눈으로 주선을 쳐다보았다.

빵 담당인 주선은 눈가를 닦는 여자에게 빵 한 개를 더 넣어주고 옆 철창으로 갔다. 비스듬히 돌아앉아 있는 명품가방 절도범에게 크림빵 하나를 넣어주었다. '저 여자가 이 빵을 이런 곳에서 먹기나 할는지…?' 속생각을 하며 여자를 보는 순간, 주선은 눈을 꽉 감고 말았다. 지난해 연말, 아파트 노인정으로 자원봉사를 다닐 때 같이 봉사를 한 적이 있는 여자였다.

'아니, 저 사기꾼이 여길—?'

도무지 주선은 믿을 수가 없었다. 유독 추운 겨울 날씨에 일주일에 한 번씩 노인요양병원으로 자원봉사를 같이 다닌 교수 부인이 백화점의 명품가방 절도범이라니…? 몇 달 동안 저 여자를 찾으러 동네 요양병원을 미친 여자처럼 헤맨 주선은 기가 막혔다. 저 사기꾼을 찾으러 살을 에는 추위 속에 아파트 주위를 훑고 다닌 기억이 왈칵 분노로 화하여 가슴에 치밀었다. 순간 밤색 염색을 한 굽실굽실한 머리통을 후려갈기려고 주먹을 움켜쥐었으나 헛짓이었다. 사기꾼 여자는 주선을 알아보고 철창 속에 똬리를 튼 채 독사처럼 빤히 째려볼 뿐이었다.

혼자 사는 동생의 유방암수술비를 내줘야 하는데 자린고비 남편이 돈 관리를 해서 꿈도 못 꾼다고, 비정한 남편 때문에 하나뿐인 동생이 죽게 생겼다고, 인물이 훤한 여자는 오백만 원만 빌려달라고 간청을 하였다. 여자는 대학교수인 자기 남편이 대학재단의 백화점이나 대학식당 일을 알선해 주면 두 집 도우미 월급의 두 배가 넘을 텐데, 왜 그런 개인 도우미 일을 하느냐고, 뱀의 혀를 날름대었다.

주선이 개인집 도우미를 하는 것은 혼자 일하는 게 좋기 때문이었다. 얼굴치장을 하고 인파 속으로 다니며 눈 뜨고 헤엄치는 물고기처럼 살고 싶지 않아서였다. 많은 사람이 복닥대는 곳의 공기가 성격에 맞지 않고, 정신까지 누추해지고 싶지 않아서였다. 주선을 이해하는 사람은 딸 찬미와 서예가 강 선생뿐이었다. 세상 사람들은 거의 자기 수준에서 타인을 이해하고 평가를 한다. 주선은 구두쇠 대학교수 남편의 구두쇠 돈 관리 때문에 암수술을 못 하는 여동생이 죽게 생겼다는 번지르르한 여자의 호소에 속았다는 걸 조금 전까지도 몰랐었다. 빵을 집는 여자의 눈과 마주친 주선은 주먹 쥔 목소리로 소리를 질렀다.

"이, 사기꾼 여자야. 화있을 진저!"

상습범이므로 여자는 교도소행이 분명할 것이라고, 경찰관은 주선을 위로해 주었다. 사기꾼 여자에게 침을 뱉는 기분으로 주선은 돌아서야 했다. 젊은 전도사의 간단한 설교와 찬송가가 끝이 났다. 김 집사는 전도지를 철창 안 사람들에게 돌리기 시작하였고, 다른 집사는 음료수를 돌리고 주선은 빵 담당이었다. 오늘은 철창 네 개에 붙들려 온 사람들이 열 명이 넘었다. 주선은 소년범 넷이 있는 철창 앞으로 갔다. 절도나 학교폭력과는 거리가 멀 것 같은 아이들의 손을 맑은 물로 씻어주듯이 주선은 가만히 말하였다.

"너희들, 빵을 더 줄까?"

네. 네. 더 주세요! 하며 손을 내미는 아이들과 달리, 곱상한 아이 하나가 그녀의 표정을 살피며 낮은 소리로 물었다.

"더 받아도 돼요?"

"그럼. 남았으니까 괜찮아."

마침 4개가 남아서 네 아이에게 하나씩을 더 주고 난 주선은 왠지 제일 어려 보이는 아이가 측은하여 여간해서는 묻지 않는 말을 물었다.

"너는, 여기 뭣 때문에 왔니…?"

여자애같이 눈이 동그랗고 해맑은 소년은 망설망설 두 손을 모으고 낮은 어조로 말하였다.

"아주머니, 잘못했어요. 다시는 아무것도 훔치지 않을 거예요. 네, 아주머니…?"

"뭘 훔쳤는데 그러니…?"

"아주머니, 용서해 주세요. 3학년이 내 하모니카를 뺏어갔기 때문에, 그래서 악기점에서 몰래 하모니카를 훔쳤어요."

'뭐, 하모니카를…?'

하모니카를 훔쳤다는 말을 듣는 순간, 주선은 소년에게 용서한다는 의미인지 뭔지 생각할 겨를 없이 고개를 끄덕이었다. 그리고 누가 옆에서 쿡 찌르기라도 한 것처럼 황급히 가방을 열고 전철에서 산 빨간 하모니카가 든 곽을 꺼내었다. 그 순간. 딸 찬미를 그려보며 주선은 얼른 소년에게 하모니카를 쓱 내밀어 주었다.

"이거, 너 가져라."

불쑥 하모니카를 받아 든 소년은 진짜로 자기에게 주는 것인지 의아한 눈으로 비밀을 고백하듯 소곤대었다.

"진짜, 이 하모니카 가져도 돼요?"

"그럼. 내가 주는 선물이니까, 네 꺼야!"

그러자 소년은 "감사합니다. 아주머니"하고 고개 숙여 공손히 감사 인사를 하였다. 해마다 어린이날에는, 보육원에 고맙고 훌륭한 후원자들이 오는 날이었다. 매년 어린이날과 크리스마스 때는 보육원생들이 열심히 연습한 독창과 합창, 연극 등, 장기자랑대회가 열리는 축제의 날이었다. 이번 어린이날에 소년은 하모니카 독주를 하기로 프로그램에 짜여 있었다. 초등학교 5학년 때, 이삿짐 올라가는 10층에서 떨어진 아빠가 이 보육원에 부탁한 소년은 중학교 1학년이었다.

"성주야, 여기서 밥 잘 먹고 선생님 말 잘 듣고 학교에 잘 다니고 있어야 한다. 네가 중학생이 될 때쯤, 아빠가 퇴원하고 일을 하게 되면 데리러 올게. 알았지─?"

성주는 이번 어린이날 아빠가 데리러 오길 바라는 간절한 정성으로 매일 밤늦게까지 운동장에서 열심히 연습한 하모니카를 3학년 형이 빼앗아 간 것이다. 어린이날은 일주일밖에 남아있지 않았다. 이미 어린이날 프로그램에 조성주의 이름이 찍혀있는데, 하모니카를 빼앗기고 쩔쩔매던 성주는 급기야 백화점으로 뛰어갔다. 난생처음 나쁜 용기로 하모니카 하나를 집어 들고 힘껏 악기점을 뛰쳐나왔다. 하지만 백화점 문앞에서 붙잡히고 말았고, 이 경찰서 유치장에 갇히고 말았다.

성주는 엉겁결에 아주머니가 준 하모니카를 꿈꾸는 눈으로 한참 동안 들여다보았다. 다음 순간. 성주는 지명을 받은 것도 아닌데 "네!"하고 벌떡 일어났다. 그러자 호기심이 밤하늘의 별처럼 반짝이는 철창의 아이들과 다른 철창의 어른들이며 선교하러 온 교회집사들의 시선이 일제히 몰렸다. 성주는 자랑과 기쁨이 넘치는 표정으로 공손히 절을 하였다. 그리고 두 손으로 빨간 하모니카를 쥐고 아빠가 이삿짐 일이 없는 날에 불던 노래를 불기 시작하였다.

아 목동들의 피리소리는

산골짝마다 울려 퍼지고

여름은 가고 꽃은 떨어지니

너도 가고 또 나도 가야지…

성주가 2절까지 하모니카를 부는 동안, 유치장 안의 사람들은 하나같이 경찰관까지도 샤아앙 샤아앙… 천국의 소리인 양 방안 가득히 울려 퍼지는 하모니카 소리에 다들 세상의 모든 죄를 잊은 얼굴로 착한 귀를 기울이고 있었다. 이윽고 지상의 드맑은 시간은 지나갔다. A교회 전도사와 두 집사를 뒤따라 비 오는 밖으로 나온 주선은 다음 주일 약속을 하고 헤어졌다. 주선은 남편의 살 하나 굽은 박쥐우산을 쓴 채 천천히 걷는다. 외다리자전거를 닮은 남편의 아스한 생이 그녀의 가슴을 저민다. 봄비 속으로 그의 노랫소리가 들려온다. 오 쏠 레 미 오… 그렇다. 항상 그는 고단한 빗길 위에서, 눈길 위에서도 덤프트럭을 달리고 노래를 불렀다. 트럭 운전사 엘비스 프레슬리가 세계적인 '락 앤 롤' 가수가 된 꿈을 삶의 목표로 품은 채. 남편은 고단한 대형 트럭을 몬 짧고 처절한 인생이었다.

가슴 저린 주선이 찬미의 하모니카를 사러 가는 백화점은 멀다. 까만 우산 빨강 우산 알록달록 색색이 우산들이 가고 있는 길은 개미 떼 같이 분주하였다. 버스와 택시, 오토바이와 높이 짐 실은 트럭이 힘겨운 삶의 경적을 울리며 아슬아슬 교차해 가고 있었다. 그리운 남편을 생각하며 주선은 먼 동네 백화점에서 산 딸의 하모니카와 이번 달 도우미 봉투가 든 가방을 옆구리에 꼭 낀 채 걷는다. 아빠 없이 커가는 딸을 보듬은 신중한 발걸음으로 주선은 조심조심 빗길을 걸어간다. 학교에서 돌아온 찬미가 기다리는 집으로 오늘 하루의 징검다리를 힘차게 건너가고 있었다.

현해탄 엘레지

아키는 시모노세키 출항 대기실에서 비 오는 바다를 보고 있었다. 흐린 날씨는 기상예보와 달리 오후부터 굵은 비가 내린다. 금산이 일본에 올 때 타고 온 한국 관부페리를 타기로 한 아키는 아득한 기분이었다. 그때는 배 이름이 관부연락선이었다고 의미 깊은 표정을 짓던 금산의 생각은 아프고 아프다. 시모노세키의 안개가 눈앞까지 덮여서 무서웠다고 눈을 비끼던 그의 첫인상은 순수하였다.

"안개가 왜 그렇게 무서웠어요?"

"아버지가 바다에 엄마의 유해를 뿌릴 때, 안개가 배 위에까지 덮여오고 아버지가 잘 안 보여서 나는 고만 울고 말았거든."

"엄마의 유해를 바다에 뿌리다니, 그때 가네야마[金山] 씨는 몇 살이었는데요?"

"일곱 살이요. 엄마가 아기를 출산했어요. 하지만 여자 아기만 남고 엄마가 돌아가셔서 동생과 나는 엄마 없는 불쌍한 오누이로 자랐어요.”

아키는 바다에 둘러싸인 낙도 출생으로 어릴 때도 안개를 아무렇지 않게 성장하였다. 바람 부는 날처럼 그냥 그런가 보다 하였다. 아버지가 한 팔에 하나씩 동생을 안고 바다에 뛰어든 그날 밤에도 안개가 휘장처럼 쳐있던 기억은 지금껏 지워지지 않는 아키의 상처였다. 금산과 안개….

초조하고 불안한 기다림 끝에 아키가 탄 관부페리가 출항했을 때는 굵은 빗줄기가 더 세차게 쏟아졌다. 선실은 이층 침대로 4인실이었다. 네 여자는 국적과 이름 없이 고갯짓 인사로 각기 배정된 침대로 갔다. 아키는 여행 백을 정리하고 2층 왼쪽 침대에 누웠다. 좁은 통로 건너편 여자는 동남아계의 우울한 인상이었다. 그녀는 자려는 모양새로 벽 쪽으로 돌아눕는다. 이것저것 묻는다면 타인과의 대화에 언어도 싫은 아키는 어쩌나 싶었는데 다행이었다.

문제는 아래 침대의 두 여자였다. 끄는 백이며 등에 지는 백이 대형이어서 혹여 장사치가 아닐까 싶은 한국 여자였다. 자주 입에 대고 술병을 홀짝이며 두 여자는 억센 한국말로 떠들었다. 두 여자는 번갈아가며 다른 칸으로 들락 날락하였다. 일행이 많은 모양이었다. 잠이 부족한 아키는 피곤하여 골똘히 보고 있던 수첩을 덮는다. 잠들고 싶다. 하지만 한국 여자들의 목청 큰 말소리에 신경의 날은 좀체 가라앉질 줄 모른다.

"야, 주 팀장. 너 그 남자 얘기하다 말았잖아?"

"단장님도 참, 별 내용 없어요. 얼굴을 본 건 여학생 때, 몇 번 뿐인걸요."

수면유도제를 먹고 잠을 청하고 있던 아키는 미운 눈을 흘겼으나 아무 소용없었다.

일본에도 같은 성명인 사람들은 얼마든지 있다. 그러나 '주'라는 성과 '여학생 때'라는 말에 아키의 호기심은 가파러 질수밖엔 없다. 하지만 그것으로 아키의 관심은 끝이었다. 아키는 조선시대 남자와 살면서 한국어가 완벽하진 못해도 금산이 칭찬할 정도였다. 어투와 어미처리가 약간 미비할 뿐, 상당한 수준이라고 칭찬하였었다.

"여학생 때의 순수한 한 토막 마임이랄 까요. 그 이후, 그가 그대로 일본에 사는지 한국에 와서 전라도를 떠났는지도 몰라요."

아키는 내용 없는 코미디의 우습지도 않은 시시한 대화 한 토막이었다. 술을 마신 그녀들의 대화는 시간을 타고 사그라졌다. 말소리 대신 코 고는 소리를 내며 잠이 든 것 같았다.

'세상에, 금산…?'

순간, 아키는 깜짝 놀랐다. 벽을 향해 누운 아키는 싸구려추상화 같은 녹색 벽지에 비친 금산을 보고 눈이 휘둥글어졌던 것이다. 그는 창백하고 괴로운 얼굴 모습이었다. 그는 희미한 그림자로 보이다가 손 내밀고 눈물짓는 아키에게 한마디 말도 손짓도 없이 사라지고 말았다.

금산! 내가 지금 당신이 청년 시절에 타고 온 관부페리를 타고 당신의 출생지 한국의 부산으로 가고 있다고요. 그리운 당신을 만나려고요. 당신이 현해탄을 건너오던 짙푸른 희망을 상상하고, 함께 산 삼십여 년의 그 순백의 영혼을 만나려고요.

금산! 당신이 세 번째, 半夜(반야)에 온 날을 기억하지요? 정녕 그날은 뜻깊은 의외의 대화를 나누었지요. 내가 오빠와 목숨 걸고 고향 섬을 탈출한 스토리를 당신, 잊지 않았지요? 지금 나는 더는 견딜 수 없는 그리움에 지친 몸으로 삼십여 년 전, 당신이 떠난 한국의 부산을 향해 가고 있습니다. 보고 싶은 금산. 매시간 시간마다 당신이 보고 싶어 나는 눈물을 흘립니다. 나는 어떻게 하면 좋겠습니까. 그립고 슬픈 나는 울지도 못합니다. 지금 가까스로 나는 당신이 요청한 게이샤가 된 첫날의 추상을 엽니다. 운명이었을까요. 당신이 주저하다가 용기를 내어 처음 반야에 온 날이라고 했습니다.

전쟁이 끝난 3년 후. 가을 어느 날. 마침내 아키코는 22세의 게이샤가 된 첫날이었다. 얼굴에 흰 가면처럼 백분을 하얗게 덧바르고 입술을 진홍색으로 칠해보았다. 정성껏 짙은 게이샤의 얼굴화장을 하고 속옷부터 차근차근히 암기한 순서대로 옷을 차려입었다. 드디어 남색 바탕에 노란 국화꽃 무늬가 화려한 기모노까지 게이샤의 옷치장을 끝내었다. 그리고 그녀는 한 시간여를 들여 화장을 하고 머리장식으로부터 발끝까지 콘테스트에 나가는 배우처럼 게이샤의 차림을 정성 들여 끝마침 하였다.

半夜(반야)는 오사카 중심부의 최고급 요정이었다. 아키코는 3년의 수련과정 끝에 마침내 반야의 신인 게이샤로 정식 출정한 날이었다. 마지막으로 전신 거울에 비춰본 그녀의 앵두 색 입술엔 무언가를 비웃는 듯한 삐뚜름한 미소가 매달려 있었다.

예술가 타입의 젊은 남자는 해거름이 지기를 기다렸다가 반야에 첫발을 들였다. 그는 요정 같은 델 출입해 본 경험이 전무한 조선 청년이었다. 제대로 먹고 잠자지 못한 해쓱한 인상이었다. 하지만 어딘가 특별한 느낌이 드는 분위기였다. 미닫이문을 닫은 방에 마주 앉아 사케 한 잔을 마신 조선 남자는 느린 어조로 자기소개를 하였다.

"조선 유학생 가네야마[金山]입니다. 조선어로는 김산입니다."

종이에 써준 金山을 본 아키코는 손으로 입을 가리고 작은 새가 모이를 쪼는 웃음소리를 내었다. 그리고 말하였다.

"가네야마 씨, 좋은 이름입니다. 금이 산 같이 쌓인 뉘앙스가 느껴집니다."

눈도 입도 자그마한 게이샤는 차분하게 '하라다 아키코'라고 자기 이름을 소개하였다.

"성은 생략하고, 아키[秋]라고 부르고 싶습니다. 나에게 아키는 가을 의미이고 정서적인 계절이기 때문에 나는 가을을 좋아합니다."

아키가 불러준 가네야마[金山] 김산은 가을생이어서인지 가을을 좋아한다고 조용히 눈웃음을 담았다. 첫 만남에 자기 멋대로 아키라고 부르겠다고 선언 한 말대로 그는 내내 아키라고 호칭하였다.

사케 몇 잔의 힘으로 그는 생각지 않은 말을 꺼내었다. 부친은 조선 농촌에서는 드문 중국을 다녀온 지식인이지만, 어머니는 여동생을 분만하다가 사망하였다고 쓸쓸한 표정이었다. 남매는 어머니 없는 불우한 성장기를 보내었다고 그는 비통한 어조였다. 말주변과 일본어에 매끄럽지 못한 그는 엉뚱한 말을 왜 했는지 후회가 되고 어색하여 어조가 빨라졌다. 동글동글한 게이샤는 그에게 위로의 말을 하였다. 그녀의 가식적이지 않은 표정에 김산은 자기도 모르게 유학의 사유를 꺼내는 실수를 범하였다.

고등학교를 나온 산이 사진공부를 하고 싶다고 하자 아버지가 일본 유학을 허락해 준 첫 번째 목적은 강제징용을 피하기 위해서였다. 태평양전쟁을 일으킨 일본은 조선에서 날이 갈수록 극악해져가고 있었다. 남자들을 무작정 강제로 탄광의 노무자와 패전이 짙은 필리핀남양반도의 전쟁터로 끌고 갔다. 또한 십사오 세의 어린 계집아이들까지 정신대라는 명목을 붙여 마구잡이로 잡아가는 험한 시절이었다. 일본 군인들의 성적노예로 삼기 위한 천인공노할 만행임을 숨긴 악행이었다.

처음 듣는 일본군의 비인간적인 야만 행위에 어린 게이샤는 진지한 태도를 보였다. 더 기막힌 건 스무 살인 그의 여동생을 십육 세의 중학생과 서둘러 결혼을 시킨 난센스였다. 정신대에 차출되지 않으려면 결혼을 한 여자라야 면제가 되는 급조된 법 때문이었다. 마을에 남자는 노인과 중학생 또래의 소년들과 불구자밖엔 남아있지 않았다.

금산은 조선에서 행하고 있는 침략자 일본의 잔학상을 말하다 식민지백성의 딸인 자기 여동생의 불행한 결혼을 토로하고 말았던 것이다. 그는 후회에 어금니를 깨물었다. 대학생인 그의 눈엔 분한이 담기고, 앳된 게이샤가 순박한 조선 유학생을 바라보는 눈길에는 미묘한 동정의 흐름이 감돌았다.

실상, 금산이 아키를 처음 본 것은 그가 야간 아르바이트를 하는 우동 가게의 창밖을 통해서였다. 가게 문을 닫는 늦은 밤, 고개 숙인 채 종종걸음을 치는 그녀의 여린 모습을 본 금산은 적국 여자지만 왠지 마음이 쓰였다. 전후의 혼란한 밤길을 매일 쫓기듯 지나가고, 비 오는 밤. 우산 없이 빗속을 뛰어가는 여자. 그녀가 매일 늦은 오후에 출근하는 곳은 기이하게도 요정 半夜(반야)였다. 충격을 받은 김산은 비 오는 밤 늦은 시간 우산 없이 뛰어가는 야리야리 어린 여자의 모습이 마음에서 떠나지를 않았다.

대학을 마치기 위한 목적으로 귀국지 않고 주야로 아르바이트 두 곳을 뛰는 김산은 급기야 반야의 문을 열었다. 가무歌舞를 청하고 스코틀랜드 위스키쯤 매상을 올려주지 못하고 팁이 약한 조센징 유학생을 신출내기 게이샤는 박대하지 않았다. 그가 세 번째로 아키를 청한 날이었다. 그는 어떤 종류의 술이든 석 잔이 자기 주량의 한계라고 실수를 고백하듯 털어놓았다. 전쟁임에도 아버지가 어렵게 밀수꾼을 통하여 김산에게 돈을 보내 준 날이어서, 그가 처음으로 위스키를 주문하였다.

밤이 되면서 비가 내렸다. 영업이 끝난 우동가게의 정리를 하던 그는 여자의 비명소리에 귀 끝이 솟았다. 불량배에게 끌려가며 여자는 단말마를 질러대었다. 불량배는 장대 같은 놈이었고 비 쏟아지는 거리엔 행인 하나 없는 공포의 장막이었다. 김산이 달려갔을 때는 이미 여자는 칼에 찔려 빗길 골목에 쓰러져있는 상태였다. 고등학교 때 태권도 선수였던 김산은 불량배와 맞붙었으나, 되레 정신이 횅할 정도로 진창에 패대기를 당하고 말았다. 그가 정신을 차렸을 때는 이미 놈은 여자의 가방을 들고 뛴 후였다. 금산은 칼에 찔린 여자를 업고 정신없이 시립병원 응급실로 뛰었다. 피해자는 금산이 매일 밤 지켜보던 어린 게이샤였다. 그 일로 인생의 끈으로 매듭지어질 줄 누구도 예상 못 한 인연이었다.

밀수꾼이 없어 끊겼던 아버지의 돈을 받은 금산은 처음으로 고가의 위스키를 청한 날이었다. 아키는 술기 때문일까. 옴니버스 글처럼 말을 이어가고 있었다. 진지하게 듣고 있던 금산은 뜻하지 않은 말을 묻고 말았다.

"실례입니다만, 오키나와에서 2시간 거리의 낙도에서, 중졸 나이에 탈출을 했다면, 아마도 아키는 첫사랑 같은 것 때문에…?"

왠지 아키코는 머쓱해하는 그에게 솔직하고 싶은 기분이었다.

"네. 나의 첫사랑은 세 살 위의 하라다 하루키였어요."

"하라다 하루키…?"

"나의 오빠입니다."

하루키는 전교의 최우수학생이고 수영선수였다. 성적은 항상 톱이고 수영 말고 다른 운동도 릴레이와 자전거 타기 운동을 잘하는 오빠가 아키코는 자랑스럽고 좋았다. 차츰 봉우리 진 관심은 은밀한 감정의 꽃으로 발전하게 되었다.

"친오빠를, 이성으로 연모한 상대라는 것은, 아무래도 좀 이해하기 어렵고 이상합니다만…?"

갑자기 그녀가 신경질적인 소리를 내었다.

"불행합니다. 비통합니다. 하루키는 두 번 다시 볼 수 없는 저 먼 세상으로 떠났습니다. 더 말하고 싶지 않아요. 가네야마 씨, 가 주세요. 빨리 가 주세요!"

예의 바른 아키코는 다음 날 화해하러 간 금산에게 대화 중에 가라고 소리 지른 실례를 머리 숙여 사과하였다. 그리고 사과의 뜻으로 하루키와 고향을 탈출한 이야기의 말문을 나직나직 열었다. 종전 2년 전의 초겨울날씨는 너무도 맵고 전쟁의 패전기운은 무섭고 두렵기만 한 세상이었다.

미국 해군함대가 오키나와에서 가장 먼 남쪽 끝에 위치한 P섬에 주둔하였다. 그러자 곧 본토의 일본 군국주의 군대가 상륙하여 P도를 장악하였다. 미국 함대로부터 일본을 사수하기 위한 술책이라는 걸, 무지한 외진 섬 주민들은 짐작조차 못 한 사건이었다. 군국주의 군대는 학교의 교장과 마을의 촌장들을 불러내어 청천벽력 같은 지령을 내렸다. 젊은 도민들에게 스스로 자결을 하라고 독촉하는 전대미문의 끔찍한 명령이었다.

"악독한 서양군인 놈들에게 잡히면 부녀자들은 무차별 강간을 당하고 젊은 남자들은 처참한 죽임을 당한다, 그러니까 그런 처참한 참상을 당하기 전에 가장들이 서둘러 가족을 데리고 동반자결을 하란 말이다. 알겠는가−!"

군국주의 군대는 허리에 차고 다니는 긴 칼을 휘두르며 그같이 무서운 선동과 위압을 가하기 시작했던 것이다.

"빨리빨리 서둘러야 한다. 서양군인 놈들에게 처참한 죽음을 당하기 전에, 한시라도 빨리 가족을 데리고 자행하라! 알겠는가−?"

그 당시 200여 명 내외이던 P섬 주민 절반 정도가 본토의 일본군과 무지한 섬주민 가장들 손에 죽임을 당하는 참극이 벌어졌던 것이다. 반평생을 어부로 산 아키코 아버지는 본토의 군인이 준 극약을 먹고 어린 두 딸에게도 먹이고 한 팔에 하나씩 겨드랑이에 딸을 끼고 안개 낀 밤바다로 뛰어들었다.

영리한 오빠 하루키는 자결반대자들이 숨어있는 동굴로 도피해 가는 엄마에게 약간의 돈과 금반지를 받아내었다. 고졸인 하루키는 P섬

부근의 섬들과 오사카를 왕래하는 상선商船 갑판장에게 엄마의 결혼반지를 뇌물로 주고 아키와 둘의 밀항 허락을 얻어내었다.

만약, 갑판장이 배신을 한다면, 밀항은 고사하고 그 자리에서 참수를 당할 수밖에 없는 대모험의 탈출계획이었다. 설명을 불허하는 운명은 하루키와 아키코의 탈출에 손을 들어주었다. 그럼에도 눈앞의 현실은 너무도 호락호락 녹록한 놈이 아니었다. 목숨 걸고 본토에 당도한 환희도 잠시잠깐뿐이었다.

하루키와 아키코 남매는 곧장 일자리가 있을 줄 믿고 온 희망과 달리 몇 개월이 못 돼 사루마다(팬티) 속에 숨겨온 돈은 털털 바닥이 나고 말았다. 막노동과 노숙자가 될 수밖에 없는 처지가 되었던 것이다. 아키코가 시장거리를 배회할 때, 어린 게이샤 감을 물색하는 요정 마담 눈에 발탁된 건, 행운 중의 행운일 박에 없었다.

또한 '죽으면 죽으리라!'로 막노동을 하며 진학 공부에 매달린 하루키는 수재답게 마침내 2년 후 오사카법대의 문을 통과하였다. 그러나 하루키는 입학식 후, 영양실조와 폐결핵에 쓰러져 강의실에는 들어가 보지도 못한 채 목숨을 잃고 말았다.

아키는 서예와 샤미센연주 대신 중학교 때부터 소질을 보인 일본 전통 가무를 연마한 어린 무용수였다. 그러나 조선에서 아버지가 밀수꾼을 통해 보내준 넉넉한 돈도 김산은 그녀에게 가무를 요청하지 않았다. 화대 때문만은 아니었다. 그녀의 품격을 존중한 이유였다.

일 년이 흐르고 새봄이 왔다. 사흘째 〈반야〉에 나가지 않은 아키는 입술이 부르튼 얼굴로 김산의 숙소로 향하였다. 사케 한 컵을 먹고 용기를 낸 방문이었다.

"가내야마 씨, 나는 게이샤의 옷을 벗을 생각으로 왔습니다."

아키는 반야 마담이 강력히 제의하는 건설회사 사장과의 동거권유를 말할 수는 없었다. 아키의 고민을 납득한 김산은 생활을 합칠 경제적 여유가 없다고 솔직한 고백을 하였다.

"가네야마 씨! 꿋꿋이 일을 하다가 생계가 안 되면 나는 반야에 나가는 길밖에 없을 겁니다. 절대 그렇게는 되지 않으려 하겠지만요. 살다가 그렇게 되더라도 가무를 하고 술을 따를지언정, 절대로 옷을 벗는 일은 없을 겁니다. 굳게 다짐하고 약속합니다."

김산은 살아가는 동안 다른 여자를 보는 일은 절대 없을 거라고 언약을 하였다. 아키는 금산의 월세방으로 들어갔다. 그들은 금각사金角寺에 가서 결혼 기념사진을 박았다. 매일 해가 뜨는 것처럼 매일 게이샤의 가면화장을 하지 않아도 되는 생활은 아키의 신세계였다. 얼굴화장뿐이던가. 백화점의 마네킹처럼 요란한 채색의 기모노차림과 마음에 없는 웃음은 삶의 무슨 의미였던가. 차라리 거리에 나가 뭇사람들 앞에서 당당히 피에로 노릇을 하는 게 떳떳하겠다고 분노의 생침을 삼키던 그 허무의 날들은….

과묵한 금산은 징용을 피하기 위해 현해탄을 건넌 것은 아키를 만나기 위한 운명의 예시였다고 의미 깊은 미소를 짓곤 하였다. 아키는 게이샤 신분으로는 거의 불가능한 결혼을 한 행운을 품은 얼굴로 그와의 귀중한 삶을 하루하루 기껍게 살아내고 있었다.

관부페리는 폭우를 뚫고 현해탄을 건너가고 있었다. 수다스럽던 한국 여자들은 코를 골고, 옆의 가무잡잡한 동남아 여자 역시 고른 숨소리뿐 움직임이 없다. 조금이라도 자려고 수면유도제를 먹었으나 아키의 정신이 말똥말똥하였다.

'운명…?'

목숨 걸고 고향 낙도를 탈출하여 본토의 게이샤로 떨어진 아키는…? 정의로운 변호사의 불타는 포부를 위하여 밤낮없이 노동과 대학입시 공부에 허기진 배를 움켜쥐고 법대에 입학한 하루키의 요절은…? 이 모든 생의 모순이 운명이라면…? 제국주의 일본군의 술책에 남편과 두 딸을 바다의 고기밥으로 잃고, 팔십의 나이를 버릴 수 없는 물건처럼 지고 만물상 같은 요양원에 남은 내 어머니의 인생은…? 아키는 힘주어 고개를 젓는다.

달의 뒷면인 양, 김산은 조선의 부친이 보내주는 학비로 오사카 K대학 사진과를 졸업하였다. 마침내 그는 치열한 경쟁을 뚫고 죽기보다 어렵다는 조센징(조선인)으로 K신문 사진부 기자시험에 합격하는 영예를 거머쥔 행운아였다. 그러던 어느 날, 그는 발길의 돌을 냅다 걷어차듯 신문사에 사직서를 던지고 들어왔다. 사진기자 2년 만이었다. 그는 저녁상에서 사케를 마시며 이 악문 소리를 뱉어내었다.

"나는 그날이 그날 같은 하루하루가 다 새롭고 다 다른 의미를 지니고 있다는 걸 생각하지 못하고 살아온 반 불구였다고. 더는 견딜 수가 없다고. 하루가 가면 내 인생의 하루가 없어지는 것인데, 아귀다툼 속의 사건사진을 찍기 위해 아귀다툼치는 일을 더 이상은 할 수도 버틸 수도 없다고. 매일 살얼음판을 건너듯 따돌림과의 차별은, 나로서는 도저히 빠져나올 수 없는 늪이었다고….

매일 시계의 초침 소리 같은 날이 가고 또 가도 그 인격모욕적인 냉대는 바닥없는 무저갱이었다고. '이 악물고 노력해도 조센징은 영원히 이 나라의 국적 없는 이방인일 뿐이라는 걸, 정녕 아키는 알아줘야 한다고. 그래야만 한다고. 그는 매일 매시간 마다 꾹꾹 누르고 견뎌온 분한의 소리를 꺽꺽 뱉어내었다.

실력만으로는 안 되는 조센징(조선인)의 설음을 아키는 모르지 않는다. 일본 사회의 강한 편견과 냉대를 견뎌온 많은 지식인 조센징의 설움이 미안하고 측은하여 그녀는 어린 반야 시절에도 참으로 자기가슴을 얼마나 두드려 팼던가.

"아키! 우리는 이 귀여운 고양이 모녀 가족 세 마리와 행복하게 사는 겁니다. 이제부터 나는 머릿속에 꽉 찬 부조리한 세상의 밤과 낮을 카메라 이놈과 살 거니까, 힘들겠지만 이제부터는 아키가 우메[雨]와 우메의 두 딸 유키[雪]와 가제[風]를 먹여줘요. 물론 나까지도요―."

금산은 부친사망 이후 조선에서 오던 돈은 끊기고 저축은 가뿐할 뿐인데, 그는 굳건한 선언을 한 다음 날 아침 카메라 백을 둘러메고 첫 가출을 하였다. 아키는 그가 그렇게 급히 부조리하고 불공평한 세상지류의 진실폭로를 사진에 담기 위한 가출을 그토록 빨리 단행할 줄은 차마 예상 못 하였다. 그는 미친 사람처럼 일 년의 반 이상을 일본열도의 낙후지역과 외딴섬들을 뱀꾼처럼 뒤지고 다녔다.

아키는 새삼 자기 정신의 실현을 위해 전력으로 몰입하는 그에게 경의를 품고 있지만, 나이 들어 반야에서 신참 게이샤들을 훈련시키는 후줄근한 자신의 미래가 보여 쓸쓸한 외로움을 지울 수 없는 위치를 깨닫는다. 발등에 떨어진 삶의 불은 꺼야 했으므로 아키는 반야의 기모노수선을 시작하였다. 자기엄마의 바느질솜씨를 닮은 아키는 세심한 눈썰미로 바느질이 필요한 기모노를 수선하여 다림질로 마무리 짓는 일을 고단한 줄 모르고 해내고 있었다.

가네야마. 김산은 누구인가. 자기의 목숨을 구해준 은인이고 게이샤에게는 하늘의 별 따기인 결혼을 해준 사랑하는 남편이었다. 진정 거역할 수 없는 운명이었고, 이 세상의 동반자임을.

금산은 지난해 가을부터 북해도의 니가타, 아오모리의 설경과 그곳에만 서식하는 조류촬영에 미쳐 살았다. 아이누족의 생활문화풍습과 식생활이며 결혼양식 등에 깊은 관심을 기울여 오고 있었다. 그가 사표를 던지고 나온 신문사에서 그의 사진집 출판 청탁을 해오는 수준까지

날로 그의 열정에 찬 사진실력은 향상일로였다. 몇 개월 만에 둘이 맞은 저녁 식탁에서였다. 그는 정종 잔을 기울이며 행복한 말을 하였다.

"니가타 부근의 섬들은 말할 수 없이 신비하고 그중에서도 인구 30여 명 정도인 섬의 폐가들이 우수한 예술가들의 혼이 흠씬 담긴 작업장과 예술작품전시장으로 변했다오. 나는 아키와 그 섬에서 말년을 보내고 싶다고 금산은 소학생처럼 부러운 어조로 아키의 뺨에 입을 맞추었다.

"아키. 훌륭한 건축가 음악가 전후파 설치미술가들의 작업실을 보노라면 그 예술적 분위기에 나는 넋을 잃을 정도요. 나의 차기 사진전을 친한 친구 첼리스트가 자기가 드보르자크의 신세계를 연주할 테니까, 그곳에서 2인 발표회를 열자고 간청한다오."

A도의 바다는 정말 풍덩 빠지고 싶을 만큼 투명한 옥색이라 아키의 고향 P도의 남쪽바다와는 분명 전혀 다른 느낌일 거요. 모처럼 마주 앉은 저녁 식탁에서 금산은 행복한 앵무새처럼 말이 많아졌다. 금산의 '바다'라는 어휘에 아키는 여고생 때, 과학선생님에게 실연을 한 올드미스 국어선생님이 떠올랐다. 긴 곱슬머리를 목뒤로 느슨하게 땋은 모나리자의 표정 없는 얼굴로 예츠의 시 〈이니스프리〉를 낭독한 후, 고독한 올드미스 선생님은 낭랑히 말하였다.

"바다를 본 사람은 물에 대해서 쉽게 말하지 않는 법이다. 무슨 말인지, 여러분 알겠는가ㅡ?"

그렇다. 바다…? 지프차에서 내린 미국해군이 해변의 모래사장으로 저벅저벅 걸어왔다. 아키코는 친구들과 도망을 치다가 발목을 삐어 주저앉아 있었다. 미국영화에서 본 새하얀 해군복의 미국해군은 아키코에게 영어책 두 권을 내밀었다. 그는 책에다 Jhonson Heaven이라고 자기 이름을 써주었다. 그리고 '고 처치'(Go Church)하고 육지를 향해 긴 손짓을 하였다. 그가 아키코에게 이름을 써 달라고 만년필과 수첩을 내밀어서 Harada Akiko 라고 썼을 때, 수영훈련을 받던 하루키가 코뿔소같이 달려오는 바람에 그 꿈같은 시간은 끝나고 말았다. 그가 준 영어책은 〈신약성경〉과 〈이상한 나라의 앨리스〉였다. 아키코는 열심히 영어사전과 씨름을 해도 성경은 전혀 이해할 수가 없었다.

〈이상한 나라의 앨리스〉는 사전을 찾아가며 대충 겉핥기식으로 읽을 수가 있었다. 하지만 도움을 청한 영어선생님은 그 영어성경은 차라리 조금씩 쓰는 게 좋겠다는 영어선생님 권유에 아키코는 새로 산 대학노트에 베껴 쓰기 시작하였다. 그래도 'Go Church!'를 실천할 수는 없었다. 그 당시 오키나와 꽁지쯤의 손톱만 한 섬에 교회당 같은 곳은 있을 리 없었다.

당시, 일본은 적국인 미국이 숭상하는 기독교를 철저히 배척하는 처지였다. 그 잘 생기고 친절한 미국 해군을 이 세상에서 다시 만날 수 있는 운명의 행운이 나에게 올 수 있다면…? 아키는 눈물이 그렁그렁해졌다. 그 청춘이 그리워 금산과 축배를 했던 아스라이 먼 생각에 아키는 여명이 틀 때서야 얕은 잠에 들었다.

아키는 똑바로 잠이 오는 몸을 벽 쪽으로 돌리자 금산의 말소리가 들리었다.

"아키, 빗소리가 좋은데 우리 맥주 먹을까…?"

"비 오는 날에 찬 맥주를…? 따끈한 사케가 좋을 거예요."

아키는 안주상을 차리면서 처음 합쳤을 때의 식성이 다르고 잠시간이 반대여서 불편했던 기억이 떠올라서 살포시 웃음이 났다. 금산은 육식파이고 잠시간이 일렀다. 섬 출신인 아키는 생선과 야채파이고 잠시간이 늦다. 출생한 나라가 다르고 성장과정이 판이한 부부의 정을 아키는 화초에 물 주듯이 정성껏 키워왔다. 술에 약한 금산은 어진 소처럼 붉어진 눈을 꿈적일 뿐, 아무 말이 없더니, 큰 소리로 말 펀치를 날렸다.

술에 약한 금산은 긴 이야기를 하였다. 한일국교협정이 이뤄진 후부터 한국과 일본의 항공우편이 왕래하게 되었다. 아키는 가끔씩 호기심이 들지 않는 건 아니었지만 남편을 신뢰하였다. 술기와 밤비 정서에 취한 금산은 안 해도 될 긴 해명을 하였다.

"아키는 여기 있는 나와 함께 살고 있고, 그 여자는 여학교 교복의 모습인 채 내 마음 귀퉁이에 찍힌 점 하나이니, 의미 두지 말아요."

"그 여학생 학생증의 사진 한 장뿐, 전화 목소리도 들은 적 없는 여자에게 무슨 말을 하는지, 그 빈 봉투 같은 여자에게…?"

"정말, 신경 쓰지 말아요. 일찍 잡시다. 내일의 우리 삶을 위하여—"

그는 잠든 숨소리를 내고 아키는 잠이 오지 않는 이상한 밤이었다. 앞 못 보는 맹인과 말 못 하는 농아의 연애놀음이 아닐진대, 어떻게 전화 한 통 없는 벙어리 놀음이 가능한 건지…. 다음 날 아침. 금산은 설한풍 기상에, 카메라가방을 메고 나왔다.

"아키, 봄에 A도에서 첼리스트와 2인 사진전을 하고 나서, 우리 서울여행 갑시다. 동생이 있는 부산 고향집에도 가보고. 약속하오."

지난해 계획한 한국여행이 태풍 때문에 무산되었던 아키의 실망을 마음에 두고 있었던가 보았다. 금산은 다정하게 서울여행 약속을 다짐하고, 여느 때 없이 그녀를 껴안아주었다. 그리고 활발한 걸음으로 홋카이도로 떠났다.

그랬다. 그랬는데 빨리 오겠다던 그는 오래도록 귀가하지 않고 있었다. 아키에게 꼭이라고 약속한 서울여행을 세심한 그가 잊지는 않았으리라고 아키는 볼우물이 지는 미소를 지은 행복한 아내였다.

전화기를 떨어뜨린 아키는 심장이 멎는 줄 알았다. 금산은 그 지역에만 서식하는 바다 갈매기처럼 절벽구멍에 사는 작은 동물을 찍다가 낙상을 했다는 무서운 비보였다. 건강한 그가 낙상이라니, 가슴 조이고 숨 가쁜 애가 타는 아키는 성당에서 기도의 밤을 지새우고, 어떻게 탔는지도 모르는 홋카이도행 기차를 타고 있었다.

"가네야마. 이건 아니야. 아니야. 절대로 절대로 용서 못 할 거야—"

아키는 흰 천이 덮인 금산의 얼굴을 보는 순간, 자기가 세상으로부터 낙상을 한 의식에 주저앉고 말았다. 바람에 팔랑개비가 돌 듯 정신이 혼미해졌다. 금산은 아키와 A도에서 여생을 보내자고 한 그 A도에서 첼리스트와 사진 2인전 계획에 열중하고 있던 A도 예술인 섬에 안장되었다. 그는 예술창작정신이 통하던 미술가 음악가들의 안타까운 장송곡 속에 꽃을 피우려던 사진작업과 인생의 반려인 아키를 남기고 홀연히 지상을 떠났다. 그는 자기의 죽음 같은 것은 생각해 볼 시간 없이 사진에 미쳐서 산 사람이었다.

아키는 거짓말 같은 금산의 죽음을 당하고 나서야 정신이 들었다. 인생은 한 치 앞을 모른다는 말은 진리였음을. 그녀의 회한에 찬 시간은 정지하였다. 얼어붙은 물처럼 흐르지 않았다. 아키는 자기가 그를 기다리는 날이 없을 줄은 한 번도 생각 못 한 채 그를 기다리며 살았다. 그를 잃은 아키는 일 년의 반을 비워온 그의 방문을 열지 못하였다. 영정 사진도 문 닫은 그의 방 책상에 세워두었다. 그가 불쑥 현관문을 열고 '아키! 나 왔어요!' 할 것 같은 일상의식이 너무도 그녀 정신에 강렬히 침투해 있었다.

마침내 벼르고 벼른 아키는 낮술을 마시고 금산의 작업실 문을 열었다. 그녀는 삼면 벽 가득히 북방의 눈 덮인 자연경관과 동식물사진과 그가 외국에서 수상한 홋카이도의 설경작품을 심사하듯이 찬찬히 훑어 보았다. 반야 마담의 권유가 아니어도 이제 더는 어쩔 수 없는 코너에 몰린 아키는 금산의 방을 정리하려는 생각이었다.

책상 서랍을 열어보았다. 차분한 성정답게 헌 시계와 안경들이 가지런히 정돈돼 있었다. 그것을 보고도 아키의 가슴은 고통의 불화살이 스쳤는데, 옆 서랍의 이것은 무엇인가. 금산이 찍어준 게이샤 차림의 젊은 아키의 독사진과 결혼기념으로 금각사에서 찍은 흑백사진은 가슴을 폭풍인 양 뒤흔들었다. 그 옆에 불룩한 국제우편 봉투에서 나온 것은 노란 반지 곽이었다. 그것을 열어본 아키는 반지가 아닌 사람의 손톱들을 보고 바닥에 주저앉고 말았다.

'김산의 손톱과 발톱…?'

아키는 하마터면 일어서려다가 머리를 책상 귀퉁이에 찧을 번하였다. 귀중한 무엇처럼 노란 벨벳반지 곽에 담은 손톱이라니…? 항공봉투 속에는 누이동생의 이름과 자기 집 부산 주소를 쓴 옛날 수첩이 들어 있었다. 그가 떠난 종전 전의 날짜가 적혀있었다. 그리고 수첩 중간쯤에 갈래머리를 하고 교복 차림인 여동생의 증명사진 한 장이 껴있었다. 눈이 동그란 동생의 모습은 어머니 없이 자란 어딘지 외로운 모습이었다. 그 옛날 부모님의 사진은 있을 리 없었다.

아키는 도무지 말로는 표현 못 할 곤혹스러운 감정에 빠졌다. 수첩의 속장들은 모두 비어있고 누렇게 바래고 얼마나 오랫동안 손대지 않왔는지 낡아서 나달나달 미세한 먼지가 날릴 정도였다.

금산이 집에 돌아온 후 비 오는 날이나 눈 오는 날이면 같이 먹은 시케나 맥주에 흠뻑 취했을 때처럼 혼미해 있던 아키는 가든가든 고개를 끄덕이었다. 빈 수첩을 보며 아키는 평상시 금산의 침묵의 말을 감지하고 그의 의중을 파악하며 살아온 것처럼 빈 수첩에 그가 쓰지 않고 비운 내용을 이해한 듯한 감정이었다. 그의 말 없는 표정에 그의 말과 심중을 읽으며 자기가 그를 이해하고 깊이 사랑해 온 방식을 느낀다. 금산의 2주기를 앞둔 아키는 부산에 갈 생각을 염원하게 되었다. 금산의 유일한 혈육인 동생을 만나보고 싶었다. 어머니 없이 성장한 그의 동생에게 그가 남긴 손톱 중의 반을 담은 소중한 금산의 유물을 전해줄 열의가 솟은 것이었다.

부산의 새벽 바다는 안개가 두텁게 깔려 있다. 아키는 안개가 무섭다고 한 금산의 생각을 한다. 시모노세키 항구에 도착했을 때 눈앞까지 찬 안개 때문에 일본 첫인상에 공포를 느꼈다고 눈을 가느스름하게 뜬 금산의 얼굴이 아프게 떠오른다. 지금 부산 바다의 안개는 아키에게 어떤 의미일까.

같은 선실에 타고 온 두 여자는 황급히 선실을 빠져나갔다. 옆 침대에서 한 마디도 건네지 않은 동남아계의 여자도 보이질 않는다. 머리가 휑한 아키는 오래전, 금산이 강제징용을 피해 관부연락선을 타고 떠난 부산부두에 동상인 양 서 있었다.

'금산. 나, 혼자 부산에 왔어요. 내년에 한국여행 가자고 굳은 약속을 한 당신 없이 나 혼자 지금. 당신의 고향 부산 바다에 서있어요. 나 어떻게 해요…? 나는 외롭고 낯설어 한 없이 두려워 눈물 나요. 당신, 나 혼자 어떻게 해요…?' 오스스 하고 슬픈 아키는 오로지 젖은 눈으로 안개 낀 하늘을 맴도는 바닷새들을 바라볼 따름이었다. 몇 마리씩 아키 앞과 페리 쪽을 오가며 날아다니고 있는 하얀 바닷새들은 마냥 자유로운 이미지로 행복한 날갯짓으로 날고 있었다. 이윽고 입국수속을 한 아키는 잔파도 치는 바다의 레스토랑으로 갔다.

그의 수첩에 있던 동생의 집 주소에는 택시 기사와 어렵게 찾아가 보았으나 딴 사람이 살고 있었다. 마침 일어를 하는 청년 택시 기사는 한국도 놀랍게 발전하였다고 30년 전 사람을 찾는 일은 단념하라고 진심으로 충고하였다. 아키는 조선을 지배한 일본국 아내의 애달픈 사랑을 마음속 깊이 새기며 식당의 창밖으로 자기가 타고 돌아갈 관부페리를 쓸쓸히 바라보고 있다. 그대로 돌아서야 하는 고독한 아키는 메뉴를 들여다볼 뿐, 주문을 하지 못 한다.

아키는 눈물을 깨물고 금산이 생명을 바친 홋카이도의 비경 작품 전시회를 그의 작고 3주년 기념전시회로 개최할 것을 마음에 새기었다. 도쿄가 아닌 그가 사진작가로 아키와 여생을 소망한 예술가의 섬에서 개최할 것을 다짐하였다. 그를 기념할 사진전시회 개최를 마음에 새기며 그동안 아키는 열심히 그의 작품정리를 하였다.

아키는 결코 다시는 그를 기다리는 사무치는 사랑을 피가 돌도록 깨물며 돌아가야 했다. 금산의 고향 부산에 오면 그를 만날지도 모를 환상적 예감이었으나 그 느낌은 어디 갔는지 아키는 부산 바다를 오래도록 지켜보았다. 아키는 산골짝에 흐르는 옹달샘 같은 눈물로 시모노세키행 페리 위로 선회하는 새들을 이윽히 보고 있었다. 아키는 그와의 사랑은 영원의 시간도 부족하다고 사념하며 외다리 황새처럼 서있었다.

금산이 부산을 거쳐 서울 여행을 약속한 힘에 이끌려 금산이 타고 온 관부페리를 타고 시모노세키항을 떠난 아키의 바닷길은 슬픈 길이었다. 부산 바다에 서있는 아키는, 집에 가면 금산이 와있을 것 같은 홀연한 예감에 시시모노세키행 관부페리에 급히 올랐다. 금산을 향한 자기의 사랑은 십 년 이십 년 그 후까지도 원석일 것을 믿으며 아키는 피곤한 눈을 감는다. 또렷한 꿈을 꾼다. 아키는 금산의 손을 잡고 나란히 서울로 가는 기차를 탄 꿈에 깊이 침잠해 가고 있었다.

호수공원 이야기

양자는 리리의 머리를 쓰다듬어 주며 방금 읽은 디킨슨의 말을 되새겨 본다. ―알고 느끼면서 말하지 않는 점에서 개는 인간보다 월등하다. 그렇다. 개는 거짓말을 하고 절친한 친구는 물론 부모형제까지도 시기하고 다투는 죄를 범하는 사람에게 말 없는 침묵으로 모범을 보이는 훌륭한 교사인 것이다….

양자의 깊은 사념을 깨려는 듯, 때 맞춰온 방호는 오자마자 리리를 끌어안고 정이 넘치는 요란스런 인사를 하고는 발코니로 나간다. 화분들 중에서 두 개의 커피나무를 들여다보며 그 나뭇가지에 걸려있는 줄자로 키를 재고 나서 소리를 지른다.

"아줌마. 방호의 커피나무 '사랑이' 키가 3센티나 커졌어요. 한 달 사이에 50센티이던 '희망이' 키는 52.5센티가 되었고요. 아유, 신나요―"

양자도 큰 소리로 자랑을 한다.

"아줌마 책장 아래로 1미터 넘게 자란 스킨답소스 끝에 새 애기 잎 사귀가 생겼다고. 방호야. 얼마나 연두색이 예쁜지 볼래? 줄기도 5센티 넘게 자랐다고. 방호가 지난달에 빨간 실로 표시 해놓은 데서부터 잰 거야."

한 달 만에 만나는 그들은 행복한 모자처럼 떠들썩하다.

"그리고 방호야. 아줌마 책상 옆의 키 큰 행운목은 속잎 사이에 꽃대 두 개가 솟았다고. 보슬보슬한 하얀 꽃송이가 하나는 일곱 송이가 달리고 꽃대가 더 큰 것은 여덟 송이가 달린 것 좀 보라고. 2년에 한 번씩 꽃이 피는 아줌마의 행운목은 내일쯤이면 꽃이 피기 시작해서 오늘보다 더 진한 향기가 온 집안에 한가득 넘칠 거라고."

한 달에 한 번씩 방호가 올 때면 제일 먼저 치르는 서로의 식물 자랑은 신나는 아동극 같았다. 거실 천정에 닿을 것 같은 키 큰 행운목의 하얀 꽃송이를 처음 본 방호는 신기한 눈으로 꽃망울 달린 행운목을 향해 신이 나서 한참이나 물개박수를 쳤다. 그리고 새 영어단어 쓴 A4 용지를 쓱 내놓았다. 의젓해 보여도 아이는 초등생 소년이었다. 방호는 빨간 색연필로 100점 받는 걸 무척 좋아한다.

"정방호 백 점."

교실에서 선생님에게 백 점 시험지를 받을 때와 같이, 방호는 한 달에 한 번 가정체험으로 올 때면, 자기 방 책상 서랍에 백 점 받은 시험지를 차곡차곡 정리하며 은밀한 자랑을 느낀다는 걸 양자는 모른 척하고 있어왔다.

"정방호. 이번 시험 잘 봤니?"

"영어가 꽝이에요. 쪽팔려 죽겠어요. 짝꿍 하은이는 95점인데 정방호는 겨우 65점이지 뭐예요?"

"65점은 정방호가 대적할 적군인 거야. 눈 크게 뜨고 두 주먹 꽉 움켜쥐고 덤벼야지. 적군에게 질 거야? 쓰러트려야지. 응?"

"네 아줌마. 벌써 일기장에 각오를 써 놨어요."

"뭐라고 썼는지 아줌마가 알고 싶은데. 우리 둘만 아는 비밀로."

－끊임없이 노력하는 자를 이길 천재는 없다!

"빨간 볼펜으로 꼭꼭 눌러서 일기장에 써놨어요"

양자는 만족한 표정이고 방호는 자기의 양쪽 귀를 잡고 멋쩍은 미소를 씩 짓는다. 정상 가정에서 영어 과외를 받는 짝꿍과 자기 책상이 따로 없는 보육원 방에서 여럿이 지내는 방호의 성적을 비교할 수 없는 건 당연하다. 방호는 부모가 누구인지 모른다. 갓난쟁이의 이름과 생년월일만 적혀있고, 생후 두 달 만에 보육원 문 앞에 놓인 특별한 아이였다. 간호대학을 졸업하고 오사카병원의 제2간호사였던 양자는 중한 암환자들을 위한 호스피스 훈련을 시작한 날 늦은 오후. 며칠째 못 데리고 나간 리리를 산책시키기 위해 호수공원으로 나갔다. 양자가 늘 앉는 벤치에 시무룩한 소년이 앉아 있었다. 양자는 튼실한 소년이 자기가 앉는 벤치에 앉아있어서 반갑게 물었다. 이름을 말한 소년은 컴퓨터 게임을 하다가 보육원선생님에게 혼나고 자전거를 타고 달아나온 거라고 정직하게 말하였다.

"화려한 그래픽 화면은 다른 세계를 느끼게 해 줘요. 공부와 성적 스트레스도 씻어주고요. 하지만 계속하면 중독성이 생긴다는 것도 알아요."

처음 만난 아이는 자기 생각을 차근차근 조리 있게 말하였다. 똑똑한 아이 같아 보였다. 입이 부었던 아이는 리리를 보고 반색을 하였다.

"아줌마! 저도 강아지를 좋아하거든요. '사랑의 집' 삽살개 '바람이'는 나하고 젤 친해요. 하얀 애 이름은 뭐예요?"

"털이 새하얀 색깔이라 릴리라고 지었는데, 그냥 리리라고 불러."

"릴리는 백합꽃 이름이고. 시츄 좋이지요?"

"방호는 꽃 이름과 개의 종을 아주 잘 아는구나. 3학년인데."

"그런데요 아줌마. 전 정말 게임을 조금밖에 안 해요. 그런데도 담임선생님과 보육원선생님은 우리들에게 안 된다고 막 야단을 쳐요."

아이는 불평의 목소리가 높아간다.

"어른들은 이메일을 치면 1분도 안 돼서 아프리카까지 소식이 갈 수 있는 21세기 시대라는 걸 모르나 봐요. 공부해라. 공부해라. 게임은 안 된다. 절대로 안 된다고 대못을 쾅 쾅 박는다고요. 어른이라고 모두 생각이 꽉 막힌 먹통인 건, 아니지요?"

"물론이지. 세상을 발전시키는 건, 어린이보다 어른들일 테니까."

"아줌마는 컴퓨터랑 인터넷을 하시지요?"

양자는 믿음직스러운 소년에게 고개를 끄덕여 보이며 미소 지었다. 그날 양자는 똑똑한 아이를 데리고 피자집에 가서 피자와 콜라를 사다가 호수 뒤쪽 은행나무 옆 벤치에서 셋이 다정하게 먹었다. 우리나라 법은 강아지는 식당 출입금지라는 걸 방호에게 말해주었다. 그들의 첫 만남은 게임한다고 야단맞고 나온 방호는 행복하고, 지난 월요일 8년 만에 밤새가며 한국어공부를 한 끝에 한국영주권을 딴 일본 독신녀는 엄마의 도움이 필요한 똑똑한 소년을 만나 마음이 흐뭇한 날이었다.

그날 이후, 방호가 오면 제일 기뻐하는 건, 조용한 집에서 심심한 리리였다. 양자는 지금 리리의 빨간 목줄을 잡고 자기와 나란히 호수공원을 걷는 방호의 당당하고 즐거운 기분을 느낀다. 자기도 아들과 산책 나온 엄마 같은 기분임을. 양자도 방호도 엄마와 아들 같은 느낌이었다. 최선을 다해 방호를 도와주는 건 당연하지만, 어떻게 언제까지라고 단정하기엔 불확실한 문제라고 그녀는 속생각을 하며 산책객들에 섞여 즐겁게 지나갔다.

기분이 좋은 방호가 물었다.

"아줌마, 리리를 버린 사람은 이 근처에 사는 사람이겠지요?"

"아마, 아닐 거야. 사랑하며 기르던 개나 고양이를 버리는 사람들은 먼 동네에다 두고 간대. 버림받은 강아지와 고양이가 찾아오지 못하게 끔. 여름 바캉스 철에 여행 데리고 가서 버림받은 개가 놀랍게도 주인이 두고 간 낯선 섬의 인적이 드문 외진 자리에서 꼼짝 않고 주인을 기다리다가 굶어 죽은 개가 여러 마리라는 뉴스를 보고 아줌마는 막 눈물이 났었어…"

방호는 생각한다. 아줌마가 늘 앉는 벤치 다리에 묶여있는 개를 데리고 호수공원관리소에 부탁해서 이틀이나 방송을 했어도 주인은 나타나지 않았다. 아줌마는 화장실 볼일이나 약이 급해서 강아지를 의자 다리에 묶어놓고 호수공원을 뛰어나갔다가 주인이 깜박한 걸지도 모른다는 생각에 이틀 동안이나 강아지를 데리고 아침부터 저녁때까지 호수공원을 돌았는데도, 고만이었다. 그날 아줌마를 피곤하고 슬프게 했던 개가 지금 아줌마와 제일 친한 짝꿍인 하얗고 까만 눈이 동그란 온순하고 예쁜 리리였다.

"아줌마! 리리는 양쪽 귀가 잔뜩 곪은 걸 치료해 주는 대신 자기를 버린 주인을 만나면 알아볼까요? 5년이나 지났는데도 요…?"

"개의 후각은 사람의 백 배쯤 예민해서 십 년이 지나도 냄새로 자기 어미랑 크게 자란 새끼와 자기 주인을 알아본다고, 동물병원 의사가 알려주었어."

엄마 얼굴을 모르는 방호의 눈매가 샐쭉 어두워진다. 나무가 나이테를 몸속에 새기며 자라가듯 방호는 한 해 한 해 엄마를 기다리는 간절한 염원을 마음속에 새기며 단단히 커갈 것이다. 엄마는 자기를 두고 간 보육원을 아니까, 언제고 찾아올 거라고 굳게 믿고 기다려 온 것처

럼 고3 졸업할 때까지는, 그렇게 굳게 믿고 기다릴 거라고 의젓한 방호
는 강한 희망을 고백한 적이 있다. 보육원은 만 18세까지만 기거할 수
있으므로 방호는 엄마와의 재회의 기간을 초조하게 기다리고 있을 것
을 양자는 알고 있다.

"아줌마는 주인에게 버림받은 리리에게도, 엄마 없는 방호에게도 참
좋은 아줌마니까, 예수님이 상을 많이 주실 거예요!"

기독교재단 보육원에서 자라고 있는 방호는 사도신경과 주기도문을
줄줄 외우고 좋아하는 시편과 잠언을 일기장에다 쓰는 걸 보고, 한글로
컴퓨터에 시편을 쓰고 있는 양자는 크게 감탄하였다.

"방호 말대로 예수님이 아줌마에게 상을 많이 주시면 참 좋을 텐
데…"

미소를 머금은 양자를 바라보는 방호의 의젓한 입매가 흠칫한다. 아
줌마가 기다리는 기자아저씨가 남미에서 하루빨리 서울로 와서 아줌
마를 만났으면 좋을 텐데…. 리리의 빨간 목줄을 끌고 다른 아이들처럼
양자와 손잡고 걷는 것이 마냥 즐거운 방호는 호수공원을 돌 때마다 하
늘말나리, 노루귀, 애기똥풀 같은 들꽃이랑 토끼풀 냉이 쑥 같은 들풀
들의 이름표를 들여다보고, 이름표를 달고 있지 않은 나무와 들꽃이름
을 알고 싶어 묻는 지적호기심이 강한 아이였다.

"아줌마가 생각해 오라고 했지? 장래 뭐 하는 사람이 되고 싶은지?"

그녀의 말을 기다렸다는 듯 방호는 선뜻 대답하였다.

"아줌마. 나는 산이 좋아요. 조용히 나무끼리 모여서 살고 묵묵히 좋은 향내를 뿜어서 걱정 있는 사람들과 아픈 사람을 치료해 주고요. 작은 바람 큰바람이 만나서 손짓대화를 연구하는 나무박사가 되고 싶어요."

양자는 놀라지 않을 수 없었다. 숱한 미스터리 만화에서 본 내용처럼 엄마를 찾기 위해 경찰관이나 신문 기자가 되고 싶다고 할 줄 알았기 때문이다. 그녀는 신문에 소개되는 주말 등산클럽을 따라 봄여름가을 두서너 달에 한 번씩 서울근교의 산으로부터 경기도의 산들을 하나씩 섭렵해 오고 있었다. 경제력과 체력이 가능한 한, 그녀는 제주도 울릉도 북쪽의 연평도 백령도까지 한국 섬의 산들을 다 가보고 싶다고, 속의 말을 나누는 어린 친구 방호에게 고백한 적이 있다.

"아줌마. 내가 어른 되면 나랑 같이 산에 다녀요, 네?"

"그러면 좋지. 그러면 얼마나 행복할까…"

방호와 2년째 지내는 동안 양자는 구파발에서 올라가는 북한산과 서울의 아담한 인왕산과 서울관광을 겸하여 남산엘 데려가 주었을 때, 눈을 크게 뜬 방호의 기쁨은 놀라울 정도였다.

"아줌마도 가 보셨지요? '사랑의 집' 뒷산의 소나무 숲이랑 그 아래쪽의 죽이는 향기를 내뿜는 아카시아 나무숲도요?"

"그럼. 여러 번 가 봤지. 방호하고 작년 가을에도 예쁜 낙엽 모으러 갔었잖아. 금년 가을엔 못 갔지만. 방호야. 내년 봄에도 벚꽃 피면 리리랑 셋이 또 호수공원에서 피자 먹고 예쁜 사진 찍자."

"네. 봄은 또 금방 올 거예요. 내가 5학년 되면 새봄이 따라 올 거니까요."

대답 대신 그녀는 기특한 방호를 이윽히 바라보았다.

"아줌마. 하늘의 별이 반짝이는 것 같이 아름다운 벚꽃이 날리는 봄도 아름답지만, 색색가지 단풍이 저절로 물든 게 신기해서 나는 가을 산이 더 좋아요."

"아줌마는 어른이라 그런가 봐. 단풍 진 가을 산도 멋있지만, 첫눈 오는 것 같이 벚꽃이 휘날리는 봄이 더 좋거든…"

"이른 봄의 개나리 진달래 철쭉꽃은 우리 반 여자애들처럼 재재거리고요. 아카시아꽃 향기와 밤꽃 향기가 방으로 들어오면 잠 못 자고 미친다고 고딩 형들은 막 신경질을 부린다고요."

"그래? 신경질을…?"

"또 이팝나무꽃이랑 쥐똥나무 꽃향기는 얼마나 좋은데요. 여기 호수 공원의 잘 가꾼 나무들은 잘생기고 운치가 있지만, 우리 보육원 뒷산의 만세 부르는 것 같이 자유롭게 자란 울창한 나무들 하곤 비교도 안 돼요. 나무 냄새가 라일락 향기보다 더 기똥찬 거 아줌마는 모르지요─?"

고개를 끄덕인 양자는 영어점수 때문에 짝꿍에게 자존심 상한 방호의 기분을 생각해서 다른 날처럼 영어단어 말하기 대신에, 깃발나무이야기를 꺼내었다.

"방호야, 1,000미터가 훨씬 넘는 고산지대에 사는 나무는 높은 산에서 최악의 기후조건을 견디느라 강풍에 나뭇가지가 한쪽으로 쏠려서 깃발나무란 이름을 갖게 된 거야. 깃발모양을 생각해 봐. 그런데 방호야. 그 깃발나무가 천상의 소리를 내는 최고의 악기재료로 쓰임 받는다는데, 그 이유가 뭘까?"

방호는 너무 쉬운 문제라는 듯 싱긋 웃고 금방 답을 말하였다.

"강한 추위와 강한 바람을 이긴 높은 산의 나무가 낮은 산의 나무보다 속이 더 단단하겠지요. 그러니까 높은 산의 나무가 훨씬 좋은 소리를 내는 악기 재료일 거라고 생각해요. 온실 꽃보다 밟혀도 들꽃이 훨씬 더 강한 것처럼, 요"

양자는 큰 소리로 "정방호 백 점"하고 칭찬해주었다. 기분이 상승한 방호가 영어단어 외우는 것 대신 키 큰 나무 이름 잇기를 하자고 제안하였다.

"키 큰 나무 이름들을…?"

양자는 키 작은 나무 이름을 찾기보다 덜 힘들 것 같아서 그러자, 하고 고개를 끄덕여 보였다. 오늘은 한 달에 한 번 가정체험 나온 방호를 위한 날이었다. 열두 살인 방호에게 마음의 키가 크도록 선 듯 응해 준 양자는 노래하는 분수 쪽으로 가면서 먼저 키 큰 나무 이름을 대었다. 키다리 소나무 은행나무 전나무 오동나무 미루나무 구상나무 수양버들 도토리나무 밤나무 대추나무 잣나무 바나나나무 망고나무 미루나무 떡

갈나무 포프라 굴참나무 길참나무 돌참나무 층층이나무 삼나무 향나무 적송나무 플라타너스 메타세쿼이아 종려나무 백향목….

대추나무 밤나무 은행나무는 먹는 열매 열리는 나무니까, 과실수에 넣어야 한다는 그녀의 말에 방호기 반박을 한다.

"그럼, 무지무지 키 큰 바나나나무도 망고나무도 안 되게요? 아줌마 가 말한 수양버들은 옆으로 부피는 나가지만 키는 별루 크지 않잖아요? 그리고 아줌마는 미루나무를 하고 또 포플러를 말했다고요."

"그래. 같은 나무를 포플러와 미루나무로 댄 건, 아줌마 실수 인정!"

방호는 1년 전보다 키가 한 뼘쯤 자란 지금 엄마와 걷는 아이처럼 양 자 옆에서 리리의 줄을 잡고 씩씩하게 큰 목소리로 말하며 당당하게 걷 는다. 방호의 기분이 전이되어 행복한 양자는 가끔 엄마, 하는 애들 소 리가 들릴 때면 매번 방호의 표정이 살짝 흔들리는 걸 몰래 보며 마음 이 애석해지곤 한다. 해가 기울면서 찬바람이 일렁이는 호수엔 초가을 해저물녘의 물안개가 서늘하게 깔려있었다. 중학생 또래 아들의 어깨 동무를 하고 지나쳐 가는 여자를 본 양자는 방호의 어깨에 팔을 둘러주 었다. 그러자 문득 피리노인의 생각이 떠올랐다.

'크게 아프시지는 않아야 할 텐데…?'

그날, 세 번째 만난 노인은 검은 털실 모자를 쓰고 무거워 보이는 등 짐 지는 가방을 지고 있었다. 양자는 리리를 안고 콜라 캔을 먹는 방호 와 나란히 앉아 커피를 마셨다. 노인이 입맛을 다시며 쳐다보았다. 점심시간이 지난 오후이고 편의점은 먼 곳에 있었다.

콜라 같은 음료수를 좋아하십니까? 하고 노인에게 양자가 물었다.

"술이 있은 좋지."

아 술을… 하고 생각한 양자는 방호에게 만 원짜리를 주고 편의점에 가서 생수 세 병과 소주 한 병 사고 돈이 남으면 너 먹을 쿠키나 리리의 소시지를 사오라고 시켰다. 신이 난 방호가 리리를 데리고 가게로 가자, 양자는 기운 없어 보이는 노인에게 말을 시켰다.

"먼 데서 오셨습니까."

노인은 고개를 끄덕였다.

"문산에서 왔소만, 문산을 아시오?"

"가보질 않아서 모릅니다."

"그런데 억양이 좀 이상한데, 혹시 일본 사람 아니오?"

"네. 일본 사람입니다. 십 년 만에 한국영주권을 획득했습니다."

양자의 말에 노인은 일제 시절 노무자로 끌려가서 해방 후에 쭉 일본에서 살았다는 사연을 풀어내었다.

"무슨 사연이 있는지. 혹시 한국남자와 결혼을 한 거요?"

고개를 저은 양자는 오사카 병원 간호사인데, 퇴근길에 만난 한국해직기 자 두 사람 중 한 사람이 급성맹장으로 길에 쓰러져있는 걸 발견하고 도와준 계기로 사귀게 된 사연을 소상하게 말하였다. 술을 본 노인은 눈에 생기를 띄고 술을 맛있게 먹으며 일제강점기 시절, 일본순사에게 강제로 일본노무자로 끌려가게 된 억울한 인생사를 병술을 홀짝이며 술회하였다.

"나도 일본에서 온 지 십 년이 되었다오. 아리랑과 뜸북뜸북 새를 나보다도 잘 부르는 일본아내는 딸 복희 하나를 남겨두고 죽었다오. 그통에 딸이 북송선을 탔던 거요. 가난을 면해 준다는 희망에 부풀어서 간 딸이 자리 잡으면 금방 데리러 온다더니, 감감무소식이라 피 말리며 기다리던 일본을 떠나오고 말았다오."

양자는 뭐라고 위로의 말 대신 노인에게 안주로 소시지를 드렸다.

"나는 지금 이북하고 제일 가까운 문산 야산에 움막을 치고 살고 있다오…"

기침을 하며 술을 마시고 자주 호수 너머 먼 곳을 바라보던 노인은 방호가 아들이 아니라는 대답에 양자의 사연을 물었다. 1980년도 한국 정치의 회생자로 오사카에 피신을 한 A 신문 해직기자와의 애타는 기다림의 사연을 차근차근 들은 노인은 별안간 큰소리로 외쳤다.

"나는 매일 아침마다 이북 땅을 향해서 피리를 불고 목청껏 복희의 이름을 외친다오. 복희야! 복희야—하고. 이북 땅을 향한 허허벌판 끝에 천막촌 같은 움집들이 보이고, 그쪽으로 새들이 날아가고 센바람이 지나가는 걸 보면서 나는 하염없이 눈물을 흘린다오. 아무리 참으려고 해도 끅끅 흐느끼게 되고 만다오."

방호는 리리를 데리고 선인장공원 쪽에서 뛰놀고 있고, 양자는 노인의 애달픈 사연에 남미에서 돌아오지 않고 있는 문 기자의 얼굴을 그리며 눈물이 고인 눈을 깜빡이었다.

"또 만나십시다. 일주일의 한두 번씩은 내가 호수 저 다리 쪽에서 피리를 분다오. 술 잘 먹었소."

노인은 먹던 술병과 생수병을 주섬주섬 등짐백에 넣어지고는 호수 입구 쪽으로 가고 있었다. 노인의 쓸쓸한 뒷모습을 바라보던 양자는 문득 작년에 작고하신 아버지 생각이 나서 울컥 가슴이 멘다. 정년 후까지 원예 교수로 존경을 받는 어머니지만 혼자 늙어가는 쓸쓸한 어머니 모습을 생각할 때면 양자는 사는 것이 슬프고 애달프기만 하였다. 노인이 가는 것을 본 방호가 리리 목줄을 잡고 뛰어왔다.

"아유 빵떡모자 쓴 할아버지 갔군요? 리리도 기침하는 할아버지가 무서운 것 같아요."

양자는 불쌍한 할아버지에게 그러면 안 된다고 타이르고 말했다.

"방호야, 피자 먹은 지 오래됐으니까, 피자 사러 갈까. 지난번엔 치킨 먹었으니까. 어때?"

"아줌마가 정하세요. 항상 내 맘대로 정하라고 했으니까요."

방호는 평범한 가정의 아이들과는 다르다. 보육원에서는 주는 대로 먹어야 한다. 먹고 싶은 걸 말하지 못한다. 양자는 한 달에 한 번이지만 방호에게 가정체험 후원자로서 자연스러운 가정을 느끼게 해주려고 세심한 배려와 신경을 쓴다. 방호는 외식하는 것을 좋아하였다. 부모와 사는 아이들처럼 주말에 음식점에 가는 걸 퍽 좋아한다는 걸 알게 된 후, 가끔은 리리를 집에 두고 그녀는 방호와 둘이만 외식을 하러 가기도 하였다. 식당에 손님이 많을수록 그녀와 달리 기분이 좋은 방호의 눈빛은 반짝거리고 주위를 휘둘러보곤 한다.

순서를 기다리다 피자를 산 방호는 오늘따라 리리 때문에 피자집에 들어가서 먹을 수 없는 것이 못내 아쉬운 얼굴이었다. 저녁 바람이 차가워서 집에 가서 먹기로 했다. 양자가 리리의 줄을 잡고 방호는 네모진 피자 곽을 상장처럼 두 손으로 받쳐 들고 엄마 옆에서 같이 가는 아이처럼 의기양양한 큰 걸음으로 아파트를 향해 걸어가고 있었다.

*

아침부터 눈발이 날린다. 금년 겨울의 첫눈이었다. 방호가 일기장에 꼬박꼬박 날짜를 쓰며 기다려 온 겨울방학 첫날의 첫눈이었다. 보육원에서 여름방학과 겨울방학에는 가정체험 기간을 2박 3일이 아닌 일주일을 허락한다. 이제 방호는 황금 같은 그 일주일을 아줌마 집에서 하늘을 나는 가오리연처럼 마음껏 누릴 수 있는 일주일이었다.

"방호야 문산에 가서 피리할아버지를 찾아볼까. 호수에 오시지 않는 할아버지의 감기가 심해지신 것 같으니까. 어때…?"

방호는 만세를 부르는 자세로 두 팔을 번쩍 들고 환호하였다.

"좋아요. 아줌마는 그 할아버지가 걱정돼서 가는 거지만, 나는 기차를 타고 가는 게 좋아서 기뻐요. 그렇지만 할아버지는 별로예요. 늙어서 불쌍해 보여서 싫어요. 할아버지들은 괜히 기침을 하고 꾀병을 부리는 것 같거든요."

새삼 요즘 세대를 보는 것 같아 뜨끔한 양자는 방호의 경험을 위해서 손잡고 대형 마트엘 갔다. 생식품 진열장을 두루 둘러보며 식료품들을 꽤 많이 샀다. 누가 봐도 모자처럼 보이는 둘은 배가 불룩한 배낭을 하나씩 짊어지고 집을 나섰다.

양자는 한국의 6·25 전쟁 전까지, 경성(서울)에서 신의주까지 달리던 경의선의 종점이 된 문산역에 가서 이름을 모르는 베레모노인을 찾아볼 생각이었다. 그녀는 10년 넘게 소나무 숲 옆에 움막집을 짓고 산다고 눈물이 글썽해서 말하던 슬픈 노인을 생각하였다.

"나는 38선이 뚫려서 내 딸 복희를 만날 날을 기다릴 거요. 그 전엔, 백 살이 돼도 죽지 않고 매일같이 이북 땅을 향해서 피리를 불고 가오리연을 날릴 거고 복희 이름을 외쳐 부를 거요. 금은보다 귀한 내 딸 복희를 만나기 전엔 절대로 난 그냥 죽을 순 없소. 보고 싶은 딸을 기다리고 기다려야지. 아줌마는 아직 젊은데 남미에서 오지 않는 남자를 기다리시오. 살아만 있으면 언젠가는 올 거요. 묵묵히 기다리는 자에게 복이 온다고 하질 않소? 돌덩이처럼 그리 믿고 믿으시오!"

양자는 몇 번 호수공원에서 만나 서로 신세타령을 하고 소주잔을 기울이기도 한 특별한 노인을 그 고장 사람들이 모를 리 없을 거란 자신 감으로 '문산행'의 용기를 내었던 것이다. 방호는 계속 기차 유리창에 고개를 박은 채였고, 차창 밖의 눈을 바라보는 양자의 사념은 깊다. 처음 문 기자와 박 기자를 만난 날, 오사카에 저녁폭설이 쏟아졌다.

한국 A신문의 해직기자로 찍혀 도피 중인 두 기자 중의 정치부의 문 기자가 식당 골목길에 쓰러져 몸부림치고 있었다. 운명이었던가. 오사카병원 간호사인 요코[良子]가 그 앞을 지나가고 있었다. 양자의 응급 입원의 도움으로 수술 시간이 지체되었으면 문 기자의 급성 맹장염은 터져 복막염이 될 위험을 넘기게 된 것이었다. 박 기자는 몇 년 후 복직을 하였으나 문 기자는 드넓은 남미의 어디로 잠적한 것인지, '너를 사랑한다. 끝까지 너를 사랑한다고' 고백한 양자에게도 유일한 친구 박 기자에게도 그는 소식을 끊은 지 오래였다. 세계적인 유채화의 채색을 능가하는 신비한 노을빛에 취하여 한동안 그와 나란히 바라보던 라플라타강의 노을빛은 지금, 어떤 색깔일까…?

"눈 오는 차창 멀리 양자는 문 기자와 박 기자를 만난 날의 그리운 추상에 젖어 들었다. 쇠바퀴 소리를 내며 힘차게 달리는 기차를 처음 탄 방호는 만세를 부르던 아까와는 달리 왠지 목소리가 가라앉았다.

"아줌마. 이렇게 눈이 펑펑 오는 날. 우리 엄마는 어디서 살고 있을까요. 누구하고요…?"

아르헨티나의 브에노스아이레스까지 허위허위 찾아간 비 오는 공항에서 문 기자와의 마지막 모습을 그리고 있던 양자는 방호의 눈길이 박힌 뒤쪽을 바라보았다. 기차 칸 중간쯤에 머리가 뽀글뽀글한 여인과 나란히 앉은 소년에게 꽂힌 방호의 얼굴을 보고 가슴이 찌릿해서 마른침을 삼킨 양자는 말하였다.

"방호야. 엄마가 너를 빨리 데리러 올 수 없는 사정이 있을 거야. 결혼한 어른들의 사정은 1 더하기 1은 2가 되는 것처럼, 그렇게 정한 답이 없다는 걸 대학생이 되면 방호도 알게 되겠지만. 지금 어린 너는 잘 모를 거야. 하지만 엄마는 보고 싶은 방호와 함께 살 수 있는 날을 매일같이 기도하며 기다리고 있을 거라고 아줌마는 생각한다. 의젓한 방호도 그렇게 믿고 침착하게 기다리고 있어야 하는 거야. 알았지!"

"네. 아줌마!"

이미 젊지 않은 양자는 생각한다.

'나는 얼빠진 얼간이처럼 마냥 문 기자를 기다리고 있지만, 시시각각 마음을 조이는 불쌍한 방호의 기다림은…? 그녀는 눈 내리는 차창 멀리 간절한 기원을 보낸다. 그리고 마침내 방호가 엄마의 품에 얼굴을 묻은 모습인 양, 방호의 목에 팔을 두르고 껴안아 주었다.

"아줌마. 나는 매일 같이 북쪽을 향하여 목이 터져라하고 피리를 부는 빵떡모자 쓴 할아버지가 북쪽에 두고 온 복희 딸을 기다리는 소원처럼. 또 남미에서 오지 않는 기자아저씨를 기다리고 있는 아줌마처럼, 엄마를 꼭 만나게 될 거라고 믿고 기다릴 거예요!"

고개를 끄덕여 보인 양자는 눈물 고인 눈을 감은 채, 불쌍한 방호의 등을 토닥여 주었다. 그리고 말하였다.

"방호야. 오늘 먼저 빵떡모자 할아버지를 만나서 잘 계신지 알아보자. 할아버지가 이북에 있는 딸 복희를 만날 때까지 아픈데 없이 건강하시길 기도하자. 또 방호가 매일 기다리는 엄마를 만날 수 있는 날이 빨리 오기를 우리 매일매일 기도하자. 그리고 아줌마의 기자아저씨가 남미에서 빨리 한국에 오기를 열심히 기도하자!

외로운 양자는 진심을 다하여 방호를 위로하였다. 매일같이 기도하자고 그러면 언젠가는 이루어진다고 굳건한 약속을 하였다. 고개를 끄덕인 방호의 눈이 커지고 표정이 환해졌다. 양자도 미소 담긴 얼굴이 행복해 보였다.

그동안, 기차는 눈 속에 옹기종기 모인 시골장독대 같은 촌락을 지나고 마침내 눈 펄펄 날리는 문산역에 도착하였다.

자작나무 광시곡

외출가방에서 전화소리가 울리었다. 급히 나가려던 가희는 이른 아침 전화할 사람은 순지 아니면 어젯밤 12시 넘은 시간에 전화한 계부일 것이라고 추측하며 받았다. 요즘 어머니는 죽음을 예감한 인도코끼리처럼 떠날 때를 안다는 말을 자주 했던 말이 떠올라 가희의 마음은 다급하였다. 삶은 끝나지 않은 전쟁과 같다는 말은 진리일까. 그녀는 자기 머리를 쥐어박는다. 어째서 삶은 엉킨 실타래처럼 나를 가만두지 않는가. 현실도피의식으로 살고저하는 그녀는 입술을 깨물고 오늘의 일정을 생각한다. 먼저 승리학교엘 가야하고, 경기도의 실버타운으로 어머니에게 가야 하고, 귀갓길엔 집 근처 마트에서 배달 주문할 식료품 메모를 보는데 가방에서 또 전화소리가 울리었다. 순지는 대뜸 울먹이었다.

"가희야. 여기 K도립병원이야."

다른 날 같으면 승리가 전화도 없이 이틀 밤을 외박했다고, 자기가 먼저 호소 전화를 했을 가희는 순지의 울음소리에 움찔 놀랐다.

"무슨 일이야? 입양 딸 얘기는 남편에게 이실직고했다고 했잖아?"

"그게 아니야. 지금 순명오빠가 K도립병원 중환자실에 있어. 글쎄, 케임브리지 박사가 먹던 수면제 병을 통째로 삼켰다."

'순명 씨가…?'

가희는 들었던 백을 탁자에 놓고 다시 의자에 앉는다. 그녀는 겨우 생각이 틔어 의사가 뭐라고 하느냐고 물었다.

"글쎄, 위세척이 늦은 탓에 의식회복이 늦을 거라고. 작달막한 의사는 기도하는 마음으로 기다려 보자는 말이 다야? 아휴—."

순발력이 더딘 가희는 속으로 주저하다가 아무 말 못 하고 마른침을 삼켰다.

"우리 오빠 잘못되면, 나 어떡하니? 가희야. 으응…?"

충격을 추스르고 가희는 말하였다.

"너 지금 K시 도립병원에 있다고 했지? 의사 말대로 정성껏 기도해. 난 수업시간 전에 승리학교엘 가야 하니까. 전화할게."

가희는 굳게 잠갔던 기억의 틈새가 벌어지면서 사고력이 마구 뒤틀리었다.

'노년기에 든 케임브리지 박사가 난데없이 수면제를 병째로 먹다니, 중환자실에 있다는 건…? 승리 말대로 요즘 세상은 기계도 사람도 다

미쳐간다고 해도. 그는 왜, 무엇 때문에, 딴 세상 같은 자작나무숲에서 짝 잃은 공작새처럼 고고히 살면서, 무슨 이유로 목숨을…?'

바람 탄 팔랑개비처럼 가희의 머리가 핑글핑글 어지러웠다. 이틀을 외박한 승리는 성적이 떨어지고 학원을 빼먹긴 해도 고3이 되도록 무단 결석이나 가출은 없었다. 그렇던 애가 전화도 없이 이틀씩 외박을 하여 꼬박 날밤을 샌 그녀는 7시가 넘자 고등학교 입학식 날 한 번 가본 승리의 학교로 뛰어갔다. 때맞춰 일찍 출근한 승리의 담임선생을 만날 수 있었다.

"오늘이 〈쇼미더머니〉 시험 보는 날이라, 힙합동아리 애들은 음악실에서 밤샘 연습을 했을 겁니다. 학부모님, 걱정 마십시오."

쇼미더머니가 무슨 음악인지 자상한 담임선생의 설명에 밤새 속을 태운 그녀는 찬 탄산수를 들이킨 듯 잔뜩 뭉쳤던 근심기가 풀리는 성싶다. 음악도 트렌드를 타는가, 쏜살같이 달리는 세태에 그녀는 아픈 눈을 흘기곤 해왔었다. 자기가 힘겹게 살아온 인생은 어디에서도 존중받지 못하는 세태에 서럽고 눈물겨울 따름이었다.

38년을 봉직해 온 여고의 교장선생님과 온화한 재혼을 한 어머니는 무슨 이유로 말 대신 자꾸 눈물을 흘리는 건지…? 알 길 없는 가희는 서둘러 승리학교에서 나왔다. 친절한 담임선생이 적어준 쪽지를 본 젊은 택시기사는 가까운 곳이라고 안심을 시켰다. 그녀는 소학생처럼 처음 가는 길이 어리둥절하여 연신 두리번거렸다. 금인가 옥인가 하며 기른 손자가 학생폭행을 당한 건 아닐까, 밤새 노심초사한 불안감은 담임 선생 설명에 다소 해소되었으나, 순명의 소식을 들은 그녀의 의식은 줄곧 뱅뱅 도는 물방개처럼 한 곳을 맴돌았다.

케임브리지 박사는 하늘의 별 따기라는 유학에서 돌아온 후, 순명은 여름 한 철을 철학자처럼 황태덕장 원두막에 박혀 산림서적을 탐독하였다. 늦더위가 가시고 소슬바람이 일자 그는 살모사처럼 치뜬 눈으로 볕에 말리는 황태덕장 원두막을 성큼 뛰어내렸다. 목숨 건 전투병사의 각오로 그는 서울의 출세 철탑보다 강한 재물 숭상 부친에게 끝내 자기 몫의 유산인 잡목 산자락의 땅을 받아내고 말았다. 그는 신들린 벌목꾼처럼 그 경사진 야산을 개간하기 시작하였다. 일찍 애국정신이 투철한 산림개발청장인 양 청바지에 챙 넓은 밀짚모자를 눌러쓴 채 그는 밤낮 모른 채 야산 개간에 심혈을 쏟았다. 껑충한 몸체 어디에서 솟는지 무서운 열정을 퍼부었다.

가을비 뿌리는 덕장에서 순지와 가희에게 영어작문을 가르치던 그는 가만히 귓속말처럼 말하였다. 방학 때 러시아여행 중에 하얀 자작나무숲을 보고 하얗고 가녀린 가희의 이미지가 떠올라서 놀랐다. 누구나 색다른 첫 기억 하나쯤은 추억의 열매로 영혼 깊이 숨겨뒀겠지만. 그날. 그가 맨드라미꽃 같은 미소 짓는 걸 가희는 유심히 보았다. 어떻게 그 기억이 떠오른 건지, 가희의 눈은 커졌다. 자기가 원하는 조용한 삶을 갖고자 고귀한 명예를 던지고 그가 일념으로 성취한 자작나무숲은 세계적인 명화를 능가하는 몽환적인 예술풍경을 이루어내었다. 그는 동화 같은 자작나무숲 동쪽에 손수지은 편백나무오두막 집에서 흐르는 구름의 신비로운 손짓과 나뭇잎 스치는 바람소리 새소리를 슈베르트의 피아노소곡으로 향유하고 사는 낭만시인이라고, 결혼이 불행한 그의 동생 순지는 부러운 소리를 하곤 하였다. 그런 그가 남은 수면제를 통째로 삼켰다는 말에 가희는 낮 꿈에서 깬 듯 어이없고 놀라울 따름이었다.

마침내 가희는 드넓은 〈쇼 미 더 머니〉 시험장에 도착하였다. 드넓은 운동장으로 밀물처럼 모여드는 청소년들 무리가 경이로워 그녀는 망원경을 들여다보듯 가느스름하게 뜬 눈을 떼지 못하였다. 전혀 힙합음악과 랩이라는 음악에 예비 지식 없이 온 그녀는 청소년무리를 헤치고 언덕진 관중석 맨 앞자리로 가서 앉았다.

계부의 전화에 가희는 미국 남북전쟁 배경의 억척스럽고 매혹적인 대농장주인 비비안 리의 명화 〈바람과 함께 사라자다〉의 장대한 화염장면이 크로스 업 되어오고, 어린 강아지를 안고 불길 속을 헤쳐 나오던 아버지의 비현실적인 영상에 처연한 기분이었다. 피곤하여 그녀는 세운 무릎에 고개를 묻는다. K여고의 음악교사인 아버지가 〈사랑으로 가는 길〉의 미완성 세레나데 악보원고를 남긴 채, 불길 속에 산화한 기억은 그녀 영혼 깊이 박힌 불멸의 영상이었다.

육십 세의 어머니가 35년 봉직한 여고교장과의 재혼의사를 밝혔을 때, 가희는 이상한 배반감이 솟아 아무 말을 못 하였다. '네 아버지를 닮은 모습이어서 교제를 했다는 어머니는 독일유학 간 교장의 외아들은 독일 여자와 그곳에서 살기 때문에 전처자식 간섭받을 일도 없다고 후련한 표정이었었다. 하지만 가희는 그분이 체중미달 형으로 보여 불안하였다. 그런 걱정일랑 말라고 손을 저으며 기쁜 얼굴로 어머니는 그분은 혈압 당뇨 같은 노인성 지병이 없는 분이라고 건강문제만은 자신 있게 말하였다. 30년 전 기억이었다. 두 분은 한 땀 한 땀 수를 놓듯 조용하고 다복한 나날을 엮어오고 있었다. 90세답지 않은 어머니는 가희를 보자 심각하게 말하였다.

"앞으로 99세까지의 인생을 설계해 놓았다. 우리 두 노인은 늙은 비둘기같이 다정하게 손잡고 더 자주 유명식당을 다니고 백화점구경을 다닐 거다. 택시 타면 어딘들 못 갈 손가. 너 기르느라 국어교사 노릇 하느라 못가 본 강과바다 구경을 네 새아버지 교장선생님과 실컷 다니기로 약속하였다. 또…"

이틀 밤을 꼬박 샌 가희는 머리가 휘저어져 승리의 반항하는 목소리가 들리고 난데없이 계부와 어머니의 말이 뒤섞여 귀청을 울리었다.

"할머니. 나, 공부 취미 없는 거 알지? 대학 대신 유명한 랩 가수 돼서, 돈 많이 벌 거야. 방학하면 나 오디션 볼 돈 줘야 돼."

그녀는 딸이 돌잡이 때 두고 나간 손자에게 악을 썼다.

"뭐라고, 대학엘 안 간다니 그게 무슨 정신 나간 소리냐…?"

"〈쇼 미 더 머니〉 일 등 하면 상금이 '일억 원'이야. 지원자가 만이천 명이고 그중에 미국 LA 뉴욕에서 아이비대학 다니는 유학생도 오고, 영국 독일 같은 유럽 애들도 온다고요. 지금은 유명하고 돈 많은 게 짱인 세상인 거, 할머니도 모르지 않지?"

이게 무슨 벼락인가. 승리가 대학생이 되면 승리의 학비와 생활비는 아파트를 전세 놓은 돈으로 충분할 것이란 계산이었었다. 언제 올지 몰라도 제 엄마가 오면 장대같이 자란 아들을 반가워하리란 생각이 확고한 그녀였다. 승리가 고등학생이 된 삼 년 전부터 그녀는 자기의 마지막 생은 A가 있는 일본 홋카이도에서 보내리라고 소망해 왔건만, 정녕 승리가 기숙사가 있는 대학을 포기한다면…? 그녀는 자기의 첫 연인 W 화가가 사는 진도에서 여생을 보내려던 희망은…? 며칠 밤을 잠 못 자고 부르르 가슴을 떨었다.

"나, 졸업하면 독립할 거니까 할머니도 좋지 뭐. 대학원 학비까지 잘 계산해서 줘야 해. 필립은 벌써 자기 엄마한테 돈을 받았거든."

가희는 운동장을 바라보며 여름 쌀 항아리의 꼬물거리는 쌀벌레 같은 청소년들이 신기하여 몸과 마음이 불편해도 선 듯 일어서질 못하고 는적거리었다. 여자애들은 몇 안보이고 자기처럼 나이 든 여자와 남자의 모습은 눈 비비고 둘러봐도 없다. 그녀는 〈노인을 위한 나라는 없다〉는 영화제목이 생각나서 피식 웃음이 나왔다. 목걸이 귀걸이를 단 남자애들을 훑어보며 바다 모래사장에서 바늘 찾기 하듯 승리 찾기에 골몰하였다. 심사가 시작됐다고 옆의 노랑머리소녀 애가 팔을 툭 친다.

"할머니. 저 남자들이 유명한 래퍼들이고 심사위원이에요. 저쪽 끝에 있는 '말코'랑 '사자'는 늙은 아저씨래퍼들 중에서 젤 유명하고요. 우리 앞의 까만 안경 쓴 남자는 요즘 가장 인기 짱인 '꽃다발' 래퍼예요. 잘 생겼지요?"

대답 대신 그녀는 고개를 끄덕여 보이고 운동장을 휘둘러보았다.

"관중 앞에서 공연을 하기 때문에 랩을 굉장히 잘하면 모르지만, 얼굴이랑 체격이 나쁘면 꽝이래요. 할머니."

알 듯 모를 듯, 그녀는 청바지를 쭉 찢어서 넓적다리 살이 허옇게 보이는 앳된 사내아이가 검은 안경에 옛날 엿장수 같은 모자를 눌러쓴 심사위원과 일대일로 마주 서서 중얼거리는 저게 시험을 치는 노래냐고 얼굴화장을 한 옆의 중학생 소녀에게 물었다. 요즘 유행이라는 긴 머리채를 옛날 드라마 '전설의 고향'의 여자 귀신처럼 앞가슴께에다 두 마리 검정 뱀처럼 늘어뜨린 여자애는 줄줄이 싸구려 목걸이 귀걸이를 흔들며 노래하다가 떨어지자 다시 하겠다고 땅바닥에 주저앉고 만다. 수준 없는 억지 코미디를 보는 느낌이었다.

"노래를 하는 것도 아니고 뭐라고 중얼중얼하는 저게 랩이라는 음악 시험 치는 거란 말이냐?"

"네. 심사위원이 들고 있는 저 목걸이에 〈SHOW ME THE MONEY〉 라고 영어로 써 있는 거 할머니는 읽을 줄 모르지요? 저 멋진 목걸이를 오늘 합격한 사람에게 주는 건데, 오늘 치는 1차 시험이 제일 어렵대요. 2차 시험은 둘씩 노래시험을 쳐서 떨어진 사람은 불구덩이에 떨어지고, 1차 때 받은 목걸이를 도로 내놓아야 한대요. 아유, 무서워요. 할머니."

음악심사에 불구덩이라니, 흥미유발도 좋지만 떨어진 아이들 기분을 무시하다니, 도리질을 친 그녀는 눈초리를 손자 찾기에 재깍재깍 돌아가는 벽시계의 초침처럼 치떴다. 재잘재잘 여러 얘기를 해주는 옆의 노랑머리 여중생 덕에, 2등 3등은 꽝이고 오로지 1등 한 명에게만 상금 '일억 원'과 '미국 자동차'를 상으로 준다는 걸 알게 되었다. 잠 설친 피곤에 지친 그녀는 내년에 자기도 도전할 거라고 생글거리는 옆 소녀에게 눈짓 인사를 하고 집으로 왔다.

꿈에 컴컴한 산속을 헤매다 온 것 같은 흐릿한 정신을 다진 그녀는 피자 배달로 시장기를 달래며 진한 커피를 마신다. 그래도 피곤한 가희는 어젯밤에 전화한 계부를 생각하며 일주일 전에 만난 어머니를 상기하였다. 왜 아무 말을 않고 눈물을 흘리는 건지, 그녀는 어미 없이 기른 손자가 대학대신 독립하여 힙합가수가 되겠다고 대학원 학비까지 달라고 한 충격을 가다듬고 어머니의 전화번호를 눌렀다. 계부가 받으셨다. 그녀는 계부에게 오늘은 어머니 뵈러 갈 수 없다고 정중히 말하였다.

"그럼, 내일 오려는 거니?"

"내일은 고향에 갈 중요한 약속이 있어서 안 될 것 같습니다."

계부는 조심스럽게 말하셨다.

의사는 어머니가 노인성 우울증이 깊이 박힌 것 같다는구나. 뭐가 그렇게 억울하고 분한지 모를 소리를 며칠 동안이나 중얼거린다. 살면서 음악선생 남편에게 무정하게 대한 잘못을 자책하고 반성해도 후회는 지워지지 않고 흉터만 남는다고 울음을 그치지 않는다. 고명한 의사가 염려할 증상은 아니라고, 매일 신경안정제를 처방했으니까, 너의 일정대로 일 보라고 교장선생님은 전화를 끊었다.

순명 씨의 상태가 엄중한지 순지는 전화가 없다. 승리도 그 'Show Me The Money' 합격 목걸이를 받았으면 용돈 때문에라도 자랑전화를 했을 테지만 승리의 전화도 없고, 순지의 전화는 동트기 직전에야 왔다. 순지는 자기 오빠가 끝내 어떻게 될까 봐 피가 마른다고 어린애처럼 엉엉 운다. 애초에 공현두는 재산도둑일 뿐 남편은 아니었고, 우리 전주이씨 집안의 직계가족은 오빠와 나뿐인데, 끝내 오빠가 잘못되면 어떻게 하느냐고 순지는 따지듯 가희에게 울음소리를 높이고 강조하였다.

"너, 내일 일찍 와야 해. 순명오빠가 겉봉에 반가희 이름을 쓴, 풀로 꽁꽁 붙인 항공봉투 보러 와야지. 응?"

'순명의 편지'라는 말에 가희는 승리 들어오면 전화하겠다고, 끊었다. 아침까지 승리는 들어오지 않고 전화도 없다. 그녀는 심호흡을 하며 승리가 첫 예선시험에서 탈락한 게 분명하여 안도하였다. 문제는 승리가 고등학교 졸업 후 다른 오디션 시험에 떨어진다고 해도 결코 랩

가수의 희망을 포기하지 않을 것이고, 절대로 대학시험을 치르지는 않을 것이란 생각을 가희는 자기가 하지 못하고 있다는 걸 모르고 있다는 데 허점이 있었다.

가희는 K행 시외버스 창가에 머리를 기댄 채 사념에 젖어 선인장 가시에 찔려 빨간 약을 바른 손가락을 들여다보고 눈을 감는다. '반가희 이름을 쓴 봉합봉투는 대체 무엇일까?' 가희는 그것을 보기 위해 고단한 길을 나선 게 아니었던가. 먼 차창 밖을 향하여 눈을 가느스름하게 뜨고 있던 가희는 하늘에 꽁꽁 묻은 기억을 두려운 마음으로 살며시 열어본다.

순명은 삼일 후에 영국유학을 떠나고, 가희의 결혼식은 내일로 다가온 날이었다. 케임브리지대학 유학을 떠나는 그의 전화를 받고, 나갈까 어떻게 할까, 뒤척이다가 가희는 끝내 그를 만나고 싶은 욕구에 응하였다. 같은 한국에서도 오랜 세월 만나지 못한 그를 유학 후엔 언제 어디서 만날 수 있을까…? 그녀는 택시를 타고 우수수 꽃샘바람이 부는 오후. 순명이 정한 남산의 H호텔로 갔다. 처음 온 호텔 노천카페에서 그녀는 순명이 방학 때 집에 오면 쓴 커피를 마신다고 순지가 찡그리던 그 에스프레소 커피를 주문하였다. 그를 기다리며 가희는 설탕을 타서 마신 앙증맞은 커피잔을 골똘히 들여다보고 있었다. 어색한 두려움은 없으나 오른쪽 귀 뒤쪽으로 슬금슬금 편두통이 다가오는 게 느껴졌다.

"미안. 오랜만에 온 서울 길이 벌집 터트린 것 같아 혼났다. 초보 운전도 아닌데 진땀을 뺐다고."

그녀 앞에 우뚝 선 순명은 여자 친구에게 늦은 설명을 하는 소년처럼 말하였다. 그와 달리 가희는 먼 세월 긴 강을 힘겹게 건넌 감회에 그의 눈길을 비꼈다. 연한 오이 색깔 정장 차림인 그는 처음 보는 인상이었다. 손잡이가 가느다란 레몬주스 컵에 시선을 두고 있던 그가 말하였다.

"오늘, 가희를 만나게 돼서 좋다. 안 나오면 어떻게 하나 했는데…?"

"결국 오고 말았어요. 정확하게 여고 1학년 때 황태덕장 원두막에서 〈데미안〉의 독후감을 쓰게 하고 설명을 해주고, 너무 긴 시간이 흘렀다는 걸, 알아요?"

"어떻게 모르겠니. 그 시간 사이로 가희도 나처럼 삶은 잔인하다는 몇 갠가의 건널목을 건넜을 테니까."

복잡한 생각에 잠긴 가희 얼굴을 보며 그가 말하였다.

"아버지가 극구반대하지 않았어도 난, 너와 결혼하지 않았을 거야. 다른 어떤 여자하고도. 결혼 같은 걸 할 생각이 없었으니까."

"…?"

'만나자마자 이건 무슨 엉뚱한 고백인가.'

"R은 내 친구이고 나와 달리 온건한 성품의 피아니스트니까. 여고의 음악교사이시던 너의 아버지처럼 조용하고 진실한 음악가니까, 너의 결혼은 행복할 거야. 부디 가희의 결혼이 행복하길 바란다."

속으로 가희는 네라고 대답하였고 순명은 조급한 어조로 회고하였다. 네 눈물이 매일 아침 나를 깨웠다. 초록별이 진 새벽이면 너는 내 눈을 뜨게 했고, 어린 손으로 내 뺨을 호되게 때리곤 했다. 회오에 찬 나는 네가 지구 밖으로 사라지라고 하면 그럴 의지였으니까. 나는 신비한 세계를 탐색하기 시작하였다. 영국에 가면 그곳 도서관에서 죽음의 철학서를 탐독할 생각이었다. 그리고 때때로 나는 케임브리지 학위의 필요성을 알 수 없을 때면, 혼란에 휘둘리곤 하였다. 이 지상에 반가희가 없다면, 진정 나는 아등바등 공부를 하고 다른 사람들처럼 뼈 빠지게 살 의미가 없다고 확고히 여겼으니까.

그날, 햇복숭아 같은 네 뺨으로 도르르 구르던 나팔꽃 잎사귀에 맺힌 아침이슬 같은 너의 눈물은 확연히 내 순연한 영혼에 화인돼 있다는 걸, 네가 알았으면 한다. 청포도 알 같은 여고 1년짜리 너의 눈동자는 내 전생에 심겨졌고, 그 씨앗은 내가 지상을 떠나도 시들지 않을 것을 나는 굳게 믿고 있으니까.

'쓸쓸한 사람… 이상하고 가여운 사람…'

가희는 해쓱한 그의 얼굴을 처연히 바라보았다. 석양이 지자 그는 위스키를 마시고 가희에게도 권하였다. 그가 주정酒精에 혼미한 그녀의 목을 한 손으로 휘감았다. 처음 먹는 강도 높은 알코올에 사고력이 희미한 그녀는 사뭇 자정이 지난 시각에 귀가할 수밖에 없었다.

다음날. 가희는 성스러운 결혼예식 단상에 신랑과 신부로 나란히 서 있어야 했다. 하객들의 칭송 높은 피아니스트 신랑과 유명 한복디자이너 신부 얼굴에 안쓰럽고 고독한 이미지가 서리는 걸 눈치채는 하객은 하나도 없었다. 하물며 친자매보다 더 친밀하게 자라온 친구 순지조차도. 세계최고대학의 학위 같은 게 뭐냐고, 강원도의 야산을 개간하고 반생을 바쳐 건축한 예술적인 자작나무숲의 새소리 나뭇잎 스치는 바람소리에 눈뜨고 맑은 숨 쉬는 삶에 무엇이 그에게 수면제 병을 통째로 먹게 했었던 걸까.

알 수 없는 게 하루하루의 사람살이여도 가희는 도저히 그의 막다른 행위를 짐작할 수도 이해할 수는 더욱 없었다. 어떤 참혹한 절망에 결박당하였기에 걸리는 것 없는 자유의 삶을 내던지고 싶었던 걸까. 왜 깨고 싶지 않은 잠을 갈망했던 걸까.

버스가 K에 도착하자 가희는 버스터미널 상가의 커피집 간판이 보이는 2층으로 올라갔다. 순지에게는 마음을 다스린 후에 도착을 알릴 생각이었다. 가희는 순명을, 진정 그를 보고 싶지 않았다. 생을 단념하려고 극단적인 선택을 하지 않았어도, 마음 열고 같이 자란 친구 오빠인 이유로 그의 병문을 의무로 해야 할 의무는 없다는 생각이었다. 그가 남겼다는 반가희 이름의 봉합편지를 받기 위해 심신이 고달픈 길을 출발한 것일 따름이니까.

전화를 받고 달려온 순지는 곧장 오백 년 된 느티나무 동네 방향으로 차를 몰았다. 무지개의 일곱 가지 색처럼 색색인 지붕들이 옹기종기 모인 마을을 지날 때, 순지는 명목상의 남편일 뿐인 공 헌두의 이야기를 꺼내었다.

공 헌두는 부농인 순지아버지의 재산관리인 아들로 순지의 집 문간채에 살았다. 공 헌두는 기 쓰고 두뇌싸움을 하여 순명이 합격한 서울 A대에 합격하였다. 그리고 그는 심야에 순지의 방을 기습하여 성폭력을 감행한 사실을 온 마을에 소문을 퍼트린 비열한 인간이었다. 재산에 야심을 품은 행위임을 아는 사람은 순지뿐이 아니었다.

가문을 목숨처럼 여기는 아버지를 위해 순지는 그와 결혼식을 치를 수밖에 없었다. 결혼 첫날 밤. 순지는 신혼 방에 자물쇠를 채웠다. 성적 피습 후 순지가 독신을 고수해온 이유를 아는 친우가희는 순지의 결혼 피해상처에 마음이 아릴 따름이었다. 운전을 하며 순지는 오랜만에 만난 회포를 종달새처럼 주절대었다.

"어저께 저녁 면회시간에 말야, 내일 가희가 올 거라고 했더니 글쎄, 순명오빠가 반짝 눈을 떴지. 뭐니?"

"…?"

"겨우 1, 2초 정도였고, 금방 다시 감았지만 말이야. 가희야. 애가 타서 내가 지레 죽을 지경이다."

가희는 사념한다. 마침내 원하는 것을 획득한 자의 극한적 만족감일까. 의욕상실감일까. 그는 혼신의 의지로 이룬 자작나무 숲의 예술적

흡족감에 혼란을 느끼는 걸까. 순지는 변화한 K시가를 경이롭게 둘러 보는 가희를 순명의 자작나무 통나무집으로 안내하였다.

예상치 못한 거대한 미술작품을 보는 것 같은 자작나무숲에 가희는 소름이 끼쳤다. 뭐라고도 입을 열 수가 없었다. 루소의 자연화를 마주 한 듯싶은 희디흰 거대한 산풍경은 진정 표현할 수 없이 아름다웠다. 가희는 수만 군중 속에서 환호하는 듯 급격한 피돌기에 한동안 선 채 움직일 수가 없었다. 그녀는 순명의 순백의정신과 오롯이 마주 서 있었 다. 가희의 감회를 예상치 못하는 순지는 자랑스러운 오빠의 집 안내를 하고 영국 꽃차를 내왔다. 그리고 케임브리지 박사가 눈 떴나 보러 가 자고 서둘러대었다. 편백나무 마루의 그윽한 향을 흡입하며 가희는 고 개를 저었고, 순지는 빨리 가자고 불 끄러 가는 초임여자소방관처럼 재 촉을 하였다.

"중환자실 면회는 금시계바늘 같은 30분이야. 늦으면 오빠를 못 본 채 우리는 내일 아침까지 극한고문의 초조로운 시간을 보내야 할 거야. 가희. 빨리빨리!"

가희는 눈 감은 채, 의식 없는 순명을 보러 갈 생각은 없다고 고개를 젓자 순지가 천둥 치는 소리를 질렀다.

"아니, 가희야. 여기까지 와서 순명오빠 면회를 안 하겠다니, 그게 말이니 절이니-?"

"애쓰는 널 보러온 거야. 그리고 내 이름 쓴 봉투를 가지러 온 거야.

나는 의식 없는 순명 씨의 모습을 보고 싶지 않아. 그가 눈 뜨고 말을 하게 되면 그때 면회할 거야. 너 늦겠다. 어서어서 빨리 가!"

면회 시간 늦겠다고 밀어내는 가희에게 순지는 신발을 신으며 말하였다.

"그 편지봉투, 오빠 서재 책상에 있으니까, 들어가서 봐. 나는 아무리 봉투를 만져보고 흔들어 봐도 그 속에 든 게 순명오빠 성격에 보석 같은 것은 아닐 테고, 도무지 뭔지 모르겠던데…?"

순지의 차 소리가 멀어지자 가희는 심호흡을 하고 순지가 집 소개할 때, 서재라고 한 방문을 열어보았다. 천장 높고 넓은 방을 둘러본 가희는 한쪽 벽의 책꽂이 쪽으로 돌아섰다. 장르별로 분리해서 헐겁게 꽂은 서가는 거의 영문서적으로 세심하게 정돈돼 있었다. 다른 쪽 벽의 크고 작은 꽃그림의 진품 명화 두 점을 가볍게 훑어보고 마음이 급한 책상 쪽으로 갔다. 겹쳐놓은 책들의 제목을 보고 가희는 경악하였다.

두툼한 책들은 冠婚喪祭(관혼상제). 葬禮의 殮(장례의 염). 喪禮總書(상례총서) 같은 책들의 제목을 본 가희는 담임선생에게 숙제 안 한 거짓말을 들켰을 때처럼 가슴이 떨리었다. 그녀는 양재서적을 사러 자주 가는 편인 교보문고에서도 힐긋 눈에 띈 적조차 없는 책들이었다. 처음 보는 장례서적의 제목들을 본 가희는 온몸이 오싹하여 눈 둘 곳이 없었다.

"순명오빠 성격에 보석일 리는 없고. 봉투 속에 들어있는 콩알만 한

게 무언지 아무리 만져 봐도, 모르겠더라. 뜯어볼 수도 없고 그건 수신자인 반가희가 와서 열어보는 수밖에 없으니까, 너 내일 일직 와야 한다…"

가희는 깨끗하게 깎은 연필통의 가위로 항공봉투를 조심스레 잘랐다. 그리고 은박지에 싸인 것을 뜯어본 순간, 헉하고 말았다. 사람의 어금니였다. 순명 씨가 나에게 이 어금니를, 왜…? 수진은 개교기념 음악회의 연주할 피아노 연습 때문에 가희 혼자 순명을 따라 치과에 간 날이 주마등처럼 스쳤다. 가희의 뇌리로 멀고 먼 여중 때의 미묘한 기억이 파노라마처럼 휘돌았다. 순명이 서울 기숙사에서 방학 때까지 통증을 견뎌온 치아를 뽑은 날이었다. 그날 가희는 혼자 간 불안 때문에 머리가 아팠다. 계속 머리가 아픈 가희는 집에 오는 길에 그가 뭐라고 하는 말에 아무 대답 없이 입을 다문 채였었다.

그렇지만, 그가 왜 그날 뽑은 어금니를 나에게 보낸 건지…? 사고가 경직되어 그의 책상의자에 앉은 가희는 장례 서적들을 보고 눈이 커졌다. 그 옆의 두터운 책갈피에 삐죽 나온 것을 빼어 본 가희의 눈은 더 커졌다. 염과殮科. 이순명. 그의 이름이 분명한 장례학원 카드였다.

그녀는 통나무집을 뛰쳐나왔다. 죄진 자처럼 무작정 자작나무 숲 위쪽으로 도망치기 시작하였다. 숨이 가빠 멈춰 선 가희는 오른쪽 언덕 아래로 인가가 보여 순지를 만나고 싶지 않은 그녀는 암담하던 귀가 걱정을 삼키고 어지러운 몸을 바위에 앉혔다. 꿈속인 양, 순명의 자작나무숲에서 가희는 난데없는 청천벽력 같은 그의 '어금니'에 놀라 읽지 않고 백에 넣었던 항공봉투를 열었다.

가희. 다시는 너를 보지 못한다. 내가 가는 길은 애달프다. 자작나무 숲에서 그림자와 산 날들은 호젓하고 평온하였다. 부디 너는 이곳에서 까뮈와 마리아 칼라스와 고독한 너의 영혼이 빛나길 바란다. 새천년 가을. 순명.

소라의 귀국

갑자기 경보음이 위잉-위잉-악을 쓰며 작업장을 공포 분위기로 휘몰았다. 공원들은 일제히 작업 손을 놓고 제3작업장 쪽으로 고개를 꼬았다. 극도의 위험을 알리는 경보에, 4공장장이 튀어 나가고 삽시에 제4작업장은 아수라장이 되었다. 백인여자가 이동 들것에 실려 가는 것을 본 소라는 고만 바닥에 주저앉고 말았다. 안나-? 멀리서 봐도 짧은 남자 머리 모양과 몸피가 큰 안나가 분명했다. 충격파에 소라는 몸을 추스르지 못하였다. 작업장은 곧 무슨 일이 있었냐는 듯, 기계굉음이 천정을 뚫는 분위기로 화해 있었다. 계속 아기 울음소리가 신경을 파고들고 부상당한 안나의 모습이 눈앞을 가로막아 소라는 정신을 차릴 수가 없었다. 머리를 둔기로 맞은 것처럼 혼란스럽기만 하였다.

바로 내일. 소라가 그토록 헤매어 갈망하던 진주를 입양한 변호사를 안나와 함께 W 시청에서 만나기로 한 날이었다. 몇 개월을 미친 여자처럼 각종 공장이며 교회며 노동센터들을 찾아다닌 끝에 겨우 계약 결혼을 한 박이 소라의 아기 진주를 돈거래로 입양을 보내고 다른 주로 도피한 사실을 알게 된 것이었다. 유일한 증인인 안나의 부상에 소라의 불안은 극도에 달하였다. 철저히 작업시간을 임금에서 계산하는 자본주의 공장에서 소라의 작업량은 턱없이 부진한데 점심시간 벨리 울리었다. 소라는 꼼꼼하게 불이 들어오는 전구를 하나씩 검사한 박스를 정리대에 정리해 놓고 밖으로 나갔다.

밖은 서걱서걱 바람이 불고 하늘은 화가 난 듯 잔뜩 흐린 날씨였다. 소라는 아기 우는 이명소리에 눈물이 솟는 마음을 다잡고 간절한 기도를 한다. 부디 부상한 안나가 두 발로 일어서서 걷고 말하는 형상을 그리며 계속 예수님 이름을 부르며 호소하였다. 흥건한 소라의 슬픔을 닮은 듯 스산한 초겨울바람에 쓸쓸한 낙엽들은 이리저리 휘몰리고 있었다. 하얀 얼굴 검은 얼굴, 중앙아시아, 먼 남미와 중남미, 숯 검댕이 아프리카의 꺽쇠다리흑인들과 째진 눈의 중국공원들은 이미 3공장에서 백인여자공원이 들것에 실려 나간 사고 같은 건 잊은 얼굴들이었다.

소라는 점심판매트럭을 지나 언덕진 곳의 수령 깊은 호두나무 기둥에 낙엽을 깔고 앉았다. 색색깔의 동화 같은 언덕 아랫마을에 눈길을 꽂고 있는 그녀의 귓가로 어두운 방에 불이 켜지듯 뜸부기 노래가 들려오며 아기 우는 소리와 안나의 얼굴이 확대되어 온다.

뻐꾹뻐꾹 뻐꾹새는, 산에서 울지요….

치노라고 놀림을 받던 초등학교 때 같은 반 한국아이 미자에게 배운 코리아 송이었다. 그 후, 미국인 부모가 이사 간 미국 교회에서 어른들까지 멸시하는 눈길을 느낄 때면, 소라는 자기도 모르게 그들이 알아듣지 못하는 뻐꾸기 노래를 흥얼거리곤 하였다. 그러면 억죄이던 가슴이 조금은 풀리는 기분이 들어서 심호흡을 토해내고 어깨를 펴곤 하였다. 교실이나 복도에서 심술 난 애들이 툭툭 치고 손찌검을 한 날이면, 드보라 엄마는 눈물 자국을 닦아주고 포근히 안아주며 위로해 주었다.

"울지 마라. 나의 예쁜 딸 소라야!"

"엄마 사랑해요. 나의 엄마!"

"소라야. 너는 너의 피부 색깔이 미국 아이들보다 황색인 걸 인정해야 한다. 네 자신이 어떻게도 할 수 없는 약점을 인정하는 건 실력이다. 본토 아이들의 텃세를 도외시하지 못하면 그 아이들에게 지배당하는 결과가 된다는 걸 잊으면 안 된다. 너의 앞날에 시련은 파도처럼 끊임없이 닥쳐올 것이다. 그때마다 눈물 대신 도전정신을 다지고 그 정신으로 공부에 매진해야 한다. 똑똑하고 현명한 너는, 충분히 엄마 말을 이해한다고 생각한다. 그렇지…?"

"네. 엄마. 나는 사랑하는 엄마의 가르침을 절대로 잊지 않을 거예요!"

지금 소라는 미국엄마가 그리워 눈물겹다. "네가 나의 모교인 예일대에 입학하면 너와 코리아에 가서 네가 태어난 나라를 보고 매스컴을 통하여 너를 낳은 생모를 찾아서 만날 수 있기를 바란다. 그러니까 오늘부터 열심히 기도하자. 언젠가 코리아에 가서 너를 낳은 엄마를 만나게 해달라고 둘이 열심히 기도하자. 강력한 바라는 꿈은 반듯이 이루어지는 하늘의 법칙이니까."

50세 수학교사인 드보라 칼라스는 소라를 두고 세상을 떠날 예감이 들었던 걸까. 유독 그날의 애정 깊은 격려와 위로는 소라 앞날의 귀중한 지침이 되었다.

뜸북뜸북 뜸북새와 뻐꾹뻐꾹 뻐꾹새 노래는 교회에서 만난 한국인 연두가 가르쳐준 한국 노래였다. 생후 5개월부터 미국인 엄마에게 자라고 미국학교에 다닌 소라는 피부색이 다를 뿐 완전한 미국인이었다. 연두가 뜸부기 노래가사를 전부 가르쳐 주었으나 무슨 암호처럼 소라는 뜸부기와 뻐꾸기 노래의 두 줄만을 외워서 부를 따름이었다.

소라가 중학생이 된 가을 주말저녁. 추위를 부르는 초겨울비가 조용히 내리고 있었다. 드보라는 12년 전. 소라를 입양한 비밀서류를 보여주었다. 그리고 사진으로 본 소라를 데리러 코리아에 갔었던 입양의 자세한 설명을 해주었다. 사람에게는 예감이 있는 걸까. 소라는 이 세상에 없는 드보라의 그 마지막 슬프고 귀중한 기억에 진정할 수 없이 가슴이 떨릴 따름이었다. 소라는 자기도 모르게 뜸부기 노래를 웅얼거리며 자기를 낳은 아기를 교회에 두고 간 한국엄마 얼굴이 어렴풋이 어려

온다. 낳은 지 5개월 된 아기를 버릴 수밖에 없었던 사정이 경제적 문제였다면 소라는 더 납득하기 어려웠다. 어떤 이유로도 자기의 분신인 자기가 낳은 아기를 어떻게 버렸을까…? 아무리 몇 며칠을 생각해도 소라는 그 이유를 가늠할 수가 없었다. 언제고 소라는 자기 생모를 만나게 되면 그 이유를 꼭 물어보려고 마음에 새겼다. 매년 새겨지는 나무의 나이테처럼 새록새록 소라는 꼭 생모에게 그 질문을 하려고 마음 깊이 새겨두었다.

오후 작업 벨이 울리었다. 오후 1시 벨이 울리자 공원들은 밀물 때 갯벌의 게들이 구멍으로 기어들어가 듯 각자의 작업대로 간다. 얼마간의 시간이 흐르자 미칠 것 같은 기분으로 그들은 저마다의 소형라디오와 카세트를 틀었다. 카세트이어폰을 귀에 꽂고 작업하는 게 금지사항이기에 각기 다른 테이프들을 틀어대는 통에 작업장은 각색 악기 소리의 난장판이 된다. 작업 손을 놀리지만 소라의 머릿속은 온통 안나의 사고 걱정에 사로잡혀 있었다. 안나의 부상이 어느 정도인지 제3공장장 면회를 신청하고 한 시간 후에야 흑인 제3공장장을 만날 수 있었다. 죄를 취조당하듯 길고 쓸데없는 문답 끝에 부상자가 입원한 병원 전화번호와 위치를 들었을 따름이었다.

가슴 조이는 불안과 긴장에 소라는 극심한 두통에 시달리었다. 사시안이 된 것처럼 눈을 바로 뜰 수 없을 정도였다. 옆 작업대의 조용한 크리스티가 점심시간에 보이지 않더라고 초코릿을 주었으나, 소라는 그냥 희미한 미소로 고마움을 표하였다. 그리고 더는 견딜 수 없어 작업 손을 놓고 쪼그려 앉았다. 퇴근카드를 찍고 나가면 오늘 반나절의 임금이 삭제되고 만다. 쪼그리고 앉은 무릎 위의 두 팔에 머리를 묻고 눈을 감았다. 극심한 두통을 참으며 오직 막막하고 슬플 따름인 소라는 드보라의 음성에 귀를 기울이었다.

"소라야! 너는 두뇌가 우수하고 노력형인 모범학생이다. 대학에 가야 한다. 포크너가 반대해도 내가 보내줄 것이다. 나는 일급 사립 고등학교 교사의 수입이 있다. 너를 꼭 예일대 문학부의 자랑스러운 나의 후배로 키울 것이다. 굳세게 염원하는 꿈은 반듯이 이루어진다. 자랑스러운 나의 딸 소라야!…"

'운명은 무엇일까. 신은 어째서 나를 낳은 엄마에게 버림받고, 사랑으로 키워준 양모를 사망케 하여 빼앗아 가고, 또 왜 내가 낳은 아기를 나와 함께 못 살고 미국인 집에서 살게 하는 걸까. 더구나 이제는 내 아기를 찾는 단 하나의 길잡이인 안나를 부상당하게 하다니…? 소라는 오후작업을 손 놓고 내내 불안과 절망의 분한을 삼켜야 했다. 작업량이 비정상일 수밖에 없어도 소라는 퇴근시간이 찍히는 출퇴근 카드를 찍고 공장을 나왔다. 소라는 매일 7시부터 10시까지 일하는 이태리 의상점에 공중전화로 결근 전화를 하였다. 그리고 옆 작업대의 새하얀 크리스티에게 내일 보자는 인사말을 하고 일급이 깎이는 조퇴를 하였다.

소라가 자전거페달을 힘껏 밟고 있는 전구공장의 뒷길은 점차 흐릿하게 어두워지고 있었다. 소라가 뜸북뜸북 뜸북새를 흥얼거리며 자전거로 달리고 있는, 다운타운의 안나가 입원한 병원은 너무 멀었다. 등에 땀이 끼치도록 달려온 소라는 마침내 안나가 입원한 A병원에 도착하였다. 안나의 중환자실 문엔 '면회금지' 팻말이 붙어있었다. 꾀죄죄한 얼굴로 병실 밖에서 서성거리고 있던 헤닌은 소라를 보자 끌어안을 듯 반색을 하며 손을 잡는다. 소라에게 그는 한 자 한 자 연필에 침을 발라가면서 숙제하는 지진아처럼 떠듬거리었다. 안나의 사고는, 작업 도중의 사고라 치료비 전액과 안나에게 정규급여보다는 못 미치지만 평생주급이 나온다고 헤닌은 환한 표정으로 말하였다. 엄청난 기밀을 알려주는 헤닌은 평생 두뇌 박약 실업자로 아내의 노동벌이에 의존해 온 무능남자였다. 머리가 아프고 피곤한 소라는 불뚝 증오심이 일었다. 한 곳을 뺑뺑 돌고 있는 것 같은 암담함에 왈칵 울음이 터질 것 같은 절망감이 들었다.

세심하게 따져보면, 돈 때문에 서류상 계약결혼을 한 박에게 사기를 당하고 미혼모로 낳은 자기 아기를 찾고 있는 자기불행의 실상은 저 무능한 남자가 원인인 생각이 미치자 소라는 울 수도 없는 절망감을 어찌지 못한다. 이 세상의 누구도 원망하지 말자. 맑은 물처럼 순하게 살자. 두려움이 크면 불행도 큰 법이라고 미국엄마의 가르침대로 살아야지 하고 아무리 마음 다짐을 하여도 새벽 도둑을 맞듯 급성폐렴으로 엄마가 사망한 운명을 어떻게 이해할 수 있는가.

소라는 드보라가 사망하자 양부 포크너에게 엄마의 집에서 쫓겨난 서러운 분이 치올랐다. 삶의 전부를 드보라에게 의지하고 자란 소라는 엄마의 자매인 안나를 찾아갈 밖에 없었다. 하루하루가 미안하고 눈치 보이는 안나의 집에서 고달픈 삶을 탈피할 길을 모색하고 있던 어느 날.

헤닌이 불법체류자인 한국남자 박과 서류상의 위장결혼을 권유해 주었다. 불법체류자인 트럭 운전수 박이 영주권을 취득할 수 있는 날까지 서류상 결혼을 해주면 2만 불을 준다는 조건이었다. 2만 불을…? 엄청난 거액이었다. 소라는 계약에 응할 수밖에 없었다. 불법체류자 한국남자가 가족을 데려오기 위한 영주권을 받는 날까지 위장결혼을 서류로만 해주는 비용으로는 너무나도 큰돈이었다. 만 불의 계약금을 주고 나머지 '만 불'은 영주권을 받고 준다는 조건이었다.

소라는 미안한 안나의 집에서 나와 공장 부근의 방 한 칸짜리 원룸을 구하였다. 간단한 생활용품과 식품을 구해다 놓고 주말 하루 내내 깊은 잠 속에서 양부모와 살던 꿈과 회상에서 깬 소라는 드보라 엄마의 생각을 하며 한나절을 울었다. 흐느낌을 멈출 수가 없었다. 눈물이 멈춰지질 않았다.

사랑에는 세심한 관심과 의무가 수반돼야 한다는 최상의 사립고교 문학교사 엄마와 달리 아버지 포크너는 냉정하고 권위주의적인 성품이었다. GM(제너럴 모터스)의 고급 간부인 그는 커갈수록 까만 머리의 황색 얼굴인 소라를 탐탁지 않아했다. 사이가 벌어진 양부모가 이혼에 이르게 된 간접적인 원인은 결국 양딸인 소라가 매개체이기도 하였다.

그랬다. 그날따라 소라는 비 오는 날씨라 야외 미술시간이 취소되어 일찍 귀가하였다. 웬일로 포크너의 방에서 말소리가 들려서 아빠하고 부르려다가 소라는 주춤하였다. 분명 포크너는 아침에 드보라와 소라보다 일찍 출근을 했는데, 그의 방에서 여자의 음성이 들리는 것이었다. 간부여도 근무 시간에 집에 와서 여자와 대화를 하는 아빠를 소라는 이해할 수가 없었다. 수상한 생각이 든 소라는 집 부근인 엄마의 학교로 전력을 다하여 자전거를 달렸다.

남편의 방문을 연 드보라는 괴물을 본 것만큼이나 소스라쳤다. 같은 학교의 신입 음악교사와 포크너가 옷을 벗고 침대에서 노닥거리는 모습을 목도한 것이었다. 작년 봄. 드보라의 생일날, 신입 교사 넷을 초청하여 조촐한 저녁파티에 포크너가 바비큐 서비스를 할 때, 유독 눈웃음을 치는 앳된 음악교사에게 술 친절을 베풀던 남편모습이 상기되어 드보라는 치를 떨었다. 남편의 야만성을 목격한 드보라는 몸져누웠고 불화가 길어지자 이혼소장을 제기하고 이혼하는 데까지 이르렀던 것이다.

그날 이후 드보라는 앓기 시작하였다. 당시 유명한 예일대의 학생 커플인 포크너와 드보라는 열렬한 사랑으로 골인한 훌륭한 부부로 예일대 동창들 간의 부러운 소문이 자자한 부부였다. 그럼에도 누가 알았던가. 포크너의 외도가 소라에게서 양모를 뺏어갈 줄을. 끝내 남편의 배신감을 이겨내지 못한 심성 고운 드보라는 명확한 병명 없는 체중감소를 시름시름 일으켰다. 그토록 배신감은 암세포보다 무섭게 인체의 정신과 육체를 좀먹는 독균이었다. 극도로 허약해진 드보라는 급격히 침투한 급성 폐렴균으로 목숨 같은 딸 소라를 두고 사망한 것이었다.

그날 오후. 봄비가 내리기 시작하였다. 소라는 비 오는 날을 좋아하는 드보라와 우산을 쓰고 둘이 조용한 공원산책을 한 기억이 스친다. 우산에 돋는 리드미컬한 빗방울소리를 무척 좋아하는 소라는 '마미. 우리 더 걸어요.' 하고 시장기가 들 때까지 빗속을 걷던 애달픈 추상에 젖는다. 언젠가 비 오는 낙엽 길을 걷다가 카페에서 마리아 칼라스를 들으며 샌드위치와 커피로 저녁을 먹은 날이 환상처럼 지나가고, 유리창의 빗물 흐르는 정경에 시간 가는 줄 모르던 드보라와의 기억이 흘러간 영화의 마지막 신처럼 슬픈 마음을 적시었다. 소라는 드보라의 사망이 상기될 때면 언제나 먹구름 같은 후회의 덫에 붙들리고 말게 된다.

불륜을 드보라에게 고자질한 소라에게 앙심을 품은 양부는 소라를 맨몸으로 쫓아내었다. 갈 곳 없는 소라는 드보라의 동생 안나가 사는 필라델피아로 갈 수밖에 없었다. 법적인 이모일지라도 안나의 집에 마냥 거주할 수는 없었다. 난생처음 소라는 세차장에서의 허드렛일은 죽을 만치 고단하고 수입은 반지하 원룸 월세와 간소한 식비에도 턱 없이 부족하였다. 고된 막노동을 하는 소라에게 안나의 무능한 남편 혜닌이 솔깃한 권유를 해왔다.

"한국남자가 시민권 있는 여자와의 위장결혼을 원하는데, 제시한 액수가 2만 불이나 돼, 소라 형편에 생각해 보는 게 좋을 거야."

빈손으로 양부에게 쫓겨난 소라에게 2만 불은 천문학적인 거액이었다. 아메리칸드림을 위해 온 남자가 가족을 데려올 수 있는 영주권을 위해 안간힘을 쓴다는데, 고민 끝에 소라는 그렇게 큰돈의 유혹을, 한국남자를 돕는다는 의미도 있다는 자기합리화에 혜닌의 권유에 응하였다.

위장 남편인 박은 소라와 계약한 돈의 반을 지불하고 혜닌에게 소개비를 주고 나자 탈탈 무일푼이라고 했다. 박은 월세를 반부담하는 조건으로 소라의 원룸으로 들어왔다. 그는 소라가 자는 밤에 장거리트럭을 몰고, 그가 자는 낮 동안은 소라가 전구공장으로 나가므로 둘은 별 불편 없이 월세를 반부담으로 절약할 수 있었다.

그보다 더 유리한 조건은 화장실의 칫솔 두 개와 면도기며 빨래걸이의 남자 내복과 양말을 비치해 두는 것도 그렇지만, 오전오후를 가리지 않고 아무 때나 들이닥쳐 봐도 밤에 장거리 트럭을 몬 박이 낮에 집에 있는 것은 위장결혼 조사원 눈에는 완벽한 보호막이 돼주었던 것이다.

일요일 오후. 소라는 소파에 다리를 뻗고 휴식에 잠겨 있었다. 교육적인 말을 할 때와 달리 드보라의 음성은 밀크초콜릿인 양 부드러웠다.

"소라야, 여름 방학에 코리아로 여행가자. 이제 너도 컸으니 생모를 찾아보는 게 좋을 것 같은데, 네 생각은, 응…?"

"마미 좋아요. 나도 때때로 코리아에 가보고 싶은 생각을 한 적이 있어요."

드보라는 소라를 입양한 K사회복지재단 서류봉투를 꺼내었다. 부모의 이름과 아기의 성은 없고, 아기 이름은 소라였다. 소라의 생년월일과 아기가 교회에 놓인 날이 적혀있었다. 소라의 홀 네임은 고 목사가 자기의 고씨 성을 따서 고소라가 된 것이었다.

그날, 드보라는 무엇보다도 운명이란 단어의 심오한 뜻과 자기의 생태지로 돌아가 알을 낳고 장대한 죽음을 맞는 연어의 일생은 소라의 영혼 깊숙이 울린 귀중한 스토리였다.

─너는 수만 리를 헤엄쳐 왔으니, 그만큼 거슬러 가서 너를 낳은 생모를 찾아 보고, 행복한 결혼을 하고 아이를 낳고 행복한 인생을 살아야 한다. 운명과 시련은 자신과의 대결이다. 대적해야 하는 삶의 과제인 것이다. 잊지 말아야 한다. 어설픈 학자들은 운명을 무슨 절대적인 생의 올가미로 여기게 하지만, 그건 엉뚱한 주술과 같은 것이다. 도전 정신을 미약케 하는 독성인 것을 굳게 인식해야 한다. 우울한 소라가 드보라 엄마와의 추상에 젖어 있을 때, 유일한 한국 친구 연두가 왔다.

연두는 소라가 골몰해 있는 자기 아기의 출산 중인 안나의 부상을 물었다. 한쪽팔 절단수술을 한 후 아직 의식이 완전히 회복되지 않은 상태라고 절망감에 찬 소라는 피가 돋도록 입술을 깨물었다.

"연두! 나 어떻게 해…?"

"소라. 네가 어떻게 무슨 방법을 다 기울여도 해결할 수 없는 문제잖아? 그러니까 애면글면 걱정하는 대신 기도를 하자. 하늘의 갓(God)에게 호소를 하자!"

교회에서 만난 연두는 진주를 소라가 낳은 아이임을 증명할 유일한 증인인 안나의 의식이 속히 깨이기를 간절히 기도해 주었다. 연두는 그렇게 계속 호소하면, 박이 돈을 받고 소라 모르게 입양을 시키고 도주한 가책을 받고 아기를 소라가 찾아올 수 있게 해 줄 것이라고 확고히 믿는 표정이었다. 안타까운 연두는 다정한 언니처럼 소라를 포옹해 주었다. 그녀는 미국인 양부모에게서 자란 소라를 만날 때면 쉬운 한국어를 가르쳐주는 신실한 크리스천이었다. 대신 소라는 연두의 영어발음을 교정해 주었다. 커피를 마신 연두는 한 옥타브쯤 올라간 어조로 기쁨에 찬 고백을 하였다.

"나, 연극아카데미 가게 됐어. 한국할아버지가 나에게도 유산을 주었다."

"연두 축하해. 얼마나 기쁜 소식이니. 너는 꼭 유명한 연극배우로 성공할 거야."

연두가 연극아카데미 다녀서 꼭 유명한 연극배우가 되고 말 거라고 벼를 때면, 소라는 속으로 픽 웃곤 하였다. 고작 중소도시 여자들 머리나 만지는 왜소한 동양 미용사가 연극아카데미에 들어가는 것도 어려운 현실에 유명배우로 무대에 서겠다는 소망은, 헛꿈일 터. 혹시 미용기술아카데미에 다녀서 일급 미용사가 되겠다는 희망이라면 모르지만.

갑자기 연두가 메고 다니는 백 팩에서 A4용지에 카피한 두툼한 희곡 작품을 꺼내었다.

"이거 재일 한국교포 작가가 쓴 〈뜨거운 바다〉야. 네가 좀 잘 봐줘."

미안한 마음인 소라는 선 듯 고갯짓 대답을 하였다. 연두는 다른 극본을 할 때와는 전혀 다른 모습으로 영어대사를 한 구절도 틀리지 않고 해내었다. 프로배우도 안약을 넣는 장면에서 연두는 맨눈으로 눈물을 주르르 흘린다. 여자주인공이 춤추며 노래하는 뮤지컬 장면까지 손색없이 연기를 해내었다. 그 방면에 무지한 소라의 눈에도 연두의 춤솜씨와 노래는 프로수준급인 것 같은 느낌이었다. 소라는 속으로 '지가 무슨 일류연기를 한다고' 한심해했던 것이 어이없고, 연두의 재질을 미처 잘 알려고도 하지 않고 일축했던 무성의 우정을 반성하였다.

"연두는 꿈을 이룰 거야. 드보라 엄마가 말해주었어. '시련이 닥쳐도 포기하지 않는 한, 언젠가 꿈은 반듯이 현실이 될 거라고. 연두, 너는 꼭 유명한 연극배우가 될 거라고 나는 믿는다."

연두는 활짝 웃고, 미안한 소라는 말하였다.

"나는 미국 아이들의 놀림을 받은 날이면, 주먹을 부르쥐고 속다짐을 했어. 어른이 되면 나는 좋은 엄마가 될 거야! 하고. 꼭 아빠가 있는 집에서 행복한 내 아이의 행복한 엄마가 될 거라고-!"

'현모양처가 꿈이었다는 소라를 바라보는 연두의 마음은 애석하고 애틋한 동정심이 일었다. 얼마나 많은 마음의 상처와 자존감의 고충을 당하며 자랐을까. 친부모와 사는 연두는 양모마저 잃은 불쌍한 소라의 뺨에 가끔 키스해주고 싶은 심정이 일곤 하였다.

"중학교 졸업기념 행사 때, 연극반인 나는 〈로미오와 줄리엣〉의 줄리엣 역이었어. 지도 선생님은 연습 때마다 백인 남학생 로미오를 극찬하면서 줄리엣인 나를 깎아내렸어. 차라리 고만두라고까지 질책하는 통에 나는 오기와 양심이 움텄던 거야. 그때부터 내 꿈은 '유명한 연극배우'가 됐던 거야."

자기 꿈의 동기를 고백한 연두의 표정은 심각하고 행복해 보였다.

"소라야. 네가 악착같이 돈에 목매는 이유를 몰랐어. 정말 미안해."

연두가 말한 '이유'라는 단어에 소라는 가슴이 철렁하였다. 갑자기 애기 울음소리가 들려온 것이었다. 실제로 소라는 아기를, 한국의 엄마처럼 버린 건 아니었다. 박이 아기를 안고 거처를 어딘지 모를 곳으로 옮겼다는 안나의 말에, 고단한 소라는 그가 아기의 아빠니까 잘 데리고 있을 거라고 믿고 고단한 하루하루를 보낸 것이었다.

사람은 외양과 내면이 다르고 인격의 고하 없이 거짓말을 하기 때문에 전적으로 믿을 수 없는 존재라고 강조한 드보라는 의젓한 그랜드를 아들처럼 길렀다. 소라도 그랜드가 좋았다. 말을 못 하니까 거짓말을 안 하고 보호자에게 충성심이 깊은 그랜드는 신중하고 잘생긴 남자처럼 호감이 드는 개였다. 소라는 밖에 나가는 것을 좋아하는 그랜드와 자주 공원 산보를 나갔다. 드보라가 사망한 후부터 그랜드는 좋아하는 햄을 줘도 잘 먹지 않고 산보가자고 불러도 제집에서 나오질 않았다. 소라가 아무리 애를 써도 막무가내였다. 그렇게 자기 주인 드보라가 사망한 후, 제집에서 나오지 않던 그랜드는 한 달여 만에 굶어 죽고 말았다.

그랜드 개만도 못한 박의 악한 미래는 어떤 벌을 받을 것인가. 소라와 박은 낮과 밤으로 갈려 둘 다 고단함이 땀띠처럼 돋는 생활이었었다. 소라가 공장으로 나간 아침결에 장거리 트럭운전에 지친 채 귀가하는 박은 그날따라 가까운 거리의 운전을 하고 새벽녘에 귀가하였다. 박은 잠에 떨어진 소라를 보는 순간 남성이 솟구쳤다. 소라는 항거할 틈도 힘도 없이, 잠에 취한 상태였다. 소라가 목매어 찾는 아기는 그토록 어이없이 태어난 생명체였다. 위장결혼한 박은 위장결혼 계약금의 반을 떼어먹고 12개월 된 아기를 돈거래로 입양을 시키고 다른 주로 도주한 동물보다 못한 인간이었다. 15년을 함께 살아온 주인이 죽은 걸 알고 금식 끝에 끝내 목숨을 끊은 그레이하운드 개만도 못한 놈일 줄 소라가 어찌 알았겠는가.

침착한 연두는 큰 소리로 소라를 나무랐다. 양모 드보라가 죽자 양부에게 소송도 못 해본 채 빈손으로 쫓겨난 너는, 명문사립고를 다니고 전기 공장 노동자생활을 면치 못하는 건, 너무도 어리석다. 천성이 착한 건지, 바보가 된 건지, 도무지 모르겠다고, 동포애를 폭발하였다.

더 기가 찬 건, 진주는 이미 미국인 변호사 가정에 정식 입양이 된 사실이었다. 더 절망적인 것은, 소라가 아기를 분만한 T병원이 대형화재로 30년을 이어온 입원의 신상명세서류가 USB까지 전소한 사실이었다. 이 거대한 절망의 강을 무슨 수로 건너야 할지, 소라는 연두에게 얼굴을 묻은 채 암담한 눈물을 하염없이 쏟는다.

*

초겨울비가 자장가 멜로디같이 내리는 저녁 무렵, 안나가 사망했다는 소식에 소라는 졸도를 하고 말았다. 의식을 찾은 소라는 드보라의 말이 메아리인 양 맴돌았다.

—운명은 시련을 끝까지 견디는 자의 편이다. 힘겹고 어려워도 결코 포기하는 건 금물이다. 결단코 시련은 인내하는 자만이 정복할 수 있는 생의 험한 고지인 것이었다. 머리 깎인 삼손이 죽을힘을 다해 맷돌을 돌려야 하는 형벌을 피할 수 없듯, 소라는 매일 여덟 시간의 전기 공장 일이 끝나면 낡은 자전거로 사십 분을 달려 이태리 의상점으로 파트타임 아르바이트를 하러 간다. 세 시간의 의상안내일이 끝나면 단칸방으로 돌아와 짐짝처럼 널브러진다. 고독하고 절박한 소라의 삶은 비 한

방울 없이 모래바람이 부는 고비사막이었다. 그럼에도 소라가 안간힘을 쓰며 매달리는 모진 이유가 있었다.

일요일 아침. 그녀는 적군을 대치하는 전투태세로 피곤을 물리치고 낡은 자전거를 달려 호수마을로 간다. 아름드리 호두나무 옆에 자전거를 세우고 푹신한 방석에 앉듯이 낙엽더미를 깔고 앉아 기다린다. 고성 같은 저택의 문이 열리기를 기다리고 기다린다. 이윽고 중년의 말쑥한 변호사 부부가 눈알 파란 친아들 둘에 까만 머리의 계집아이와 아장아장 걸음마를 떼는 진주를 세단에 태우는 것을 눈 크게 뜨고 쭉 지켜본다. 진주를 태운 차가 호수를 벗어나 시야에서 유성처럼 사라지면 그녀는 탈탈거리고 왔던 길로 다시 탈탈거리고 돌아간다. 그리고 아침을 거른 채 동굴 같은 지하방에 쓰러져 잠 속으로 빠져들곤 하였다.

의지하던 연두마저 떠난 지금 소라는 컴컴한 방에서 언제부터인지 뜸북새의 노랫말이 '투 비 오어 낫 투 비─(To be or Not to be─)'가 되어 가슴팍을 후벼 판다. 마룻바닥에 엎드린 채 잠들지 못하고 지새는 밤. 사방을 둘러봐도 혼자일 뿐이었다. 망설일 뿐 그녀는 수면제 병을 한입에 털어 넣지 못한다. 코리아에 가서 생모를 찾아보자고 짙푸른 희망을 준 드보라가 그립고 서러워 소라는 며칠째 연두가 호소하던 신이시여! 하고 헛바늘이 돋도록 밤새워 호소기도를 할 따름이었다.

잠 못 자고 끼니 거른 감은 안막에 휘도는 절망을 어떻게 물리칠 수 있을까. 없었다. 두렵고 무서웠다. 소라는 죽을 수도 살 수는 더욱 없는 막다른 골목과 마주 선 암담한 시간의 포로가 돼가며 정신과 몸이 야위어 갈 따름이었다. 이른 새벽 소라는 유독 날카로운 전화벨 소리에 정신을 차렸다. 기이하게도 전선 저편의 남자는 그녀가 만나려고 안간힘을 써오던 사람이었다.

"아주 어렵게 당신의 전화번호를 알아냈습니다. 속히 코리아의 서울로 와줄 수 있겠습니까? 진주가 여기 오자마자 병이 났습니다."

"뭐라고요? 서울이라고요? 코리아의?"

놀란 소라와 달리 본 적 없는 제니스의 어조는 정중하였다.

"얼마 전, 나는 한국 S기업의 자문변호사로 채택되어 가족과 함께 한국으로 오게 되었습니다. 진주가 병이 났기 때문에, 급히 전화하는 겁니다."

잠을 못 잔 소라는 정신이 아득해지고 낭떠러지로 추락하는 느낌에 아기가 병이 났다니, 어디가 아픈 무슨 병일까…?

"아기의 치료를 위해서, 생모인 당신의 도움이 필요하기 때문입니다. 속히 이곳으로 와줄 수 있습니까?"

"그렇지만, 나는…."

지니는 꿈으로만 그리던 한국엘 와줄 수 있느냐는 말에, 특히 아픈 아기를 위해서라니, 소라는 진주를 품에 안고 있기라도 한 것처럼, 목소리가 마구 떨리었다. 소라의 말뜻을 이해한 제니스 변호사는 A항공사를 통해 당신의 비행기티켓과 출발하는 날, A항공사의 스트워디스

미스 리가 안내할 것이라고, 직업에서 밴 어투로 차근차근 설명해 주었다. 당신이 서울 오는 날, 내가 공항에 마중 나갈 거니까, 아무걱정 말라고 안심을 시킨다. 미국 국내 비행기도 타본 적 없는 소라는 망설일 수밖에 없었다.

"A항공사 승무원 미스 리의 안내를 받아 속히 서울로 와 주기 바랍니다. 울음을 그치지 않는 아기의 치료가 급하기 때문입니다."

소라는 거의 일 년 전에 본 진주의 얼굴이 구름 낀 월훈月暈의 이미지로 떠올랐다. 꿈을 향하여 뉴욕으로 떠난 연두를 상상하며 소라는 바닥에 엎드린 채 신이시여!를 절규하고 절규하였다. 제니스 변호사의 기쁨과 걱정을 느끼게 한 어리둥절한 전화를 받고 난 그녀는 비애와 신기한 감회에 젖어 들었다. 사망하기 하루 전, 드보라는 눈에 힘을 주고 자기 영혼에게 속삭이듯 절망에 찬 딸의 손을 잡고 숨 가삐 말하였다.

─나의 삶은 완벽을 추구했으나 나를 배반하고 잔혹하였다. 나의 인생은 결코 아름답지도 희망적이지도 않은 실패작이었다. 내가 너를 기르며 엄마로 산 것만은 모정과 성애聖愛의 결실로 자부하지만. 나의 딸아. 내가 만일 소생하지 못한다면 네가 다시 망망대해의 혼자 뜬 조각배가 되는 걸, 그것만은 도저히 나 자신을 용서하지 못할 것 같다. 비통한 내 생의 종말을 도저히 나는 용서할 수 없을 것 같으니까….

소라는 서울행 비행기에 올랐다. 지금까지 살아오는 동안 정녕 오늘처럼 감격한 날이 있었던가. 없었던 것 같다. 하늘 높이 뜬 비행기는 구름 위를 날고 있었다. 22년 전. 드보라가 먼 서울로 날아와서 생후 5개월 된 아기를 안고 필라델피아 집으로 데려왔던 그 한국비행기를 타고, 지금 엄마가 된 소라가 아기를 만나러 서울로 가고 있었다. 그리운 엄마. 하늘의 인연으로 천사가 맺어준 미국엄마 드보라. 소라는 자기를 낳은 한국엄마에게 버림받은 입양아임을 알게 된 열두 살 이후, 드보라 엄마에게 새삼 뭐라고 설명할 수 없는 깊은 감사의 정을 품어왔다.

'내가 낳은 아기를 결코 나처럼 뻐꾸기알로 살게 하지는 않을 거예요. 한국 미혼모의 딸인 나를 미국에 데려다 친딸로 삼아준 드보라 엄마가 하늘에서 기도해 주실 것을. 나의 아기를 찾도록 힘껏 도와주실 것을. 나는 굳게 믿고 있으니까요!'

감격이 타는 눈으로 비행기 내의 사람들을 둘러보는 그녀에게 옆자리의 남자가 말을 시켜왔다. 연갈색 피부의 미국 청년이었다.

"미안하지만, 서울에 삽니까? 나는 미국에 사는 토마스 딘입니다."

"나는 펜실베이니아주 필라델피아에 사는 소라입니다."

"나는 첫 서울여행인데, 당신은?"

소라가 자기도 같다는 대답으로 고개를 끄덕이자, 옆자리의 토마스는 자기를 낳은 한국인 엄마를 찾으러 가는 길이라고 의외의 고백을 하였다. 그는 연갈색의 모습이었고, 단정하고 지적인 인상이었다. 그는 공군 대위 아버지가 한국에서 복무 중 한국 여자와의 사이에 자기가 출생하였다고 신중한 어조로 담담히 말하였다. 소라가 그래서요—? 하는 표정으로 바라보자 그는 안타까운 얼굴로 말하였다.

한국 근무지를 떠날 때, 공군 대위 아버지가 세 살인 자기를 안고 귀국하였다고, 그 후로 지금까지 아버지도 엄마와의 연락이 끊겼다고 토마스는 쓸쓸한 표정이었다. 어릴 적부터 그립고 보고 싶은 생모를 찾으러 가는 길이라는 그의 말에, 소라는 가끔 자기를 낳고 버린 한국의 생모를 그려볼 때면, 도저히 이해할 수도 용서할 수 없는 비정한 여자를 한 번은 꼭 만나보고 싶었다. 스탠퍼드대학생인 토마스는 가능할지 모르지만, 서울의 내셔날 TV 채널에 의뢰해서 생모를 찾아보겠다고 확고한 의지를 보였다. 한미 혼혈인 그에게 소라는 입양아가 된 자기의 불행한 역사를 말하였다. 지금 서울에 가고 있는 목적까지 정직하게 말하였다.

소라는 출생하자마자 버려진 자기와 달리 엄마가 없어도 친아버지에게 보호받으며 일류대학에 다니는 토마스가 부러웠다. 드보라 엄마의 모교인 예일대에 갈 희망에 부풀었던 소라는 한없이 엄마가 그립고 슬픈 자기 운명이 야속하여 끝없는 길에 선 것처럼 아득한 심정이었다.

너의 아기가 완치하길 바란다고 토마스는 뜻밖의 자기 전화번호를 적어주었다. 답례로 소라는 로밍을 하지 않았다고 자기 번호를 불러주었다.

"소라, 너는 아기가 완치되면 너의 아기를 돌려달라고 말하고 싶은 거지―?"

뜬금없이 그런 말을 한 토마스는 신중한 미소를 지었다. 소라는 거짓말을 들킨 사람처럼 가슴이 뜨끔하였다. 실제로 제니스와 전화 통화를 한 후 소라는 그렇게 진주를 돌려 달라고 말하려는 엄청난 꿈을 꾸기 시작했던 것이다.

"어떻게 내 생각을 안 거야. 짧은 대화 중에 토마스 너는 독심술이라도…?"

의아한 소라가 말하였다.

"그냥 예감이야. 예민해서 어릴 적부터 나는 인상을 보고 그 사람의 속마음을 읽곤 했어. 친구의 교통사고를 미리 느낀 적도 있었어."

자기와 달리 토마스는 지식인 아버지가 기른 일류대생다운 자신감과 진중함이 느껴져 소라는 부러운 마음이었다.

"나는 정말 토마스 말대로 하고 싶지만, 어떻게 그같이 엄청난 내 계획이 성공할 수 있을는지…?"

"그 변호사는 자기 아들이 둘 있고 입양한 딸도 있고, 그 무엇보다 그는 직업도 경제력 있는 부유층인 거야. 그렇지?"

"토마스 네 말이 다 맞지만, 그렇지만 그건 엉뚱하고 염치없는 자의 요구잖아―?"

"물론 그렇지. 그 변호사가 인간의 선악 중의 선인 편이기를 바랄 수밖에."

오오 갓! 소라는 연두와 기도한 갓을 속마음으로 외쳤다.

"천사가 너와 너의 베이비에게 원하는 행운을 주길 빈다!"

소라는 고갯짓 땡큐를 하고 생각한다. 지금 토마스와의 대화가 성공하고 싶다. 아기를 안고 있는 자기 영상을 그려보는 소라의 시야에 영국 코미디영화가 TV 화면에 돌아가고 있었다. 때마침 필라델피아 공항으로부터 안내한 스튜어디스가 지나가며 1시간 후에 인천공항 도착이라고 알려주었다. 소라는 신묘한 생각이 들었다. 지금. 내가 미국에서 한국남자와 낳은 아기를 나를 버린 한국으로 찾으러 가고 있는 건, 무슨 운명의 묘략인가.

드디어 한미 혼혈인 토마스와 한국미혼모의 미국 입양아 소라는 마침내 그리운 코리아에 착륙하였다. 비행기에서 내려 모국 땅을 밟은 소라는 하늘을 우러러보며 땅바닥에 주저앉고 말았다. '나를 버린 나라에서 나는 잃어버린 딸을 꼭 이 땅에서 찾을 거야! 소라의 결심을 읽은 토마스가 손을 내밀어 일으켜 주었다. 그리고 강력히 말하였다.

"소라! 성공의지를 굳게 품어라. 굿 럭!"

손을 들어 작별을 고한 토마스는 앞서서 가고 있었다. 무거운 배낭을 멘 소라는 자기와 딸 진주의 운명을 거머쥔 제니스 변호사가 부디 선한 사람이길 모국의 하늘을 향하여 간곡히 기원하였다. 성공의지를 굳세게 품으라고 토마스가 권유한 강한 행운의지로 소라는 입국조사대를 향한 희망의 발걸음을 빨리하고 있었다.

대각선對角線

머리에 밝은 색채의 스카프를 두른 하나는 고개 수그린 자세를 계속 유지하고 있었다. 기도 시간은 길었다. 나는 촛불에 비친 십자가를 이 윽히 응시하고 있을 수밖에 없었다. 그 촛불 언저리로 핼쑥한 엄마의 얼굴이 유성의 꼬리처럼 내 눈가에 겹쳤다. 젊은 엄마는 매일 새벽잠 덜 깬 내 손목을 잡아끌고 언덕배기 예배당으로 숨차게 가곤 했다. 하나가 줄곧 병원 교회에서 고개를 조아리며 무슨 주문을 외듯, 초등학교 때 매일 마침 언덕배기 예배당에서 본 엄마의 중얼거림도 같은 모습이었다. 흡사 비탄의 흐느낌 소리 같았다. 엄마의 긴 웅얼거림이 싫고 무서웠던 것 같이 지금 하나의 긴 기도도 나는 지루하고 싫었다. 감기가 심한 겨울새벽에도 예외가 아니었던 엄마의 예배당에서의 긴 중얼거림이 피맺힌 엄마의 애소라는 걸 내가 안 것은 여중생이 된 후였다.

그토록 사무친 엄마의 기원에도 아버지는 그림자도 비춰질 않았다.

할아버지가 작고하신 후, 엄마에게도 유산 지분이 돌아와서 비교적 나는 학비 걱정 없이 공부할 수 있었다. 나의 성적은 줄곧 상위권을 맴돌았다. 당공 엄마하고 두 식구인 넓은 정원과 고색 짙은 와가瓦家는 무섬증이 일도록 고즈넉하였다. 한여름에도 오스스한 냉기가 밤안개처럼 내리는 집이었다. 비운에 잠긴 고택이었다.

나는 왼손 손가락이 여섯 개. 육손이었다. 나의 약점인 그것은 생활하는 데 별 지장 없었다. 그럼에도 급우들은 숙덕거리고 문둥병자라도 되는 것처럼 따돌렸다. 그뿐 아니었다. 우등생 성적은 악의와 시기에 찬 질시로 나를 구석으로 몰았다. 따돌림의 고통을 공부에 매달리는 것으로 참아내었다. 나는 동생이 다섯인 공부 잘하는 경수 말고는 여자친구가 없었다. 적을 타도하듯이 오직 공부에 몰입한 나는 고향의 남녀공학고등학교를 졸업하고 한국에서 제일인 한국 의과대학에 경수와 나란히 합격하였다. 그 결과 남녀공학학교에 플래카드가 걸리고 군주민의 환영 행사로 법석이었다. 그랬다. 지역신문에 인터뷰 기사와 사진이 실리고 야단법석이었다.

그 해였다. 엄마가 치마를 뒤집어쓰고 강물에 몸을 던진 사건이 발생하였다. 느닷없이 아버지가 도쿄 의과대학에 합격한 딸과 일본 부인을 데리고 고향엘 온 것이었다. 20년을 기다려 온 아버지의 새벽도둑 같은 방문에 엄마는 분노가 솟구쳤다. 아버지가 일본아내와 딸을 데리고 일본으로 돌아간 날 밤. 머리를 싸매고 누웠던 엄마가 벌떡 일어났다. 반닫이 맨 아랫단에 곱게 간수해 온 흰 옥양목 치마저고리를 꺼내었다. 조부조모의 장례식 때의 상복이었다. 해 질 무렵 엄마는 동네 앞 강물에 몸을 던졌다. 반평생을 한동네에서 살아온 이장이 아버지의 날강도 같은 비행을 고해바친 것이었다.

아버지는 엄마가 시집올 때 외가에서 혼수로 가져온 전답과 작고하신 친할아버지께 우리 모녀가 유산으로 받은 토지문서를 몽땅 헐값에 팔아가지고 일본부인과 딸이 있는 일본으로 도주한 것이었다. 엄마와 나에게 남은 재산은 횅하게 크기만 한 고택 한 채가 전부였다. 중고등학교를 학비 걱정 없이 공부한 나는 의대 6년을 장학금과 고학으로 공부할 수밖에 없었다. 잠이 모자라 노상 눈에 팥알만 한 다래끼가 달린 나는 강의실에서도 버스에서도 방아깨비처럼 고개방아를 찧기 일쑤였다.

부유하고 학식이 풍부한 할아버지는 일찍이 중국에서 공부한 지식인이었음에도 일본 유학 중인 아들을 불러들여 친구의 딸과 정혼을 시켰다. 일본 유학 중인 아버지는 할아버지의 강권으로 얼굴 한 번 본적 없는 스물한 살 농촌처녀와 혼사를 치렀다. 돌풍처럼 휘몰던 정신대를 피하기 위해 부호인 할아버지의 친구가 제의한 결혼이었다. 할아버지의 강권을 거역 못 하고 억지 혼사를 치른 아버지는 학위를 끝내야 한다고 일본으로 돌아갔다. 운명은 잔인하였던가. 고작 신혼 열흘을 머문 엄마의 몸에 태아가 잉태한 것이었다. 1965년. 한일국교 정상화가 성사

되었음에도, 아버지는 할아버지의 장례 후로는 형제와의 서신 왕래마저 삭둑 끊었다. 그는 엄마의 무정한 남편이었고 나의 비정한 아버지였다.

이윽고 모교의 의사가 된 한참 후에 나는 아버지의 편지 한 통을 받았다. 내용은 일본 딸 하나가 도쿄의대 슈퍼바이러스 연구원이 되었다는 자랑편지였다. 엄마의 말은 한마디도 없었다. 쓰라린 내 자의식은 배꽃나무에 비췬 달빛보다도 하얗게 바래었다. 허깨비가 보일 것 같은 집에서 수숫단처럼 야위어 가는 엄마에게 하나는 남편을 빼앗긴 일본 여자의 딸이었다. 그 딸이 자기 딸과 같이 일본에서 제일 높은 대학 의대생인 것은 끔찍하게 싫고 아픈 엄마의 상처였다.

*

나는 A교수에게 하나의 간암세포조직검사 결과에 대해 정중히 물었다. 하나는 폐암수술 시, 간에 전이된 암세포 표적수술을 하였고 6개월에 걸친 항암과 방사선 치료를 받았다. 3년 전까지 흡연을 한 하나의 폐종양 수술 후, 간에 전이된 암세포가 발견된 것은 내 혼돈의식을 수직강하로 내몰았다. A교수는 컴퓨터 화면에서 눈을 떼지 않은 채 말하였다.

"하나 선생의 전이된 간 종양 사진을 보겠나?"

"아닙니다."

보고 싶지 않았다. 병집이라면 끔찍했다. 나는 매일 인간의 위와 대장 내시경검사 중에 암세포가 발견된 환자의 눈을 똑바로 보는 게 힘든 심약한 의사였다. 학생 때, 나는 소형동물의 수술 실습을 한 날은 잠을 이루지 못하였다. 하마터면 전과를 할 뻔하였다. 오직 아버지의 일본 딸처럼 내가 의사인 것만이 불행한 엄마의 유일한 버팀목이었으므로 끝내 나는 전과할 수가 없었다. 그건, 딸로서 오로지 생모의 자존감을 빼앗는 최악의 비정함이었으니까.

A교수는 다급하였다.

"하나 선생의 재수술을 해야 하는데, 문제는 혈액형인 거야."

'아, RH마이너스형이었다.'

A교수의 표정은 무겁고 나는 곤혹스러웠다. 하나의 RH마이너스의 수혈이 가능하다는 소식을 고대하고 있는 나의 신경은 날로 오그라들었다. 오늘도 하나는 교회에 있고 나는 머리를 식히려고 교회 앞 벤치에 앉아 하나를 기다리고 있다. 저녁바람에 노랑나비가 춤을 추듯이 하늘하늘 떨어지는 은행잎을 바라보고 있는 내 의식은 거짓말을 들킨 것처럼 위축되었다. 바로 내가 RH마이너스형이었다. '아직 안 돼! 기다려보면 하나에게 줄 RH마이너스 혈액이 들어올지도 모르니까…'

강물에 몸을 던져 언어 장애자가 된 엄마의 처참한 인생이 상기되어 나는 위축된 마음을 독하게 다졌다. 슬픈 엄마 생각에 앞서 다시 수술대 위에 생명을 걸어야 하는 하나의 수혈문제를 모른 채하기가 나는 너무 힘들었다.

6개월 전쯤. 하나를 만나러 가는 나의 의식은 산란하여 현기증에 비틀거릴 정도였다. 하나가 누구인가. 만나보고 싶기도 하고 전혀 만나기 싫은 상대였다. 꽃샘바람이 불고 가랑비가 희뜩거리는 쌀쌀한 4월의 오후. 나는 피하고 싶은 M호텔을 향해 가고 있었다. 한국 의과대학 전이암세포 연구원으로 초청돼 온 하나를 만나기 위해서였다. 무거운 마음으로 나는 가본 적 없는 M호텔로 가고 있었다. 양편 길로 줄지어 선 왕벚꽃나무의 꽃들이 가랑비 섞인 꽃샘바람을 타고 내 뺨을 스쳤다. 소담스러운 첫눈을 맞는 기분이기도 하였다. 20대 초에 처음 만난 이복자매인 하나를 사십 대 중반인 세월에 재회하는 경이감에 나는 사망한 아버지의 생각이 퍼뜩 났다. 그렇다. 사망한 그가 준 유산 금액은 병석에서 엄마가 솟구쳐 일어날 만큼의 거액이었다. 나도 가늠할 수 없는 거액이었다. 하나는 한국의과대학의 전이암세포 연구원으로 초청돼 온 연유를 설명하고 처음 보는 나에게 하나는 친절한 첫인사를 하였다. 하나는 20년 전에 한 번 보았을 뿐인 아버지 일본아내의 두뇌 우수한 도쿄의과대학 의사였다.

"성주! 변호사가 알려줬어요. 성주에게 보낸 유산 액수에 약간의 착오가 있다고요. 다음에 설명할게요."

하나의 말은 액수가 나에게 더 왔다는 건지 덜 왔다는 건지, 아리송하였으나 물어볼 수가 없었다. 엄마는 이십몇 년 전에 강도처럼 나타난 아버지가 토지문서를 훔쳐 간 것을 지금까지 뒀다면 몇십 배는 너끈했을 거라고 난데없는 투정을 부렸다. 안 줘도 모를 거액을 받았는데 무슨 불만인지…? 새삼 나는 단순한 시골여인의 욕심 앞에 인간의 본성을 느끼는 순간, 등에 소름이 쫙 끼쳤다. 하나는 내가 품어온 일본 여자의 이미지와 달리 키와 용모가 서양 여자 이미지였다. 내가 저어한 것과 달리 그녀는 중학교 시절의 아픈 이야기를 꺼내었다. 학급에서 한일 혼혈아임이 알려져 아버지를 몹시 미워했다고, 귀여운 덧니를 보였다. 솔직한 첫인상에 호감이 들었다. 나와 하나가 도쿄와 서울에서 의대입학생이 되었을 때, 아버지가 일본인 아내와 딸을 고향 집에 데려왔었던 기억 때문에 나는 편안한 표정을 지을 수가 없었다.

늙고 병든 언어 장애자가 되어 빈 사찰 같은 고향집에 누워있는 엄마 생각에 나는 쉽게 입이 열리지 않는다. 곤혹스러웠다. 안 줘도 모를 아버지의 유산을 나눠준 하나의 정직한 인격에 나는 의아한 혼효를 느낄밖에 없었다. 그녀의 눈길이 내 오른손 새끼손가락에 머물러 있는 걸 보고 나는 써저리(수술)했어, 하였다.

"옛, 깨끗해요."

하나는 놀랍게도 정확한 발음의 한국어로 말하였다. 그녀는 아버지의 사인은 돌연 심장마비사라고 역시 한국어를 구사하였다. '아버지…?' 나는 엄마의 원한이 상기됐을 뿐, 뭐라고도 입을 열지 못하였다. 하나가 무슨 잘못인가. 그건 오직 아버지 한 사람으로 인한 두 여인의 불행한 인생길이 아니었던가. 하나가 아버지의 사망원인을 알려준 것의 답을 하듯, 너의 모녀가 다녀간 밤에 나의 엄마는 강물에 몸을 던졌었다고 솔직히 말하였다.

"오… 어떻게 그런 일이, 사망한 건가요?"

그녀가 물었고, 나는 고개를 저었다.

"언어장애를 입은 환자가 되었어요."

그녀는 이지적인 눈으로 나를 정시하였다.

"어떤 이유의 분노도 분노는 자기 스스로를 쏘는 독이지요. 어떤 이별도, 이별은 상처의 흔적처럼 트라우마가 흔적으로 남는 법이지요. 성주는 어머니처럼 남성에게 배신당한 이별경험은 없지요? 그 감정은 독약보다 독한 경험인 걸, 성주는 겪지 않았지요?"

의외로 하나는 진지하였고 한국어 실력은 상당한 수준이었다. 빡빡한 수면시간을 잔돈처럼 쪼개어 TV 강좌로 습득했다는 그녀의 한국어 회화는 내가 중고교와 의대를 합한 시기 동안 노력한 영어회화보다 뛰어났다. 생래적으로 어학두뇌가 우수한 하나가 부러워 나는 고개를 끄덕이었다. 그때, 한국의대병원에서 그녀를 급히 찾는 전화가 왔다. 우리는 헤어졌고 며칠 후. 놀랍게도 하나가 대학로의 스타벅스 커피숍에서 만나자고 전화를 했다. 철저한 나는 착오가 있었다는 아버지 유산 액수를 기억하고 대학로로 나갔다. 그녀는 난데없는 자기 연애 스토리를 꺼내었다.

"성주도 대학 신입생 때 첫 미팅을 기억하지요?"

"재미라곤 요만큼도 없었어요. 막걸리 마시기를 시킨 선배들을 실컷 욕하고 패주고 싶었던 기억밖에는 요."

하나는 의대에 입학한 첫 미팅에서 만난 D를 보자마자 반해서 벚꽃 길을 밤새 걸으며 첫 키스를 했다고 살짝 웃었다. 그녀 특유의 덧니 미소가 귀여웠다.

"우리는 레지던트를 마칠 때까지 열렬하게 끓는 연애를 했어요. 무섭도록 열정을 불태웠어요. 그런데, D는 내 생각과 달리 끝내 결혼을 원하지 않았어요. 시간이 흘러도 결혼에는 묵묵부답이었어요. 나는 여름휴가에 이 악물고 벼르던 삿포로로 갔지요."

"…?"

"그의 동의 없이, 나는 마침내 목적하고 간 임신에 성공했어요. 그리고 이듬해 출산을 했어요. 어머니가 양육하고 있는 딸 유리코는 지금 영특한 5살짜리 유치원생이에요."

비밀을 고백한 그녀는 반응을 기대하는 호기심 눈빛으로 나를 보았다. 그러나 소심하고 지극히 평범한 나는 영화 같은 기발한 스토리에 아무 말을 할 수가 없었다. 저 용기 있고 이해하기 힘든 아버지의 저돌적인 동갑내기 일본 딸이 영웅처럼 보일 뿐이었다. 그녀는 밝은 표정으로 가오리연의 꼬리처럼 긴말을 이었다.

"성주! 두고 봐요. 결단코 나는 D를 죽이고 말 거니까. 하지만 시간에 쫓겨 분초를 다투며 사는 의사가 삿포로까지의 왕복은 해외유학 국가고시에 합격한 것보다 어려운 일이라는 거, 성주는 알까요?"

그녀가 풋 하고 웃자 나는 안간힘을 쓰듯 용기를 내어 묻는 말을 꺼내었다.

"유산 문제에 착오가 있다고 했지요? 그 문제를 듣고 싶어요."

"그거, 괜찮아요. 그 돈을 돌려받지 않아도 될 만큼 나는 풍족하고 액수가 큰 것도 아니니까, 없던 문제로 우리 신경 쓰지 않기로 해요. 괜히 첫 만남이 어색하여 불쑥 꺼내게 됐던 말이니까."

나는 움찔하였다. 순간적이지만 내가 더 받을 수 있는 게 아닐까 생각한 내 욕심에 자존심이 상하고, 표정이 어색해졌다. 저쪽에서 입 다물고 있으면 전혀 받지 못했을 아버지의 유산은, 내가 치를 떠는 월급 의사를 던지고 한강변 상가건물 2층에 내 소유의 병원을 차리고 싶어 지난해 알아본 금액과 비슷한 거액이었다. 나는 행운의 기쁨을 느꼈을 뿐, 감사의 마음이 없었음을 비로소 깨닫는다. 스스로 느낀 부끄러움은 쉬 가시지 않을 후회를 남겼다. 고향 엄마에게 다녀온 나는 계속 RH마이너스 혈액이 필요한 하나의 전화를 피했다. 일생을 사무쳐 온 엄마의 불쌍한 원한을 배반할 수 없는 딸의 애정 때문이었다.

"걔 엄마는 나의 원수다. 엄마의 비참한 일생을 생각해 봐라. 어떻게 내 딸이 그 일본 여자 딸에게 피를 준단 말이냐?"

두 번째 전이가 된 하나의 암수술이 급하다는 설명에 언어장애 엄마
는 펄쩍 뛰며 소리를 질렀다. 나는 불쌍한 어머니에게 강조하였다. "어
떤 경우에도 의사는 환자의 치료를 피할 권리가 없어요. 인종 종교 원
수지간일지라도 요." 그 말을 납득하기에 엄마의 원한은 목숨을 던졌던
시퍼런 강줄기 같음을 아는 나는 물방개가 한 곳을 뱅뱅 돌듯이 머리가
어지러웠다.

오늘도 하나는 교회에 있고, 나는 가을빛 짙은 은행나무 옆 벤치에서
기다리고 있었다. 하나의 휠체어가 교회 문을 나오고 있었다. 하나의
지시로 간병인을 보내고 내가 휠체어를 밀기 시작하였다. 맑고 신선한
가을 저녁의 분위기는 차이스코프의 피아노 선율처럼 감미로웠다.

"성주! 커피 마시고 싶어. 카페테리아로 가줘."

하나가 요청하였다.

"커피, 이 시간에 괜찮을까요…?"

"오후 커피가 수면장애를 유발한다는 건 일부 특수체질인 사람들의
말이 와전된 거지. 나는 먹고 싶으니까 약한 커피를 먹을 거야."

가로등불빛이 고혹적이고 이미 입원실의 저녁식사시간은 끝난 시각
이었다. 처음 폐암이 발견되었을 때 하나는 도쿄의대에 가서 수술하라
는 A교수의 권유를 거절하였다.

"나의 아버지의 나라 최고의 의과대학 전이암 연구 의사로 초빙받

은 나의 의무를 완수할 겁니다. 일찍이 A교수의 세계적인 연구논문을 존경해 왔습니다. 현대의학과 최고의 의료기술은 무섭게 발전해도, 암 수술 완치 결과는 항상 백퍼센트일 수 없다는 걸 나는 알고, 믿고 있어 요."

세계적인 의사의 수술 결과도 신의 손이 개입한다는 신경외과 선배의 말이 상기되어 나는 뜨끔하였다. 우수한 실력이 주는 자신감과 집요하고 특출한 성정인 하나에게 나는 은연중 매료돼 가고 있는 자아를 느꼈다. 정확한 숫자로 따지면 한 살 위지만, 그녀를 한 번도 언니라고 부르지 못하였다. 할 수가 없었다. 일생을 피해망상에 억눌린 엄마의 가련한 모습이 연극무대의 휘장처럼 가로막았던 것이다.

멀리 남산의 야경을 바라보며 야채샌드위치와 커피를 먹는 하나에게서 단 한 번 본 두뇌형인 아버지의 이미지가 느껴진다. 오늘따라 아버지의 얘기를 듣고 싶었으나 열린 문을 돌아서듯 나는 단념하였다. 때가 아닌 생각에서였다.

"성주, 의사의 직업은 내 몸에 암세포가 생긴 걸 모를 만큼 시간에 쫓기는 고등근로자인 거야. 알지?"

그럼요, 하고 나는 고개를 주억거렸다. 모처럼 나는 신경의 태엽을 풀고 속엣 말을 하고 싶은 생각이 들었다. 나는 지친 나머지 엄마를 외가에 맡기고 조부에게 받은 전답 유산과 고향집이고 뭐고 다 팔아가지고 몰티즈나 크레타 같은 낯설고 먼 나라의 섬에서 해바라기를 하며 몇 년 만이라도 살고 싶었었다고, 꾸벅꾸벅 졸며 깊은 밤 내 병원가운 밑에 입었던 내 블라우스의 핏자국을 빡빡 빨지 않아도 되는 내 남은 생의 파라다이스를 매일 밤 꿈꿔왔었다고, 아는 사람 없는 지중해의 열정적인 햇볕 아래 느슨하게 먹고 잠드는 세상의 꿈을 한동안 꾸었었다고, 나는 하나가 자기의 인생얘기를 진솔하게 한 것의 보답으로 지난날의 간절한 심정을 솔직하게 고백하였다. 인품 높은 A교수는 병중인 환자에게도 솔직한 의사가 되어야 한다고 강조하였다. 결국 솔직함은 무엇보다 귀중한 인격의 실력이다.

"성주! 인생은 잔인한 거야. 절대 호락호락한 놈 아니야! 나는 결혼 반대를 하는 사랑의 배신자 D를 죽일 계획을 아주 세밀하게 작성한 노트를 항상 내 가방에 넣어갖고 출퇴근을 할 만큼 그는 무섭고 잔인한 인간이야."

나는 순수한 눈으로 하나를 응시하였다. 솔직한 심정을 토로한 하나는 자유로워 보였다. 스승 A교수의 진실한 언행이 자주 환자와 보호자들의 불안이 씻기는 모습에 나는 안도감을 느끼며 A교수의 수제자인 것이 자랑스러웠다.

*

하나의 수술은 지연돼 가고 있었다. 여전히 수혈할 RH마이너스 혈액이 부족한 게 문제였다. 불쌍한 내 엄마의 옹졸함 때문에 조마조마한 나는 불현듯 잊었던 기억이 살아난 듯 헌혈을 결심하였다. 엄마를 대신한 용서에 앞서 수술이 시급한 환자에 대한 의사로서의 나의 직무수행 의식이 앞선 것이었다. 하나는 전이암 수술을 받았고 나는 웅고한 마음의 수술을 받았다. 흡사 죄 사함을 받은 자처럼 나는 위축되었던 심적 자유를 얻게 되고 하나의 수술경과는 집도의 A교수가 의아할 정도로 호전돼 갔다. 조금씩 걷는 게 좋다는 A교수의 권유로 하나의 팔을 끼고 나는 12층 카페로 간다. 얼마 만인가. 하나에게는 라떼 커피 반 잔을 주고 나는 에스프레소 향을 음미하면서 먼 창밖의 뭉게구름을 바라보고 있다.

해쓱한 하나도 나도 살아있는 감격에 마음이 뛴다. 휘저은 물처럼 복잡하게 떠오르는 생각 속에 눈 뜨고 숨 쉬는 오늘이 오직 감사할 따름이었다. 문득 하나가 물었다. 혼자 쓸쓸한 성주는 매년 휴가를 어떻게 보냈느냐고 진지하게 묻는다. 휴가 때마다 혼자 외국여행을 한다는 내 말에 하나는 어렵고 힘든 의사의 길을 가는 국적 다른 이복형제의 외국여행담을 듣고 싶다고 미소를 지었다.

"성주! 나는 예일대 유학 때 말고 일본 땅을 떠나본 적 없다는 게, 말이 된다고 생각해? 일본은 방학 때면 가족동반 해외여행이 여름감기처럼 퍼져가고 속속 신혼부부들이 세계 일주를 나가는 세태인데…?"

그녀는 물레의 실처럼 하루하루를 오직 쉼 없이 달려온 자기의 의학 집념에 당혹함을 느낀다고 콧등에 한 줄 주름을 짓고 후회의 말을 하였다. 나는 결혼 없는 의사생활 20여 년을 혼자 세계여행 길을 초겨울 바람처럼 휘돈 고독한 해외 여행담을 떼었다.

"성주는 영국 런던을 거쳐 에든버러에서 북구의 핀란드와 노르웨이의 오슬로까지 갔었다고 했지? 너무 부러워요. 겨울 휴가엔 러시아의 톨스토이 도스토엡스키 체 호프 같은 세계적 유명작가 기념관은 살아 있는 동안엔 잊혀 지지 않을 추억이라고 했지…?"

나는 하나의 당혹한 모습에 잠깐 침묵하였다. 그녀가 S대학 전이암 연구센터에 초빙돼 온 세계 의료계가 높이 인정한 인물이었다.

"나는 읽어볼 생각도 못한 〈바람과 함께 사라지다〉의 원작 장편소설을 읽고 그 마가렛 미첼의 소설 배경인 조지아까지. 세기의 여배우 비비안 리가 전 세계 영화 팬을 매료시킨 덥고 그 검은 대륙 조지아엘 갔었다는 건, 나로선 정말 판타지일 뿐이야. 두더지처럼 의학공부에만 열중했던 나로선, 너무 부럽고 무엇으로도 대체할 수 없는 후회가 될 뿐이야. 나는 성주의 그 단독 여행이 부러워 눈물이 난다."

"힘들고 고단했지만, 귀중한 여행이었어요. 동행이 있었다면 덜 힘들고 덜 고독했을지 모르지만, 혼자 보고 느끼는 여로는 자유로움의 만족한 기쁨을 주지요"

여성 의사 넷이 시애틀에서 렌터카로 캐나다의 밴쿠버를 향해 미국

국경을 넘으며 비 오는 휴게소에서 먹은 진한 커피와 참치샌드위치의 포만감을 다시 맛보고 싶다고 성주는 밴쿠버 여행을 끝으로, 하나를 입원실에 데려다주었다.

LA의 멕시코국경마을을 위험지역임을 모르고 조용한 대낮 거리가 좋아서 햄버거와 콜라병을 들고 막 쏘다녔다는 건, 너무 샘난다고 하나는 긴 호흡으로 커피를 마신다. 외국여행자를 위한 단기영어회화강습에 들어가 수십 나라 이민자들 모습을 관찰한 건, 아무나 가질 수 없는 추억이잖아. 하나는 샘나는 눈을 깜박이었다. 그리고 말하였다.

"모나코에서 니스를 거쳐 칸까지 성주 혼자 여행을 한 건, 전문사진작가 못잖은 훌륭한 여행이었어. 나는 모든 일엔 때가 있다는 섭리를 생각 못 한 채, 이렇게 우둔한 병이 나고 말았잖아? 세계적인 의사의 명예 같은 게 다 뭐라고…?"

의사생활 20년 동안, 살기 위해 금광을 파는 광부처럼 고단하게 찾아다닌 나의 외국여행 사진첩은 쓸쓸한 내 생의 보배였다. 갑자기 하나가 영화 〈로마의 휴일〉이야기를 꺼내었다. 첫 미팅한 날, D와 같이 본 영화인데, D가 요정 같은 오드리 헵번에게 반해서 그날 밤 〈로마의 휴일〉을 마지막 상영까지 세 번을 보았다고 귀여운 덧니를 보이며 크게 웃었다. 쌀쌀한 봄바람 속에 하나는 D와 사쿠라(벚꽃)의 꽃비를 맞으며 쏘다녔고 밤새 사랑을 사르며 뒹굴었다고, 쓸쓸한 미소를 지었다. 그녀는 생의 짙푸른 시간을 정신박약아인 양, 허비했다고 깊은 한탄을 토해내었다. 최고의 의사라는 명예욕 때문이었다고, 흐르는 시간은 멈추지도 절대로 뒤로 가지 않는다는, 소학생도 아는 이치를 생각 없이 보낸 후회가 가슴을 찌르고 안타까울 따름이었다고 눈을 감는다.

"나, 성주와 이태리여행을 갈 거야! 로마로부터 피렌체랑 밀라노를 거쳐 피자와 곤돌라의 나폴리까지. OK?"

OK! 나는 힘껏 고갯짓 응답을 하였다. 갑자기 하나의 울림이 좋은 목소리가 말하였다.

"성주! 이제 와 생각하니 결혼이 뭐야…? 나는 의사 중의 톱이라는 명예와 결혼이 인생의 전부라고 올인을 했다가 보기 좋게 배신을 먹은 거야. 어리석음이 분하지만 어떻게 해? 어떤 힘으로도 붙잡을 수 없는 시간인 걸…?"

깊은 후회의 순후한 하나를 데려다주고 온 나는 침대에 걸터앉아 소주병을 땄다. 주정酒精에 잠겨 잠의 해저로 침잠하고 싶었다.

＊

회복 중인 하나는 딸 유리코가 아프다는 전화를 받고 급히 귀국하였다. 하나는 다행히 유리코가 유치원 놀이터에서 넘어져 무릎에 상처를 입었을 뿐이라는 안도의 전화를 했다. 그 후, 하나는 자기의 근무지인 도쿄의대병원에서 전이암수술 회복기의 치료를 받고 있다는 이메일을 보내온 후, 세계적인 의학논문지에 암세포전이 연구논문이 채택되었다는 기쁜 소식을 연거푸 보내왔다. 영국의 의학논문연간지는 세계의 의사들 중 10% 내에 드는 의사의 논문이 실린다는 사실에 나는 같은 아버지의 혈통을 넘어 의사로서 하나가 부럽고 자랑스러웠다. 얼마 후 하나의 전화를 받고, 나는 뒤통수를 책상 뒷벽에 찧을 뻔하였다.

"성주! 나한테 무슨 일이 생긴 줄 알아? 글쎄, 20년 넘게 벙어리로 일관해 온 D가 결혼신청을 한 거야. 확인을 거듭했는데, D의 청혼은 진심이었어. 확고했어!"

놀랍게도 하나는 목이메인 음성이었다.

"성주! 매우 바쁜 걸 알지만, 엄마가 다른 이복자매 관계를 넘어 깊은 친구인 나의 꿈같은 결혼식에 꼭 와줘야 해! 도쿄의대도 보고. 엣―?"

"물론이지. 세상이 뒤집힌다 해도 하나 결혼식에 꼭 참석할 거야. 축하. 축하합니다. 존경하는 베스트 친구. 베스트 닥터!"

나는 거듭 마음 깊은 진심의 축하를 하였다. 얼마 후. D가 손수 그린 환상적인 오로라 배경의 결혼청첩장을 보내왔다. 20년 넘게 결혼거부를 해온 남자가 딸꾹질을 하듯 갑자기 청혼을 했으니, 격정적인 하나가 결혼준비에 회오리바람처럼 휘몰아칠 것을 생각하며 나는 기쁜 미소를 지었다.

그리고 불과 2주일쯤 지난 주말 오후. 나는 뜻밖의 D의 전화를 받게 되었다. 의외였다. 토네이도에 휩쓸린 듯 나는 휘몰아치는 정신을 제대

로 가눌 수가 없었다. 세계적인 의학연간지인 영국 E지에 전이암 논문
이 실리고 일본의료계의 폭포수 같은 축하 가운데 결혼식 준비에 열중
하던 하나가 다시 수술대에 눕게 되었다는 충격적인 비보였다. 새 암세
포가 췌장에서 발견되어 하나는 수술 대기 중이라고, 만난 적 없는 D는
울음을 삼킨 목소리로 보고 아닌 호소를 하였다.

"하나가 성주 씨의 말을 여러 번 했습니다, 자랑스러운 동생이라고,
보고 싶다고 했습니다."

나는 새삼 아버지의 같은 유전자를 받은 자매의 안타까움을 누르고
의사의 의무로 수술 날짜를 물었다. 이틀 후로 잡혀있다는 D에게 나는
공포심에 쫓기며 최대한 빨리 가겠다고 떠들거렸다. 이번에도 하나는
이겨낼 거라고, D에게 용기를 준 나는 실제로 그렇게 믿고 싶었다. 하
이 하이(네 네)하는 D는 어딘지 자신감을 잃은 것 같은 음성이었다. D
도 나처럼 정신없이 한 곳을 뻉 뻉 돌고 있는 물방개처럼 불안하리란 걸
나는 느낀다. 하나는 집요한 정신력으로 오직 암세포전이 연구에 전력
을 사룬 결과 일본을 넘어 세계적인 의학계의 우뚝 선 훌륭한 인물이었
다. 하지만 또다시 암세포의 습격을 당하다니, 일분일초가 숨 조이는
세상일이 그렇듯 비행기 표가 내 마음대로 되지 않았다. 친한 후배와
둘이 합작하여 한강병원을 개원한 나는 부원장인 그 후배에게 병원을
맡기고 하나가 수술한 다음 날에야 도쿄의대병원에 도착하였다. 그지
없이 안타깝고 참담한 심정이었다.

주치의는 완벽한 수술이었다고 만족감을 표하였다. 그럼에도 나는 떨리는 마음을 누르며 잠든 하나의 침대 옆에 서있었다. 언젠가 하나가 한 말이 떠오른다. '인간의 운명은 이 세상 누구도 어쩔 수가 없는 잔혹한 놈'이라고 한 하나는 눈을 뜨지 않는다. 절망감이 나의 의식을 뒤흔들었다. 한국대병원에서 두 번째 간암전이 수술을 받기 위해 수술실로 들어가기 전, 하나는 수술실 문 앞까지 이동침대를 따라간 나에게 숨찬 소리로 말하였던 기억이…난다.

"성주! 인간의 생명을 위해 내시경으로 위장과 대장이며 몸속의 암세포를 발견해 내는 너의 손은 신의 손인 거야. 잊지 말아야 해. 잠든 꿈에서도 너의 그 의무를 잊으면 안 돼. 절대로!…"

고개를 끄덕이며 나는 주삿바늘이 꽂힌 하나의 손을 조심스레 잡아주었다. 흑요석 같은 눈에 지적욕망과 성취욕이 이글거리던 그녀는 의사 중의 의사인데, 손발이 묶인 죄수인 양 수술실로 실려 들어갔다. 육중한 수술실 문이 닫히는 순간, 나는 '운명'이란 단어가 강한 바람에 휩싸여 내 정신을 때렸다. 눈앞이 아득히 멀어지고 가슴이 마구 후들거려서 나는 혼신의 힘을 다하여 그 문에 양손을 대고 서있었다.

불현듯 D의 청혼을 받은 감격의 여진이 계속 하나를 잠 속에 머물게 하는 걸까. 지켜보는 사람들의 마음이 졸아드는 하루가 지나갔다. 수술 전, 하나의 간곡한 부탁에 딸 유리코와 하나의 어머니를 병원에 오지 못하도록 했다고 말한 D는 침묵하고, 나는 극심한 두통과 싸우고 있었다. 야구 9회 말 게임의 투수와 타자가 겨루듯 나는 중환자실의 눈 감고 있는 하나를 눈 부릅뜨고 응시하고 있었다.

D의 손짓을 따라 정원의 연못으로 나온 나는 D가 앉은 벤치 옆자리에 앉았다. 바람이 불고 연못가의 벚꽃이 마구 흩날리었다. 나는 하나를 처음 만나던 날 서울 M호텔로 들어가는 벚꽃나무 길에 꽃샘바람을 타고 벚꽃이 소담한 첫눈처럼 날리던 풍경에 만감이 교차한다. D는 깃발처럼 휘날리는 벚꽃나무 가지를 바라보며 혼잣말을 웅얼거린다.

"하나는 벚꽃을 참 좋아했어요. 유달리 강한바람에 휘날리며 낙화하는 벚꽃을, 내가 좋아하는 폭풍우 치는 날처럼, 너무도 좋아했어요. 그런데 지금 하나는 왜 잠에서 깨어 저 함박눈처럼 날리는 벚꽃을 바라보지 못하는 걸 까요…?"

말문이 막힌 나는 절망적인 침묵을 깨물고 D는 껐던 담배를 다시 피우기 시작하였다. 하나가 준 아버지의 유산으로 마련한 서울 나의 병원에서 온 전화의 내용을 알고 있는 D가 나에게 고개를 끄떡이었다.

"성주 씨 병원에서, 온 전화, 가셔야 하는 거지요?"

네라고 대답한 나는 딴생각을 한다. 처음 D를 보았을 때, 나는 하나가 지금까지도 첫눈에 반한 유일한 남성이라고 했던 말을 상기하였다. 정말 D는 도도한 하나가 매료될 만한 신중한 사람 같았다. 그가 가여웠다. 20년 넘게 굳게 불응하던 결혼의 마음 문을 열었는데, 하나가 세 번째 암수술대에 오른 불운은 잔인한 생의 무슨 아이러니인가. 처연한 기

220

분인 나는 D에게 낮게 말하였다.

"하나는 D씨를 죽이려고 벼를 정도로 사랑한다고 했습니다."

새 담배에 라이터를 켠 D가 말하였다.

"격렬한 성격에 하나는 오랫동안 사랑의 의지가 꺾여 몹시 의기소침했을 겁니다. 변명할 수 없는 후회가 이토록 무서운 것인 줄 알았다면, 지금 나는 어디 깊은 산 속으로 도망가서 깊은 동굴 속에 숨고 싶기만 합니다."

말이라도 하지 않으면 숨이 막힐 것 같은 D는, 의사인 그는 연거푸 담배연기를 뿜을 따름이었다.

"인생의 시간은 엄혹합니다. 개인의 사정을 기다려 주는 법은 없습니다. 가십시오. 당신의 수술로 재생을 기다리는 당신의 병원으로."

D는 마침내 본연의 자아를 회복하였다. 자기 생의 하나와 유리코의 존재의미를 절감하였다. 하나의 의식은 단단히 건 자물쇠처럼 깨이지 않고 있다. 인간의 생명은 인간영역 밖의 신묘한 힘의 작용임에 나는 떨리는 정신으로 벚꽃 날리는 호수를 응시하고 있었다. 갑자기 간호사가 부르는 소리에 불길한 예감을 느끼며 나는 D를 따라 중환자실로 갔다. 시시각각 피를 말리던 땅딸한 주치의는 애타게 기다리던 환자가 손가락을 움직였다고 깊은숨을 쉬었다. 극한 불안에서 놓인 표정으로 D는 나에게 안도의 눈빛을 보낸다. 나는 하나의 회생을 간절히 기원하며 D에게 미소 지었다. 그는 나의 묵언기도에 순후한 표정으로 하나를 바

라본다. 처음 하나를 보았을 때의 미묘한 기억이 스친다. 한평생 원한에 사무친 늙고 병든 엄마의 모습이 어른거려 나는 사념한다. 무슨 천지의 원인으로 하나와 나는 혼효한 생의 대각선 방향에서 출생한 것인지….

지금 나는 아버지가 일본 아내와 일본 딸을 데리고 고향에 다녀간 날 밤 엄마가 몸을 던진 강 언덕에 앉아 있다. 벚꽃 흐드러진 도쿄병원 호숫가에서 상심한 담뱃불을 긋던 D의 말이 또렷이 들린다.

'끝내 나는 기다릴 거예요. 항상 기뻐하라고 한 하나가 나를 부를 때까지….'

이상한 재회

하얗게 지새는 수면장애는 제대로 먹을 수 없는 내 일상의 강적이었다. 발톱 빠진 어머니의 속임수를 알고, 후회를 충동하는 분노의 칼날은 블랙홀이었다. 나는 거처를 옮기고서야 어머니의 지옥문을 나설 수 있었다. 자유롭고 호젓한 하루하루를 원할 뿐, 지금 나는 익명의 자유가 보장될 성싶은 수도권 종합병원 신경과 대기실에 앉아있다.

찌푸린 얼굴을 감싸고 있는 맞은편의 젊은 여자를 본다. 그녀에게서 나는 마음을 움켜쥔 불행의 그림자를 느낀다. 그녀 옆의 중년 남자는 십 대 소년의 거부반응의 손을 움켜쥐고 있다. 매시간 불안감이 천칭저울의 눈금을 넘어버린 사람들. 어디에서고 누굴 기다리고 만나는 시간의 공기압력조차 견디기 힘든 사람들. 그들과 섞여 호명을 기다리는 나와의 차이가 아리송한 이곳은 어디인가. 자기포장을 상실한 사람들이 구세주인 양 의사 면담을 대기하고 있는 장소가 아닌가.

일주일이 지난 오늘, 나는 오늘도 그 새내기 의사의 눈에 좋음이 매달려 있는 걸 보러 온 건 아니었다. 일주일 동안 잠을 자게 해 준 약을 받기 위해 약속 날에 온 것이었다. 두통이 없어지고 제대로 잠을 잤다는 말에 젊은 의사는 명의 딱지라도 딴 듯 자신 있게 말하였다.

일주일 후, 같은 시간에 오라는 의사에게 꾸벅 절하고 그곳을 나왔다. 계산을 치른 나는 처방전을 뽑아 들고 샌드위치 맛이 괜찮았던 카페로 가고 있었다. 환자와 보호자들이 오가는 긴 병원 복도에서 갑자기 시장기가 들었다. 다음 순간, 발걸음을 빨리하는 내 시선 끝에, 반대편에서 오고 있는 한 여자의 실루엣이 잡혔다. 한눈에 알아보았다. 복잡한 미로를 도는 내 기억회로는 단숨에 깊은 의식 속의 한 여자를 끌어올렸다. 지나간 몇 년간의 시차를 훌쩍 뛰어넘고 그녀가 나를 향해 오고 있는 모습은 다시 봐도 꿈꾸는 현실이었다.

내가 4년을 찾아 헤매고 6년을 사귄 여자. 나의 의식은 미칠 것 같은 4년의 시간을 순식간에 건너뛰었다. 그러니까 나는 그녀와 십 년을 함께 한 사이였다. 보이지 않은 곳에 있어도 내 마음에 존재했던 여자. 하마터면 나는 정, 미, 소─! 큰 소리로 외치고 뛰어가 끌어안을 뻔했다. 폭발할 듯 뛰는 가슴으로 나는 멈춰 섰고, 그녀는 영원의 회로를 돌아오고 있는 것 같이 한 걸음씩 나를 향해 오고 있었다.

무섭게 뛰는 내 심장은 내가 잊으려고 기를 쓴 미소의 기억들을 고스란히 간직하고 있었고, 나의 잠재의식은 그녀의 머리 모양새까지 고스란히 품고 있었다. 영혼에 각인된 흔적은 허망한 시간에도 원형 그대로였다. 계절이 봄임에도 여전히 까만 재킷에 까만 머플러 차림으로 또각 또각 한 치의 흐트러짐 없이 다가오고 있는 여자, 정미소는 고개 한 번 드는 법 없이 자기 구두코를 보고 걷는다. 저 여자는 앳된 신입생 때부터 저렇게 내 가슴으로 걸어오곤 하였다.

그때, 처음 본 그녀는 눈썹을 덮는 앞머리에 어깨를 덮는 까만 생 머리채의 블랙 이미지였다. 왠지 나는 그녀를 볼 때면 포레의 엘레지가 떠오르곤 하였다. 항상 까맣거나 하얀 단색의 이미지였기 때문일까. 왜 나는 그녀를 볼 때마다 허망하고 애달픈 느낌이었는지, 알 수 없다.

"이건 다비도프라고 불리는 스트라디바리우스의 명기로 연주한 거야. 가브리엘 포레의 작품은 자크린 뒤프레가 연주한 게 제일 좋아…"

그녀의 목소리가 또렷이 들린다. 공명의 울림이 있는 음성. 포레의 첼로 선율 같던 음향, 말을 아끼고 웃음은 더 아끼던 여자. 항상 활시위처럼 팽팽히 도사리고 있던 얼굴이, 가슴이 조이도록 보고 싶고 그리운 얼굴이, 지금 내 앞으로 점점 가까이 오고 있었다. 미소가 가까이 올수록 그냥 나는 고개가 수그러들었다. 흰 가운이 아닌 옷이 의사가 아님을 말해주었다. 어머니와 상견례 후, 흔적 없이 사라져 나를 미치게 했던 정미소, 그녀를 4년 만에 이 낯선 병원에서 조우한 건, 분명하였다. 기적 같은 현실이었다.

설마, 정미소가…? 생각하는 순간, 보이지 않는 바람처럼 사라진 그녀의 이름을 목울음으로 부르며 나는 뛰기 시작하였다. 십자로를 건너는 인파 속에 언뜻 그녀의 뒤태가 보인 것 같기도 하였다. 하지만 그녀의 모습은 투명한 빛살 속으로 흡수되어 버린 걸까. 내가 눈 부릅뜨고 풀린 왼쪽 구두끈을 매는 사이 어디 공중으로 증발해 버린 걸까. 사방으로 휘둘러보아도 없다. 허수아비가 되어 서 있는 나에게 낮고 슬픈 첼로 음을 닮은 그녀의 음성이 울려 온다.

"고흐가 동생에게 쓴 편지에 이런 말이 나와. '생의 마지막에 가서는 내 생각이 틀렸다는 게 밝혀질지도 모른다. 그림뿐 아니라 다른 모든 것도 한낱 꿈에 불과하고, 우리는 아무것도 아니었음을 알게 될지도 모른다고' 가끔 나도 그런 생각이 들곤 해. 우리도 그냥 깨고 나면 지워지는 꿈처럼 아무것도 아닌 존재가 아닐는지…? 설핏설핏 그런 생각이 들 때면 난 어떻게도 견딜 수가 없어지곤 한다."

나는 그녀의 말에 별 의미를 두지 않았다. 하지만 이제 나는 안다. 그녀의 말을 강력히 부인했어야 했음을, 그랬다. 세상에는 결코 아무것도 아닌 것은 없다고, 설령 그것이 꿈일지라도, 특별한 것은 선명한 기억으로 존재한다고 말했어야 하지 않았을까….

*

차탁에 흰 아네모네꽃 한 송이가 꽂혀있는 그해 봄은 유독 화창하고 아름다웠다. 시간에 쫓겨 핑글핑글 돌 것 같은 전문의 시절이었다. 그 날, 오후 2시를 나는 팔에 새긴 장미 문신처럼 기억하고 있다. 손마디를 꺾으며 초조한 나는 부디, 미소가 오늘만은 약속 시간에 나타나기를 마음 졸이며 카페 문밖에서 보초병처럼 서 있었다. '제발 무늬 없는 새까만 의상만은 아니기를' 생일 선물을 고대하는 초등생처럼 나는 초조한 마음을 깜박이며 얼마나 바랐는지 모른다.

결혼할 남자의 어머니를 만나기 위해 미용실에서 공들여 머리를 만지고 새 옷을 사 입는 다른 여자들 같지는 않아도 좋았다. 최소한 시어머니 될 분 눈에 들고 싶은 마음 한 조각만이라도 품고 오기를. 나는 약속 시간이 지난 손목시계를 들여다보고 또 보았다. 하지만 그녀는 원형 그대로였다. 무심한 듯 태연했고 평상시의 그녀 그대로의 당당하고 자연스러웠다.

노상 만성 자각증인 그녀는 아무렇지 않은 얼굴로 십 분 늦게 나타났다. 까만 블라우스, 까만 재킷, 까만 코트 등, 온통 까만색 일색인 옷장에서 성의 없이 꺼내 입은 표를 내듯, 그녀는 신입생처럼 하얀 독수리 그림이 찍힌 까만 나염 티셔츠에 청바지 차림이었다.

꽃샘추위에 기온은 쌀쌀해도 새내기 숙녀들 거리엔 온통 화사한 연두색 핑크색 물결이 흐르는 계절이었다. 화창하고 눈부신 봄의 한복판으로 그녀는 겉옷조차 걸치지 않은 까만 티셔츠의 야윈 어깨가 오소소한 모습으로 시어머니 될 분 앞에 10분 늦게 나타난 것이었다.

찻잔이 식도록 아무 말이 없는 어머니가 얼마나 부담스러웠던가. 나는 연거푸 마신 커피 카페인에 가슴이 뛰고 눈을 바로 뜰 수 없을 만치 두통이 일었다. 긴 다리, 긴 생머리, 화장기 없는 마른 얼굴인 그녀를 냉랭히 살펴보는 어머니의 표정은 무표정 그대로였다. 처음 내가 조심조심 여자 친구 이야기를 꺼냈을 때도 어머니는 아무 반응을 보이지 않았다.

　"어머니, 이름은 정미소라고 해요. 제가 제대 후에 입학한 탓에 나이는 저보다 아래지만 의대 같은 동기예요. 똑똑한 여자예요. 전문의 끝내고 결혼하고 싶어요."

　적어도 나는 어머니가 며느리 될 여자에 대해서는 뭐라고 질문을 할 줄 알았다. 가만히 듣고 있던 어머니는 딱 한 마디를 했다.

　"다음 주말에 보자."

　나는 그것이 묵인의 허락인지 만나보고 싶은 의사인지 알 길이 없었다. 평생 사회에서도 가정에서도 알코올 중독자의 허물을 벗지 못하고 법대 동창 친구가 초청하는 뉴질랜드 농장으로 떠날 아버지를 따라갈 것이지, 유명대학 음악교수인 어머니와 한국에 남을 것이지, 고민하던 시절. 나는 대입 시험에 낙방하였다. 의지박약 알코올 중독자인 아버지를 향한 동정심과 모멸감. 야망에 찬 어머니를 향한 반발심 사이에서 맴돌기를 하던 끝에 나는 육군 지원입대를 하였다. 그리고 제대 후, 어머니의 소망대로 의대시험에 합격했을 때, 어머니는 벽에 못을 박듯 딱한 마디를 하였다.

"잘했다. 네 인생이다."

그 한마디에 나는 소름이 끼쳤다. 무엇이 내 인생이란 말인가. 내가 원한 과는 카프카를 배우고 싶은 독문학과였음을. 어머니보다 더 어려운 건, 미소였다.

"어머니가 미소, 널 보고 싶어 하셔."

내 말에 그녀는 속을 알 수 없는 묘한 미소를 지을 따름이었었다. 반갑거나 긴장한 표정 같은 건 요만큼도 없어 보였다. 어머니와 닮은 저 여자를 나는 왜 사랑하는 걸까. 어머니에게 굶주린 모정을 나는 미소에게서 채워지기를 아련한 그리움처럼 품고 있었던가. 알코올 중독자 아버지를 둔 여자가, 절대로 그런 남자와는 결혼 않겠다고 결심을 다지고도, 결국 알코올 중독 남편을 만난다는 말이 법조문처럼 불쑥 떠올랐다. 그렇다면 나는 두 여자 사이에서 불편한 애정결핍을 어쩌자는 걸까.

어머니는 아주 천천히 식은 커피잔을 비웠다. 정미소 또한 분칠 없는 얼굴을 숙인 채 블랙커피 한 잔을 다 마시도록 침묵을 물고 있었다. 어머니의 비정한 표정과 미소의 무표정한 배타성은 익숙한 것이어도, 두 여자를 한자리에서 감당하기에 심약한 나는 역부족이었다. 극심한 두통을 깨문 채 나는 선고를 기다리는 죄인처럼 이 악물고 버티고 있었다. 그럴 수밖에 없었다. 이윽고 어머니가 먼저 입을 열었다. 결코 대화의 시작은 아니었다.

"미혼모의 사생아더군요…?"

경악한 건 나였다. 여러 해 만나오면서도 정작 나는 미소의 그런 가족사를 알지 못하였다. 아버지는 안 계시고 어머니는 만성 신장 환자로 먼 고향 남해 쪽 병원에 장기 입원 환자라는 것. 고학으로 의대에 다니고 있다는 것. 그것이 내가 사랑하고 있는 정미소의 정체였다. 나는 아들 몰래 미소의 뒷조사를 한 어머니를 치 떨리도록 증오하였다. 그런 말을 한 무서운 시어머니 될 분 앞에 입술을 한 번 바르르 떨었을 뿐, 굳게 잠근 문처럼 입 다물고 있는 미소가 나는 더 두렵게 느껴졌다.

이제껏 그래왔듯 어머니에게 아들의 자유의지는 바늘 끝만큼도 없었다. 며느리 될 여자의 가정환경을 한 치의 용납도 없다는 단호한 표정일 뿐이었다. 두 여자 사이의 코너에 몰린 나는 정신이 혼미했다. 마침내 미소가 가방을 들고 일어섰다. 그녀는 붙잡는 내 손을 뿌리치고 어머니에게 목례를 하고 꼿꼿한 자세로 카페를 나갔다.

그날 이후 어머니는 아들이 결혼하고 싶다는 며느릿감에 대해 한 마디 언급이 없었다. 한편 미소는 하루가 다르게 변해갔다. 동료들 앞에서 그녀는 전보다 자주 웃고 많이 먹었다. 소심한 나는 하루에 열 번쯤 혼란을 겪어야 했다. 어머니가 사생아라고 결혼 반대를 해도 그게 자기와 무슨 상관이냐는 의중인지, 속속들이 미소를 사랑하고 알고 있다고 자신한 나는 방해물에 막혀 쩔쩔매는 물방개인 양 한곳을 뱅뱅 돌고 있을 따름이었다.

아담한 전원이 가꿔진 병원 옥상에 마주 선 채 캔커피를 마시고 있는 미소 얼굴에 냉소가 어렸다. 먼 하늘 끝으로 시선을 던지고 있던 그녀가 입을 열었다.

"우리 엄마가 임신했다고 했더니, 남자란 인간이 그러더래. '농담하지 말라고.'"

미소의 속눈썹이 파르르 떨렸다.

"엄마가 울면서 정말 임신이라고 했더니, 그 인간이 그러더래. '협박하지 말라고.'"

미소의 작은 입술에 절망의 고소가 매달렸다. 눈물방울이 달린 까만 눈에 분노를 뿜으며 그녀가 나를 노려보았다.

"그 인간의 다음 말은 뭐였는지, 민후, 너 상상할 수 있겠어?"

나는 옥상 정원의 라일락 나무가 슬프도록 진한 향기를 뿜는 라일락 꽃송이들을 서글피 바라보았다. 거짓말처럼 계절은 참 아름답고, 우리는 참 불행하였다.

"알겠어? 내 인생은 그런 농담과 협박으로 시작된 거야."

미소는 다 마신 커피 캔을 휴지통에 골인을 시켰다. 그리고 말하였다.

"너 우리 엄마 이름이 뭔 줄 모르지? 엄마의 아버지는 그 마을 유지였대. 농토가 많고 한문에 능해서 옛글에 밝은 양반 할아버지가 장녀에게 지어준 이름은 행복한 여자가 되라고 행희幸姬라고 지었대. 아버지라는 인간이 나와 엄마를 버리고 줄행랑을 쳐서 엄마의 성을 단 내 이름은 또 어떻고ㅡ? 정미소(美笑)라고. 아름다운 웃음을 웃으며 살라고 외할아버지가 귀한 외동딸의 손녀인 내 이름을 그렇게 지어주셨다. 너무 우습지 않니…?"

미소는 웃음없는 얼굴로 태연하게 향기를 뿜는 보라색 라일락 향기를 호흡하며 냉랭한 얼굴로 서 있었다. 그녀의 팔을 잡으며 나는 미안하다고 진정, 깊은 사과를 하였다.

"어머니가 그런 걸 조사할 줄 상상도 못 했어. 미소야, 진심이야. 믿어줘."

다급한 내 말에 그녀는 그냥 고개를 저었다.

"난, 상처 같은 것 받지 않아. 민후는 어머니 말 한마디에 행복해지기도 하고 불행을 느낄지 모르지만. 착각하지 마. 민후 어머닌 내 인생을 뒤흔들 만큼 중요한 존재도, 큰 의미 있는 존재가 아니니까."

"너, 왜 그렇게 못됐니? 왜 그렇게 너만 생각하는 거냐고? 분명 난 네게 청혼했고 너는 수락했어. 첨예한 네 자존심이 얼마나 다쳤을지, 내 내 나도 가슴이 쓰려. 모욕감이 들어도 자존심 좀 굽히고 뭐라고 한마디 좀 해줘…"

나는 흥분하여 소리쳤고 미소는 입술을 깨문 채 매운 눈길로 나를 노려보았다. 그녀의 겁은 눈동자 속으로 라일락 꽃잎이 후르르 떨어졌다.

"민후, 난 결코 어느 누구에게도 날 설명하거나 변명하고 싶지 않아. 모두 부질없으니까. 오해를 받는다 해도 그러고 싶지 않아. 더욱이 간청을 한다는 건 있을 수 없어. 그런 일은 죽는 날까지 없을 거야. 내 자존심…? 아냐, 난 우리 엄마가 살아온 삶을 반복 재생하고 싶지 않아. 갈망이 오기로, 오기가 좌절로, 그 좌절이 쌓여 꽃잎이 홀로 시드는 따위의 인생. 결코 난 그런 인생 살고 싶지 않아. 그게 지금까지 내가 봐온 사랑이었고, 그리움의 배반이었다. 세상 누구에게도 난 기대 같은 거 없어. 그래서 배반당할 감정도 그리움의 상처도 없을 거야."

"난, 너랑 함께 살고 싶어. 행복한 인생이 얼마든지 있다는 걸, 미소 너에게 주고 싶고 함께 누리고 싶은 거야."

나는 호소하였고 미소는 또렷한 목소리로 반박하였다.

"그게 바로 민후와 나의 차이점이야. 나는 어릴 적부터 알고 있었어. 특히 인간과의 평행선은 영원히 도킹할 수 없다는걸. 두 줄 기찻길처럼."

미소는 돌아섰다. 나는 그녀의 모멸감이 가라앉기를 기다리기로 했다. 성급할 필요가 없다고 판단했다. 쇠붙이 같은 어머니의 고집과 허영심도 세상의 모든 어머니처럼 결국 아들에게는 어찌할 수 없을 것이라고 나는 굳게 믿었다. 하지만 내 생각에 나는 절실히 배반당하였다. 소아신경과의 정미소가 사표를 냈다는 말을 듣는 순간, 나는 두 눈을 찔린 것 같은 암담함에 빠졌다. 그녀가 말없이 사라진 것을 확인하고 나는 정말 미칠 것 같았다. 설마, 하던 불안감이 뭉텅뭉텅 쌓여가던 어느 날 밤, 문자의 신호음이 왔다.

'나 잘 있어. 딴생각 말고 민후 너는 소아암 연구에 열중해. 네가 사랑하는 어린이 진료에 열심을 내야 한다. 알겠지―'

그동안 먹통이던 그녀의 전화는 그날 이후 완전히 잠겨버렸다. 반면 나의 핸드폰은 두 눈 부릅뜨고 24시간 문을 열어놓고 있었다. 헛바늘이 들도록 고민 끝에 나는 소아병동에 병가를 제출하고 미소를 찾아 나섰다. 도처에 찍힌 내 발자국만 어지러울 뿐, 미소는 어디에도 없었다. 낯가림 심한 미소가 유일하게 말문을 트고 때때로 셋이 맥주병을 비우던 송일 선배도 전혀 모른다는 대답이었다.

미소는 어머니가 입원한 곳이 남도에서도 오지라는 말을 힐긋 흘렸을 뿐, 정확한 지명을 말한 적이 없었고 나는 관심 두고 물은 적이 없었다. 무엇이든 그녀는 현재 이외의 대화를 꺼렸기 때문에 나는 그녀의 어머니가 입원해 있는 고장도 병원 이름도 알지 못하였다. 그랬다. 나는 내 생각과 마음을 내 식으로 믿어온 협소한 내 사고의 대가를 톡톡히 치르고 분개하였다.

정미소의 이력서는 A 의과대학 합격과 소아과 전공의가 다였다. 이력서의 본적지도 출생지도 부정확하였다. 확실한 것은 정미소 이름뿐이었다. 나는 미소의 정확한 생일도 알지 못하는 오래 사귄 남자친구였다. 그녀는 자기 생활은 자기 엄마가 세례받은 크리스마스 때라고 실죽

웃은 기억이 있을 뿐이었다. 눈앞이 캄캄하다는 말은 나에겐 몸부림을 쳐도 어찌할 수가 없다는 절망의 동의어였다. 나는 지쳐 갔고, 해가 바뀌고 바뀌어서 병원 옥상 정원의 보라색 라일락 꽃향기가 내 코끝을 잔인하게 훑고 몇 번을 지나갔다.

*

약속 장소에 나보다 먼저 와 있는 여자는 상쾌하고 밝은 인상이었다. 그 자리에 다른 어떤 여자가 있어도 나는 그 여자를 괜찮다고 어머니에게 고개를 끄덕였을 것이다. 미소처럼 어둡지 않고, 미소처럼 독선적이지 않고, 미소처럼 어렵지 않은 여자, 금자연은 미소를 닮지 않았다는 이유 하나로 나는 어머니에게 고갯짓 대답을 하였다. 무엇보다 나를 옭아매고 있는 어머니가 골라준 여자이므로 어차피 그래야만 할 여자였다. 내 의식 속에 미소 아닌 여자는 존재하지 않으므로 어떤 여자라도 괜찮다. 어머니의 닦달을 피할 확실한 방법은 그뿐이었으니까.

금자연은 아르바이트로 코끼리 다리가 되어본 적도 허리가 휘어본 적도, 장학금을 따내기 위해 밤새워 코피 터뜨리며 해부학 원서를 독파해 본 적은 더욱 없는 부류였다. 짬이 나면 어디서나 새우잠을 자던 미소, 그러나 금자연은 어디서나 버튼을 누르기만 하면 전기 인형같이 생글생글 웃는 여자였다.

마침내, 어머니가 고대하는 금자연의 집 초대 날이었다. 그녀의 아버지는 딸만 둘이라 아들 같은 의사 사위 보는 게 소원이었다고 나를 보고 껄껄 웃었다. 간교한 어머니의 계획은 예상외로 빨리 열매가 열렸다. 곧바로 어머니는 금자연의 아버지가 이사장인 P대학 음대 교수로 승진하였다. 어머니의 지시대로 나는 붉은 장미를 그녀의 나이만큼 안고 가서, 혼약의 반지를 끼워준 날 밤, 어머니의 어조는 보기 드물게 부드러웠다.

"난 네가 그런 여자와 결혼하길 바랐다. 부와 명예가 있는 기품 있는 가문의 행복한 처자와. 알았지−?"

나는 그날 밤 내내 불행한 미소 생각에 새벽녘까지 잠을 이루지 못하였다.

'정미소, 언젠가 네가 말했지…? 어떤 이별도 상처 없는 이별은 없다고…? 인간은 신뢰할 수 없는 존재라는 걸 최초로 인식한 현자가 혼인서약을 생각해 냈을 거라고, 똑똑한 네가 말한 적 있지…? 인간은 어떤 법적 구속으로도 가변성의 존재임을 인증하는 게 혼인신고라는 서류와 결혼식이라는 형식일 것이라고.'

신부 금자연의 옆 신랑 자리에서 나는 아스라한 이명을 느끼었다. 점점 울림의 소리가 크게 울리었다. 첼로의 울림 같고, 낮게 떨리는 현악기의 소리 같은 이명은 안타까운 여운이 감도는 여자의 음성 같기도 하였다. 순간, 나는 나를 향해 손짓하는 희고 긴 손가락을 보았다. 정미소, 그녀는 대학 일학년 때의 카랑카랑한 흑요석 같은 눈으로 나를 응시하는 것 같기도 했다.

'생의 마지막에는 내 생각이 틀렸다는 게 밝혀질지도 모른다. 그럼뿐 아니라 다른 모든 것도 한낱 꿈에 불과하고, 우리는 아무것도 아니었음을 알게 될지도…'

결혼식은 끝났고, P대학 금 이사장과 성악과 교수인 어머니에게는 더없이 흡족한 결혼식을 치르고 남부러운 사돈지간이 되었다. 행복한 신부가 던진 부케가 한 친구의 손에 닿았다가 각도를 바꿔 바닥으로 곤두박질쳤다. 금자연은 쓴 오이 꽁지 문 나에게 재미있다고 손뼉을 쳤다. 그때 바닥에 흩어진 꽃잎을 밟고 가냘픈 여자가 내게로 오고 있었다. 보듬어 안고 내가 사랑한다. 사랑한다고 뇌인 긴 생머리의 실루엣은 비애에 잠긴 눈을 치뜬 채 나에게로 다가오고 있었다.

결혼식이 끝나자 비가 내린다. 나는 흰 실크 커튼을 친 것 같은 안개비를 바라보며 속삭임 소리에 귀를 기울였다. 머잖아 나뭇잎들은 떨어져 쌓이고, 제 생을 바친 열매들은 떨어질 것이다. 수많은 결혼식은 내일도 이어지고 어디선가 눈이 맑은 아기가 태어나고, 어디선가는 노부부가 행복했노라 하는 묘비명을 남기고 떠날 것이다. 그렇게 지상에 존재하는 모든 것은 생의 강을 건너 사라질 것이다….

나는 곤혹스럽고 어지러웠다. 어머니는 실로 놀라운 분이었다. 요즘 세상에 금자연 같은 그런 신부를 만난다는 건, 화성에 나무를 심고 오는 것보다 힘든 일이라고, 며느리 칭찬에 열을 올렸다. 하지만 소리 없이 오는 행운처럼 몰래 오는 불행이 영악한 어머니를 덮쳤다.

P대학의 부정입학 사건이 터진 것이었다. 잘 만났다는 듯 일간지와 각종 TV 채널마다 신이 나서 스피커 나팔을 불어대었다. 금 이사장의 강사 채용의 뇌물 비리와 학교재단의 공금 무단사용의 엄청난 수치가 연일 톱뉴스를 장식하였다. 자연의 부친 P대학 이사장이 투옥됨과 동시에 음악과의 막대한 찬조금 입학생에 연루된 어머니는 사직서를 제출해야 하는 곤경에 이르렀다. 간교한 어머니는 전쟁을 겪은 우리나라 국민들이 꺼려하는 북쪽 임진강 부근의 전원주택으로 집 주소를 옮겼다. 덕분에 나는 병원 출퇴근이 멀다는 이유로 결혼 전에 거처하던 서울 오피스텔에서 혼자 지내는 자유를 획득하게 되었다.

갑자기 어머니가 구속된 사건은 자연의 쌓인 불만이 도화선이었음을 처음에 나는 알지 못하였다. 나는 자연이 우리 부부생활의 갈피를 시시콜콜 자기 친정에 고해바쳤다는 걸 나중에서야 알았다. 사돈인 금 이사장의 뒷배를 믿은 거액의 음악과 부정입학이 폭로된 것이었다. 나는 또 병원에 병가를 내었다. 장인과 어머니의 P대학 부정사건 때문만은 아니었다. 목 늘이고 기다리고 기다려 온 핸드폰에 미소의 문자가 뜬 것이었다.

'나는 너를 사랑한다. 아무리 계속해도, 이 말 밖엔 나오지 않는다. 아폴리네르.'

내 대답을 보면 문자가 아주 달아나 버릴 것 같은 불안감에 나는 답을 쓰지 못하였다. 그렇지만 미소가 내 가까이 있다는 확고한 확신이 들었다. 외곽지역 신도시의 W병원 긴 복도에서 꿈결처럼 스쳐 간 미소의 모습이 신기루처럼 어른대었다. 나는 W병원으로 소방차같이 달려가고 있었다. 토요일이었고 6시 30분이었다. W병원에만 가면 긴 복도를 걸어오던 그날 놓친 미소를 만날 것 같은 내 심장은 옛날 기차가 출발을 알리는 화통소리같이 벅차올랐다.

내가 생각에 잠겨 있으면 묵묵히 쳐다보다가 내 손을 잡고 읽고 읽던 책을 계속 읽던 여자. 내가 그녀를 사랑한 것은 에로스의 사랑만이 아닌, 내면의 동질성 때문이었음을 그 당시엔 미처 납득하지 못하였다. 나는 비로소 정신이 환해졌다. 침묵이 편안한 여자의 어깨를 안고 밤하늘을 올려다보던 시절. 그녀와 손잡고 길을 걸으면 마음 깊은 곳으로부터 평화로운 느낌이 흐르던 기억에 내 자동차 바퀴가 목마른 그리움의 소용돌이를 쳤다.

3월의 태양이 유리알처럼 빛나던 그해 봄날. 처음 만난 나에게 겁 없이 너, 라고 부른 앳된 일학년 여학생이 웃고 있었다. 흥미 없이 끔찍하기까지 한 인간 신체의 구조적 강의가 끝난 오후였다. 강의실에 남아 있던 신입생들은 우르르 생맥줏집으로 몰려갔다. 얼굴과 이름을 익히며 몇 차례 술집을 몰려다니다가 넷이 남았을 때였다. 우리는 한 테이블에 둘러앉았다.

비로소 나는 흑백 영화 속의 소녀처럼 현실성이 흐려 보이는 동급생 여자애를 바라보았다. 두 눈을 찌를 것 같은 앞머리는 가지런하지 않고, 맥주잔을 움켜쥔 손등에 정맥이 불거져 있었다. 그녀의 까만 블라우스에 달린 상아색 고양이 모형의 브로치가 내 시선을 붙들었다. 가는 몸피의 그녀는 누구에게도 관심 없다는 듯, 음악에 발을 탁탁 치거나 술잔을 응시하고 있다가 입안의 마른안주를 뱉어내곤 하였다. 왠지 나는 신경이 쓰였다. 자꾸 촉각이 곤두섰다. 옆 친구가 "야, 정 미 소. 천천히 마셔." 했을 때야 나는 그녀의 이름을 알게 되었다.

'정미소…?' 나는 그녀의 핏기 없는 뺨을 힐긋 훔쳐보았다. 버릇인지 그녀는 술잔을 뱅뱅 돌리다가 조금씩 마시곤 했다. 갑자기 그녀가 나를 향해 톡 쏘았다.

"너, 왜 사람을 흘겨보는 거니?"

무안해서 나는 표정이 어색해졌다.

"진짜 웃긴다. 부끄러움을 타네. 순진한 건가, 모자란 건가."

그녀가 비아냥대자, 맞은편의 친구가 제대하고 입학해서 우리보다 몇 살 위라고 주위를 주었다. 그러자 그녀가 받았다.

"그래서?"

그녀 말이 맞다. 그래서 어쨌다는 건가. 내가 군복무를 마치고 들어왔든, 동기들보다 나이가 위든, 그건 내 문제일 뿐이었다. 쉿, 하고 그녀가 입술에 손가락을 대었다. 요절한 자크린 뒤프레가 연주하는 포레의 첼로 곡이 흐르고 있었다.

"왜 천재들은 요절하는 걸까. 왜 세상엔 너절한 인간들만 남아서 악을 쓰며 악취를 뿜어내고 있는 걸까?"

그녀는 중얼대었고 나는 그녀의 음성이 현악기의 울림 같다는 생각이 들었다. 잠깐동안, 넷은 암울하게 흐르는 첼로 선율에 신입생답게 푸른 생각들을 기울이고 있었다. 제일 나이 어린 그녀가 나를 향해 말했다.

"난 로스트로포비치의 연주가 좋아. 너는–?"

그녀의 눈길을 피하고 나는 대답하지 못하였다. 나는 첼로에 대해 아는 것이, 천재음악가를 깊이 생각해 본 적이 없었다.

"아노스 슈타커의 연주를 들으면 난 갑자기 살고 싶어져. 파가니니의 바이올린곡을 첼로로 연주하는 걸 들으면 천상의 천사가 된 기분이 들기도 해. 묘하게도 슈타커가 연주한 곡명은 〈악마의 미소〉인데 말이야…"

나는 그녀가 묘하고 아름답게 느껴졌다. 그녀에게는 어둡고 강렬한, 그래서 도저히 지워지지 않을 카리스마가 내 신경을 끌었고, 내 신경에 또렷이 박혔다.

"그런데, 네 이름은 뭐니–?"

그녀는 일곱 살에 초등학교에 들어가서, 그때 고작 세는 나이로 열아홉 살이었다. 네 살 어린 여자에게, '너' 소리를 듣고도 이상하게 나는 불쾌하지가 않았다. 사랑스럽다고 말하기에는 어딘가 어두웠지만 그래도 그녀는 이상하고 특별하게 사랑스러웠다. 데생 연필로 그린 것 같은 동그랗고 큰 눈도 가지지 못했지만, 그녀는 자력을 지니고 있었다. 그녀의 조가비를 닮은 입은 중요한 무엇을 나에게 호소하는 것 같은 강한 느낌을 주었다.

"나는 장정민후라고 해" 하고 내 이름을 말하였다. 그러자 그녀는 눈을 크게 치떴다. 굉장히 중요한 걸 암기하려는 듯이 장, 민, 후, 하고 한 자씩 발음을 해보는 것이었다. 어영부영 술판이 파장이 되자 두 친구가 먼저 일어났다. 호프집에서 나온 나는 정미소 곁에 서 있었다. 삼월의 밤바람은 차가웠고 그녀의 머리채가 내 쪽으로 휘날렸다. 나는 추워 보이는 그녀에게 점퍼를 벗어주었다.

"너 입어. 신사인 척하다가 감기 들지 말고. 난 감기 따위 잘 안 걸려."

나는 멋쩍게 점퍼를 든 채 그녀를 따라 걸었다.

"너, 나 데려다주고 싶어서 그러는 거지. 그런데 어쩌니, 나 여기 살아."

그녀가 손짓으로 가리킨 곳은 마침 학교 부근인 연립주택 지하였다.

그녀가 물었다.

"넌, 집이 어느 쪽이야?"

"청담동."

"그럼, 가자."

다시 대로로 나오자 그녀가 먼저 타는 버스에 나는 올라탔다. 차 안은 적막하고 그녀는 더 적막하였다. 달빛이 차창으로 쏟아지고 한강은 말없이 흐르고 있었다.

"밤에도 물살은 멈추지 않고 제 몸을 밀어내며 바다로 가고, 다시 비가 되어 강으로 가겠지…?"

지나온 한강을 고개를 꼬고 뒤돌아보며 미소가 혼잣소리를 하였다. 우리 집 근처인 성당 앞에 버스가 멎었다. 나를 따라 내린 그녀가 말없이 구도코를 내려다보았다.

"어디 가서 뭐 먹을까?"

"됐어."

"우동 먹을까. 추운데."

"아니. 이제 나 간다."

나는 다시 데려다주겠다고 그녀의 어깨에 손을 얹자, 차갑게 내 손을 쳐내며 말하였다.

"난 그렇게 대우받으며 살아오지 못했어. 주가 차를 잡아주고, 집에 데려다주는 거, 나 익숙하지 않아. 난 내가 먹고 싶을 때 먹고, 자고 싶을 때 자. 난 그런 불규칙동사야. 네가 날 편하게 해주는 상대였으면 좋겠지만."

나는 그녀의 말뜻을 알아들었다. 앞으로도 널 만나고 싶다는, 그러나 네가 편안하지 않으면 불가능하다는 뜻임을. 그녀의 여린 어깨를 감

244

싸주고 싶었다. 마음을 누른 채 나는 그녀가 탄 버스가 시야에서 사라질 때까지 못 박혀 서 있었다. 오랜 시간이 흐른 후에야 나는 깨달았다. 언제나 나를 데려다주고 먼 길을 혼자 돌아가던 미소는 상대의 떠나는 뒷모습을 보는 쪽이 한결 외롭다는 걸 알고 있었다는 걸.

"너를 사랑한다. 아무리 계속 생각해도 이 말밖엔 나오지 않는다. 미소. 대체 너는 지금 어디 있는 거니…?"

나를 꼼짝 못 하게 감금하고 있는 미소를 W병원에서 만날 것이라는 확신을 진정 무엇에서 기인한 것인지, 나는 생각해 볼 생각조차 못 한 채였다. 4년 동안, 매순간 숨이 막힐 듯이 보고 싶은 그녀를 본 장소가 W병원이라는 무모한 이유 때문인 걸 나중에야 깨우쳤다. 3주일 치를 요청해도 될 것을 일주일에 한 번씩 눈에 졸음이 매달린 새내기 의사에게 수면유도제 처방을 받으러 다녔던 것 또한 혹여 그녀를 다시 마주할지도 모른다는 간절한 그리움 때문이었음을 느낀 것은 오랜 후였다.

*

지금 나는 짙은 비안개 속의 국도를 달리고 있다. 내 허약한 갈비뼈 밑을 스며드는 연민으로 나는 송곳 같은 어머니가 수감돼 있는 소도시 교도소를 향해 엑셀레터를 밟는다. 목적지가 가까워지지 불현듯 어머니를 보고 싶지 않은 느낌이 강렬해져 온다. 지난 면회 때, 어머니 얼굴은 조금은 수척해도 후회의 빛은 없어 보였다. 반성이 없으니 후회가 없는 건 당연한 법, 다른 교육범죄자들과 다를 바가 없어 보였다. 자연은 이름만 아내일 뿐, 타인보다 더 비우호적인 관계임을 이제는 어머니도 알아야 하기에 출발했으나 순간적으로 단념하였다.

며칠 전이었다. 생각이라는 게 없는 여자 같던 자연은 느닷없이 관자놀이에 핏줄을 세우고 악을 썼다.

"이혼해요. 우린 부부가 아니잖아요?"

나는 대답할 말이 있을 리 없었다. 어머니의 계산이 내재한 결혼임을 수긍한 순간부터 나는 그녀의 남편은 아니었다. 그녀도 마찬가지였을 터, 무감동한 남편보다 시어머니와 투합한 결혼이어도 시간이 가면 남편이 달라질 것이라고 참아온 자연은 꾹, 도장을 찍듯이 소리를 질렀다.

"당장 친정집엔 알리지 않을 거니까 P대학 사건이 잦아들 때까지는, 부부인 척해줘요. 내가 처음 하는 부탁이에요."

나는 중학생 때, 머리를 싸매고 대들던 수학문제를 마침내 풀었을 때와 같은 기분이었다. 역시 인내는 인생의 덕목 중 하나임이 분명했다. 나는 나대로의 삶을 사랑하였다. 비 오는 날 고즈넉이 소주잔을 놓고 드보르작의 신세계를 듣고 마리아 칼라스의 천상의 소리를 듣는 시간을 나는 사랑하였다. 그렇다. 까만색 일색의 어둡고 힘든 여자 미소를 그리워하는 나 자신을 나는 귀중히 여겼다. 애틋해하고 사랑하였다. 고독한 자존감에 상처 입은 서러운 미소를 찾기 위해 미친 듯이 남한반도의 동서남북을 밤낮없이 헤맨 나의 밤과 낮은 식지도 않고 불행하지도 않은 열정 그것이었다.

나는 욕심을 야망으로 착각하고 키워나가다가 넘어진, 만나고 싶지 않은 어머니를 만나러 가고 있었다. 부끄러워도 어머니는 어머니이므로, 갑자기 휴대전화가 울려서 차를 갓길에 세웠다. 입력돼 있지 않은 번호를 보고 순간 나는 번호를 바꾼 미소일지 모른다는 생각에 퍼뜩 전화를 받았다.

"민후. 나, 송일—"

"아? 송 선배, 웬일입니까. 전활 다 하시고?"

의대 2년 선배 송일은 인물 좋고 돈 잘 쓰는 여학생 킬러로 악명 높은 자였다.

나는 송일의 전화가 반갑지 않다.

"역시, 정미소는 흰 가운이 베스트더라. 네가 미친놈처럼 미소를 찾으러 다닌다는 소릴 들었다."

"아, 송 선배. 미소가 병원에 있습니까? 어떤 병원입니까?"

오늘을 끝으로, 4년을 헤맨 미소에 대한 종지부를 찍으려고 나온 나는 코뿔소처럼 돌진하였다.

"나 결혼한다. 너한테 청첩장 띄었다."

조급한 나와 달리 송일의 느긋한 바리톤은 느긋하였다.

"결혼식에서 보자."

"결혼 축하합니다."

"외곽지역 신생병원은 수림 환경 좋고, 서울병원처럼 붐비지 않아 좋더라."

나는 그가 결혼식에 대한 거짓말한 것을 나중에야 알았다.

"송 선배. 미소가 W병원에 있습니까?"

"궁금하면 미소에게 직접 물어봐라. 내가 좀 바쁜 몸이라."

전화는 끊기고, 나는 끊는 의구심을 누르고 흐린 하늘을 올려다보았다. 갑자기 눈앞이 하얬다. 안간힘으로 매달렸던 밧줄을 놓치고 만 기분에 빠졌다. 하늘 어딘가로부터 어둡고 강압적인 뇌성이 덮치는 혼란에 휩싸였다. 난잡한 송일을 누구보다고 질타하던 미소는 어디 숨었다가 여학생 킬러라고 무시하던 송일을 만난 걸까…? 신입생 때였다. 미소가 학교 부근 반지하 방에서 스스로 학비 충당을 하는 고학생임을 안 송일은 나와 미소를 자주 고급 레스토랑 이름을 대며 샴페인 터뜨리자고 유인하곤 하였다.

'인간에게 질의 등급이 있는데, 학구적인 두뇌와 가정환경 톱인 송일 선배는 무시당하는 걸 왜 그 좋은 두뇌로 모르는지, 통 모르겠다니까. 나를 함락시키려고 안달이거든?'

나에게서 술래처럼 꽁꽁 숨은 미소가 그토록 경시하던 송일과…? 낙뢰를 맞은 나는 W병원을 향해 정신없이 스피드를 내었다. '미소가 송일과 친교를…? 눈 부릅뜨고 미소를 찾아다닌 내 집념의 시간은 끝 모를 허망의 진행형이었던 걸까…?

미소는 거짓말처럼 W병원 소아과에 있었다. 늘 구깃구깃하던 그녀의 가운은 말끔하게 다림질이 돼 있고 여의사답게 잘 어울렸다. 온기 없이 까칠하던 둥글한 얼굴은 안락한 표정이었다. 나와 6년을 이성 친구로 지낸 미소를 4년 넘도록 광인처럼 찾아 헤맨 나는 그녀의 머리를 벽에다 마구 쥐어박고 싶은 심정이었다.

사생아더군요─? 어머니의 날 선 음성이 들리고, 너의 어머니는 나에게 그다지 중요한 존재가 아냐─, 하고 노려보던 미소의 눈빛이 내 심장을 할퀴었다. 당당한 미소 앞에 나는 얼어붙었고, 울분이 목젖까지 차올랐다. 하지만 미소는 침묵한 채 죄수복을 입은 나의 어머니를 보고 있는 듯한 맑은 눈으로 나를 응시하였다.

미소가 입을 열었다.

"시간은 흐르고 인생은 변하지. 시간 따라 변하는 모든 것들은 나름대로 아름다운 여운을 남기고 슬픈 법이지."

나는 그녀의 가라앉은 침착한 시어보다 깨끗하게 다림질한 의사 가운 차림에 기가 질렸다. 4년 전, 그녀가 사라지면서 마지막 한 말이 떠오른다.

"민후, 너는 병원으로 돌아가. 그래야 해."

그녀는 내 눈을 보며 그때 한 말을 되풀이하였다. 나는 독즙 같은 그녀의 배신감이 떠올라 심호흡을 토해내었다. 그리고 불현듯 역정이 나서 소리 질렀다.

"정미소. 물론 너는 송일의 결혼식에 갔었겠지?"

"아니, 송일의 결혼식 날 나는 하루 종일 이불 뒤집어쓰고 잤거든. 송일은 신부가 나타나지 않은 결혼식 다음 날, 자기 어머니가 있는 충청도 산속 기도원으로 간다는 문자가 마지막이야. 그의 결혼식에 나타나지 않은 신부가 나였거든."

미소는 웃으면서 말했다.

"세상엔 비밀이 없더라. 어느 날, 그 기도원의 젊은 전도사가 송일의 핸드폰을 몰래 봤다고 나에게 전화를 해줬어."

나는 기묘한 판타지 영화를 보고 있는 것 같아 어떻게 송일과 결혼 약속까지 하게 됐느냐고 소리를 질렀다.

"민후는 병원으로 돌아가."

귀에 익은 그 말끝에 그녀는 긴 말을 하였다.

"이 세상을 고아로 살다 보니, 갈 데가 없었다. 엄마가 그 병원에서 작고하고 고시촌에서 밀려났어. 덜덜 춥고 서글픔에 빠진 날. 시장기에 골목길 허술한 식당으로 들어갔는데, 놀랍게도 혼자 술 먹고 있는 송일을 만난 거야. 그때, 그가 덜 반갑고 덜 친절했어도 나는 그를 따라갔을 거야. 배가 고파 어지럽고 입안이 헌 나는 아는 선배를 만난 눈물이 쏟아졌다. 그가 당장 갈 곳이 없는 나를 고맙게도 자기 오피스텔로 데리고 갔다. 송일은 거의 매일 독주에 취해서 나를 매질하고 옷을 벗기고 폭행을 가하기도 하고 그렇게 그는 자신을 혹사하였다. 죽으면 죽으리라. 나는 서서히 죽어가는 짐승의 날들이었다. 어떻게 도망을 친다 해도 나는 당장 갈 곳이 없고 가진 돈이 없었다.”

미소가 나의 한쪽 어깨를 잡고 W병원 열대식물 정원 벤치에서 긴 울음을 울었다. 그리고 말하였다. 어느 날, 식료품을 사러 간 송일은 귀가하지 않았어. 책상의 S 은행 카드를 보고 미소는 긴 심호흡을 내쉬었다고 이마에 주름을 그었다. 카드 밑에 수첩을 떼어낸 종이에 ‘오피스텔과 카드사용 기한은 무제한이다. 모든 일용품도—’

도저히 헤어날 길 없던 강에서 건져 나온 나는 살기로 했다. 병가를 냈던 모교에서 기한 지난 나를 공부하게 했고 의지 강한 나는 일어섰다.

“민후, 넌 병원으로 돌아가. 먼 그때, 내가 말한 것처럼.’

미소를 보고 있으면서도 나는 꿈을 꾸듯 믿을 수 없었다. 신부가 나타나지 않은 결혼식 후, 송일은 충청도 깊은 산 기도원에 있다는 문자가 왔고, 그 후론 아무 소식 없다고. 미소는 눈물을 닦는다.

—언젠가 사람들은 어딘지도 모르는 곳으로 숨듯이 사라져간다는 글을 생각한 미소는 말한다.

—이제 민후는 가야 해. 소아진료실로. 4년은 너의 생에 너무 무모하고 귀중한 시간임을, 미소는 눈을 감고 술잔을 비우고, 미소의 잔을 채

운 나는 그녀의 잔을 부딪쳤다. 그리고 두 잔을 넘게 못 먹는 나는 정원 벤치에 눕고 말았다.

그날 이후. 미소는 물 뿌린 듯 농아가 되었다. 사랑…? 사랑의 정의는…? 미소는 나를 사랑한 걸까. 나의 사랑은 집념은 아니었었을까…. 불현듯 나는 깊은 수도원의 대답 없는 수도사들의 내면을 들여다본다. 새삼 생각해 보며, 나는 아무도 없는 곳에서도 내가 부끄러워진다. 수의 입고 다소곳해진 어버니처럼.

….

거짓말처럼 시간은 흐르고 미소는 목소리도, 얼굴은 물론 보여주지 않는다.

지나가는 시간을 따라 미소는 강원도의 인간 친화적인 도시 Y병원으로 까마득히 가버렸다. 우리는 시간에 쫓기는 몸이었다. 미소는 그걸 알고, 나도 알고 있다. 나는 숨찬 연구실과 책상에서 한치도 용서가 없는 시간을 쫓아가고 있었다. 그렇다. 그토록 한쪽 눈이 마비가 되도록 매진한 나는 매일 아침 미소가 원한 출근을 한다. 비 맞은 꽃봉오리같이 해쓱한 어린이 회진을 위하여, 오늘도 나는 뚜벅뚜벅 어린이 암병동으로 가고 있다.

노르웨이 화실

영국은 근심에 찬 눈으로 줄기찬 비를 내다보고 있었다. 사흘째, 창조가 집에 들어오지 않고 있다. 집밖에는 갈만한 곳이 없는 중학 2년 모범생의 가출이었다. 가슴이 조이는 영국은 창조의 담임에게 다시 전화를 걸려는 순간, 전화벨이 울렸다. 영국은 낚아채듯 핸드폰을 열었다.

신영국입니다. 누구십니까?

오늘 3시. 압구정동. 밀라노카페로 오시오!

그 말뿐, 전화는 끊겼다. 무슨 괴물 같은 전화인가. 영국은 순간적으로 전화 건 자가 창조가 있는 데를 아는 게 분명하다는 생각이 빛살처럼 스쳤다. 분명했다. 그렇지 않고서야 오늘 3시, 압구정동, 밀라노카페로 오시오! 아무 설명 없이 그렇게 무례한 명령을 하는 자가 누구인가. 일방적인 지시전화에 영국은 차츰 호흡이 가빠졌다. 생각할수록 불안한 의구심은 확고해져갔다.

'결국 납치…? 납치라면, 왜…?' 어린아이도 아닌 중학생을 납치해서 뭘 어쩌겠단 말인가. 돈을 요구하는 납치범이라면 크게 잘못 짚은 엉성한 범죄자가 분명했다. 어찌되었던 돈을 요구한다면 경찰에 신고를 해야 한다고 생각한다. 만약 신고를 하면 창조에게 해가 되지는 않을는지, 심약한 영국은 숨을 몰아쉰다.

특히 어머니가 작고하신 후, 영국은 창조가 학교에서 엄마 없는 아이라고 악다구니들에게 핍박을 당하는 게 아닌가 하여 마음을 써왔다. 우수한 성적으로도 불리한 고아의 위치에 실의 한 창조가 가출했을지도 모른다는 생각이 들어 그는 불면의 밤을 지새웠다.

어지러운 머리로 전화를 건 영국은 담임에게서 어저께와 같은 대답을 듣고 실의 할 수밖에 없었다. 학교 밖에서 창조를 보았다는 아이가 전혀 없다는 대답에 낙심한다. 그렇다면, 정말 납치인가…?

납치가 확실하다는 생각에 영국은 빠른 동작으로 먹다 남긴 찹쌀죽을 먹는다. 불안하여 그는 3시가 되기 전에 남자가 지적한 카페가 있는 장소를 알아놓고 싶었다. 어저께 빗속에 헤맨 탓에 아직 덜 마른 카키색 트렌치코트를 입고 그는 서둘러 집을 나섰다. 우산을 쓴 것만으로도 그는 세상으로부터, 타인들로부터 얼굴을 숨긴 것만 같아 한결 마음이 놓인다. 뒷산으로부터 빗줄기에 섞여 비안개가 스멀스멀 내리는 언덕길을 그는 급히 내려갔다.

고아 둘이 사는데 창조가 없어진 것이었다. 칸트의 시곗바늘만큼이

나 등하교 시간이 정확한 아이가 쪽지 한 장 남기지 않고 집엘 들어오지 않은 이틀째 되는 날 아침. 영국은 잠 못 잔 눈을 비비고 휘적휘적 언덕을 내려가 그 애가 다니는 중학교엘 가보았다.

놀라는 쪽은 여름 미루나무 같은 창조의 담임선생이었다. 병이 난 줄 알았다고, 모범생이라 가출을 한 줄은 전혀 생각 못 했다고, 교사의 사명감이 번득이는 얼굴로 무사히 돌아올 거라고 위로의 말을 해주었다. 자기와 비슷한 나이 또래의 예의 바르고 예민해 보이는 젊은 선생은 아이들에게 조사해 보고 무슨 기미가 있으면 즉각 전화하겠다고, 급히 교실로 들어갔다.

영국의 어머니가 일곱 살 때 후원결연을 맺은 창조가 초등학교를 졸업하자, 어머니는 건강하고 두뇌 우수한 아이의 일생을 위하여 입양을 결행하였다. 2년 동안의 보육원을 떠난 창조는 평화스럽기만 한 딴 세상에 온 것처럼 신기하기만 하였다. 공부와 운동, 음악 미술과목이 두루 우수하였다. 온건하고 착실한 애가 왜 집을 나갔는지 영국은 아뜩할 뿐이었다. 확실하게 집히는 건 아무것도 없었다. 무슨 생각을 숨기고 있었는지 영국은 아무것도 짐작할 수 있는 게 없었다. 항상 창조는 눈이 잔잔한 호수와 같은 아이였다.

저의 없이 불현듯 튀어나온 거짓말처럼 지난해 만개한 벚꽃이 폭설처럼 흩날리던 날, 항공사고로 부모님이 동시에 작고한 후, 영국은 전공인 중세건축연구의 강사직을 휴직한 상태였다. 창조와 영국은 서로의 슬픔과 상처를 애정과 배려로 숨어서 흐르는 지하수처럼 살아오고 있었다.

외출하기 전, 영국은 창조의 방엘 들어가 보았다. 벽에 걸린 가족사진을 그는 오랫동안 바라보았다. 아버지와 어머닌 온화한 미소를 머금고, 창조는 어색한 듯 밝은 표정이었다. 사진 찍는 것을 좋아하지 않는 영국은 창조의 어깨에 한 손을 얹고 비뚜름히 미소 진 얼굴이었다. 중학생이 된 창조의 생일날 거실에서 찍은 사진이었다.

벽 중앙의 작은 십자가가 유독 그의 눈길을 끌었다. 어머니가 이태리 여행길에 로마에서 산 장미나무 십자가였다. 일요일이면 창조는 시험공부를 하다가도 찡그리는 법 없이 어머니를 따라 교회엘 가곤 하는 온유하고 순종적인 성품이었다. 시간의 흐름은 영국에게 큰 변화를 가져왔다. 부모님의 사망과 이제는 창조의 가출까지. 그동안 영국은 창조를 보듬고 부모님이 생존해 계시던 일 년 전과 같은 삶을 살아오려고 노력해 왔다. 어떻게도 할 수 없을 때, 살짝 눈을 감아보듯이.

한쪽 벽에 창조가 그린 그림이 죽 붙어 있다. 가장 눈에 띄는 그림은 태양이 반쯤 바닷물에 잠긴 핏빛 노을을 그린 크레파스화였다. 남빛 바다에 반달이 뜬 밤 풍경화였다. 태양이 이글거리는 한낮의 여름바다를 그린 그림은 온통 은회색 일색의 깊고 우울한 채색이었다. 골똘히 그림을 들여다보던 영국은 한 가지 특색을 발견하였다. 그림들은 하나같이 태양과 달이 사과와 복숭아 같은 정물화까지도 모두 한 귀퉁이가 없는 형상이었다. 산을 뒤로한 시골마을의 풍경조차도 해가 반쯤 구름에 가려 있었다.

둥근 모양의 태양을 반만 그리는 것은 고아의 무의식중의 특성이라는 걸, 영국은 알지 못하였다. 둥근 물체를 반만 그린다는 것은, 생에 대한 결핍의식의 발로인 것도 그는 알고 있지 못하였다. 자기가 먼 오이도로 수평선에 잠겨가는 노을진 해를 보러 가는 것과 같은 맥락이라는 것을 그는 예감하지 못했던 것이다.

언젠가 오이도 화랑의 이화가 말하였다.

'이젠 노을을 그만 보세요. 처칠경은 절대로 일몰은 보지 않았다고 하잖아요. 그분은 해지는 쪽을 향해선 앉지도 않았다고 해요'

노을이 어때서, 하루의 끝을 아름다운 침묵 속에 찬란한 채색으로 남기는 낙조의 미를 모르다니, 노을은 내일이라는 일출을 잉태하고 있다는 걸 모르다니, 위대한 처칠경도 맹점 있는 위인 아닌가.

이화는 북유럽 노르웨이에서 활동하던 훌륭한 화가 남편을 여행 중 파리에서 심장마비로 잃고 귀국한 비애에 찬 여인이었다. 화가 남편이 고향에서 여생을 보내며 작업하려고 마련한 오이도 '노르웨이 화실'에 칩거하고 있는 이화를 영국이 처음 만난 것은 A병원 신경과 진료대기실에서였다. 우연은 신묘하였다. 야리야리하여 애틋한 느낌의 그녀는 영국과 같은 의사에게 치료받고 있었다. 자연스레 한 달에 한 번꼴로 해후하게 되는 코스모스 같은 이미지의 우울증 환자 친우이다.

창조가 미술 대학생이 되는 걸 아버지와 어머니가 보시지 못하게 되
리라고 그때는 누군들 알았겠는가. 인생은 최첨단 과학과 최고의 수사
학 논리로도 미궁인 것을. 영국과 창조는 식사문제를 각자 해결하므로,
일주일에 한 번씩 영국은 창조가 먹을 과일과 음료수랑 샌드위치용의
햄과 치즈 등속의 식료품을 사다 냉장고에 정돈해 놓는다. 그리고 식탁
에 용돈과 쪽지를 써놓곤 하였다.

창조야, 저녁에 라면 먹지 말고 밥 먹어라. 아이스크림 사올게. 큰형.

영국은 처음엔 사랑하는 형하고 썼다가 지우고, 너의 형하고 썼다가
다시 지웠다. 그는 그날도 큰형이라고 쓴 쪽지를 식탁에 놓고 나왔다.
즐거운 아침인사 쪽지였다.

*

"오늘 3시. 압구정동 밀라노카페로 오시오!"

압구정동 방향의 버스를 기다리던 영국은 우산 밖으로 고개를 쑥 빼
고 비 하늘을 한 번 올려보았다. 노을을 보러 전철을 타고 오이도에 가
는 것과 병원에 가는 일 말고는 세상에 나가는 것도 대학의 동료들도
피해 온 그였다. 부모님의 항공사고사 이후 그는 마음의 굴을 깊이 파

고 은둔자로 살아왔다.

처음. 세상 구경을 하려고 영국이 택한 건 전철을 타는 것이었다. 가장 멀리 가는 오이도행 전철은 종점에서 내리면 바다와 해산물 식당이 있어서 좋았다. 하염없이 바다를 바라보다가 늦은 귀로의 전철은 생활에 지쳐 조는 서민들 속에서 그는 한 점 섬이 된 익명의 자유를 느끼곤 했다. 밤늦은 시간, 외로운 발걸음으로 아파트에 들어서면 공부하는 창조방의 불빛은 이 세상에서 자기의 마음이 가닿을 수 있는 오직 한 가닥의 불빛이었었다.

창조야…! 사흘째였다.

그는 버림받은 개처럼 빗속을 헤매 다녔다. 창조가 갈만한 곳이 아닌 대학로엘 가보고 신촌과 홍대 앞에도 가보았다. 중학생 애들이 이름 있는 티셔츠와 청바지를 사러 구름떼처럼 모인다는 명동의 밀리오레 상점을 물어물어 가보기도 하였다. 청소년들이 몰려있다는 pc방에도 들어가 보았다. 모두 버스 택시 값을 소비하고 기운만 뺀 허탕 노력이었다.

창조가 압구정동엘 갔을 리 만무하지만, 혹시 그 애의 학교 친구라도 그 동네에 사는지 모를 일이란 기대까지 안고 영국은 버스를 탔다.

'오늘 3시. 압구정동 밀라노 카페…?' 꿈결에도 중얼거릴 세리프였다.

한강 물은 드럼을 치듯이 굵은 빗방울이 퐁퐁퐁 튀고 있었다. 가까이서 들으면 맑고 리드미컬한 음향이 들릴 듯싶기도 한 느낌이었다. 빗물 튀기는 세찬 소리를 내며 긴 다리를 건넌 버스는 화려한 상점거리를 지나고 있었다. 노랑 파랑 검정색의 색색가지 우산을 쓴 사람들이 둘씩, 셋씩 혹은 혼자서 바쁜 듯이 빗속을 걸어가고 있었다. 삶이 풍성한 주제의 파스텔화 같았다.

정신을 가다듬고 밖을 내다보던 영국은 자기가 고등학교 다닐 때 부모님과 살던 동네에 와 있는 걸 알게 되었다. 갑자기 그는 미간을 잔뜩 찌푸렸다. 앗차, 하는 순간 영국은 잘 드는 칼날이 스쳤을 때처럼 손가락 끝에 예리한 통증이 일었다. 손에서 피가 나는 느낌에 쫓기듯이 그는 서둘러 버스에서 내렸다. 바람에 풀어헤친 머리채가 마구 휘날리는 여자가 절벽 앞에 서 있는 이색적인 극장 간판 앞에 그는 서 있었다.

극장 앞에 선 채 그는 자기의 두 손을 들여다보았다. 피나는 손가락은 없었다. 열 손가락이 맞닿도록 손바닥을 비벼 보았다. 아프지 않다. 그는 생각한다. 이 세상천지에 나 말고는 붙잡을 끈이 없는 애가 왜 집을 나간 걸까…? 만약 납치라면…? 숙제를 못 해 간 아이처럼 한동안 그는 비스름한 고개로 빗속에 서 있었다.

갑자기 영국은 잊고 나온 물건이 생각난 듯 시장기가 느껴졌다. 그는 하루 24시간 중, 살아있는 실감이 들 때는 시장기를 느낄 때뿐이라고, 오이도의 이화에게 말한 적이 있다. 그때 이화는 '나도 그래요'하고 말하려는 얼굴로 그녀 특유의 노란 민들레꽃 같은 미소를 지어 보였다.

등에 집을 지고 다니는 달팽이처럼 살고 있는 이화의 노란 미소를 그려 보며 그가 막 극장 옆의 우동 가게로 발걸음을 옮길 때였다.

끼이익—하는 쇳소리가 쇠꼬챙이처럼 그의 고막을 파고들었다. 두 대의 승용차가 멈춰 있고, 어디서 왔는지 우산 쓴 사람들이 까맣게 모여들었다. 접촉 사고를 낸 여자와 남자는 계속 자기들 주장을 펼치며 마구잡이로 싸움을 계속하고 있었다. 조금 후, 구경하던 사람들은 또 어디론가 다들 사라지고 없었다. 영국은 짧은 꿈을 꾼 듯 핑글 현기증을 누르며 주위를 둘러보았다.

"어이, 이거 신영국 아냐?"

당당한 체격의 젊은 남자가 그의 앞으로 성큼성큼 다가온다. 어리둥절한 영국은 상대를 정시하였다. 어디서 본 것 같은 얼굴이긴 한데 누구인지, 어디서 본 사람인지, 하얗다. 도통 생각이 나질 않는다. 데자뷔…?

너, 나 모르겠어? 하고 짙은 눈썹 아래 푸른빛이 돌만치 검은 눈을 똑바로 뜬 상대는 어이없다는 표정으로 그의 어깨를 툭툭 치고 반말을 한다. 그랬다. 정말 영국은 미안한 생각이 들고 황당했다. 이 세상에, 이 서울에 이처럼 줄기차게 쏟아지는 빗속에서 내 이름을 다정하게 부르는 사람이 있다니, 달아나고 싶었다. 그는 3시에 창조의 문제로 명령적인 전화를 한 자를 만나야 하는 카페를 찾아봐야 한다는 생각에 마음이 초조해졌다.

"너, 파리 유학은 phd 땄니? 네 부모님 참사는 정말 안 됐다. 참, 데려온 동생아이는 잘 있냐?

영국은 불길처럼 솟는 공포감에 휩싸였다. 창조에 대해서까지 알고 있는 상대에게 동물적인 경계심이 몰려왔다. 다음 순간. 엇, A고교 동창…? 야구부였던 배우처럼 잘생긴 놈…? 이름은 생각나지 않는다.

"너, 차 갖고 나왔냐?"

총알 같은 물음에 영국은 고개를 저었다. 유학 7년 만에 귀국한 영국은 겁 없이 달리는 서울에서 차 운전을 못 한다. 의사도 만류하였다. 우리 대한민국만큼 버스 전철 기차 택시가 요금도 싸고 얼마나 좋은지 미국 영국 소련 독일 등, 선진국보다 대중교통이 발달한 나라는 없을 겁니다. 주치의의 교통부 장관 같은 열성에 영국은 크게 감탄하고 수긍한 기억이 있다. A고교 동창이 분명한 상대는 '재수 없어, 나쁜 년 때문에 새 양복이 홀랑 젖었잖아? 하고 욕을 하였다.

"못생긴 게 마음보까지 못돼 가지고는 제 실수를 인정 않고, 뭐 외제 차가 어쩌고저쩌고 뻑뻑거려. 우수한 한국 차 못 사고 싸구려 낡은 외제똥차 끌고 나온 주제에 제 얼굴에 침 뱉기인 줄도 모르는 무식한 것이, 어휴 재수 없어—"

3시에 약속이 있다는 말을 하기도 전에 그는 영국을 자기 차에 떠밀어 넣었다. 창조를 찾는 일보다 더 중요한 일이 무엇인가! 영국은 몇 시인지 손목의 시계를 보았다.

"1시 15분이다. 왜?"

낯선 고교동창의 어투는 불량하였다. 영국은 3시에 중요한 약속이 있다고 말하였다. 그 약속 시간 어기지 않도록 해줄 테니까 염려 말라고 그는 핸들을 홱 꺾었다.

"나도 약속이 있단 말이야. 그런데 이렇게 젖은 옷은 갈아입어야지. 내 건강과 체면을 위해서라도. 시간도 여유가 있는데 말이야."

영국은 야구선수였던 건 알겠는데, 이름이 생각나지 않는다고 미안한 얼굴로 실수를 고백하듯이 말하였다.

"파리에서 파랑 눈 계집애에게 지독한 실연을 당한 거냐? 그 충격에 공붓벌레가 멍청이가 된 거냐? 내 이름은 희성인 금이고 이름은 외자인, 진인데, 잊어버렸단 말이냐?"

금진이란 무례한 고교동창은 비수를 들이대듯 쏘았다.

"너, 우리 아버지가 누군지 모르지?"

물론 영국은 알지 못한다. 흥미도 없고.

우리 아버지는 너의 아버지가 교수이던 의과대학의 청소부였단 말이야! 우리 아버지 소원은 내가 너보다 공부 잘하는 거였는데, 나는 아무리 코피를 쏟아도 공부엔 소질이 없더라. 야구부에서 투수로 이름을 날린 것도 그때뿐이었지. 넌 내가 넘을 수 없는 철의 장벽이었단 말이야. 나쁜 놈아!"

영국은 모두 처음 듣는 말이었다. 무서운 말이었다. 창조가 그냥 학교에서 수업한 걸 복습만 하는데도 비싼 과외학원 다니는 애들을 앞지르는 것처럼, 영국도 마찬가지였다. 학원 같은 곳에 다닌 적은 없다. 그래도 전교 2, 3등이었다. 혈연관계가 아님에도 영국과 창조는 닮은 점이 많았다. 금진의 차가 당도한 곳은 수림에 싸인 자그마한 통나무집이었다.

그 성질머리 못돼 먹은 것 때문에 이 비싼 아르마니가 젖었잖아! 투덜거리면서 그는 거실의 전기페치카에 스위치를 올렸다. 벽이며 천정이며 생나무 냄새가 나는 목재로 지어진 자연친화적이고 예술적인 집이었다. 영국이 니스의 프랑스 친구 집에 갔을 때 그곳 통나무집과 닮은 분위기였다. 영국은 유리창 앞에서 줄기찬 비를 내다보며 수 없이 생각해 본 의문을 곱씹고 있었다. 대체 창조는 왜 집에서 사라졌는가. 스스로 단행한 가출…? 아니면 누군가의 납치…? 어머니가 돌연사하시어 고아가 된 그 애의 슬픔은 같은 고아인 내 애정만으론 꿰맬 수 없는 상처였던가. '3시. 압구정동 밀라노카페…?' 납치범과 창조가 그 카페에 있는 걸까…? 창조가 거기 있었으면 좋겠다.

"여기 앉아라. 그 척척한 코트 벗고."

잘생긴 금진은 호남배우처럼 웃는다.

"나, 샤워할 거니까, 거기 앉아 있어라. 커피포트의 커피 먹든지."

영국은 쓰러질 것 같아, 의자를 붙잡고 빵 없느냐고 물었다. 먹다 남은 찹쌀죽 반 공기를 먹고 나온 그는 갑자기 회오리바람에 휘몰리는 수

양버들가지처럼 현기증이 일었다.

"나도 점심 못 먹었다. 조금만 기다려라."하고 금진은 욕실로 들어갔다. 얼마 후에 그는 김이 모락모락 피는 오믈렛 접시를 내왔다. 그는 우습게도 욕실 가운 위에 앞치마를 두른 모습이었다. 접시를 반쯤 비운 영국은 스푼을 놓고 말하였다.

"가족들이 올 텐데, 택시 불러줘. 나는 여기가 어딘지도 모르고, 어?"

"아무도 오지 않아. 가족 같은 건 없으니까. 너도 결혼 안 해서 독신의 자유를 만끽하고 있지? 조금 기다려라."

금진이 말한 결혼이란 단어에 순미의 영상이 영국의 눈썹을 스쳤다. 순미는 영국이 군대에 간 사이 친구 광주와 결혼을 하고 둘은 아프리카로 의료선교를 나간 담대한 영국의 첫사랑 여자였다. 그녀가 남편을 한국 A대 병원으로 데려와서 수술하였으나 죽었다. 순미는 광주가 풍토병으로 죽고 없는 케냐의 오지마을로 다시 날아갔다. 그녀가 살아있는 나를 등 돌리고 지도에도 없는, 광주와 살았던 곳으로 다시 간 것은 어떤 이름의 배반드라마인가….출생부터 부족함 없는 온실에서 성장한 영국은 우수한 학구적인 두뇌 말고 세상사에는 미달학점인 것을 영국 자신도 알고 있다.

생나무 벽에 걸린 그림을 보던 영국의 눈에 이상한 그림 한점이 들어왔다. 옆으로 누운 남자의 미끈한 누드였다. 그는 파리에서 공부 시간을 쪼개어 견학을 다닌 미술관에서 여자의 누드화를 볼 때 아름답다고 느낀 적은 없었다. 그냥 예술가의 붓으로 생물학적인 여체의 다양한 이미지로 다가왔을 뿐이었다. 그랬다. 저 남자의 누드는 묘한 뉘앙스를 풍긴다. 하지만 영국은 고개를 갸웃하면서도 뭐라고 묻지 않았다. 금진과 대화를 하는 것 자체가 싫었다. 이리저리 부산을 피우던 금진은 가자고 손짓을 하였다.

빗속을 달리는 금진의 차는 코발트색 외제차이고 이 궂은날 그는 감청색 실크 넥타이와 같은 색조의 정장 차림이었다. 그가 힘주어 말했다.

"인생은 짧고, 참으로 눈부신 세상인데, 골든타임을 구질구질하게 살게 뭐냐? 그렇게 잘난 너의 부모도 대물림한 가난에 한이 맺힌 우리 부모도 결국은 다들 죽었잖아? 우리 할아버지가 머슴살이를 한 개성의 만석꾼이었다는 너의 할아버지도 빈손으로 가고 말았잖아? 그러니까 인생이 허무하기론 모두 마찬가지란 말이야!"

도무지 영국은 의아할 따름이었다. 개성에서 피난 내려온 조부 적 얘기부터 의대교수인 영국의 아버지와 의대의 청소부였다는 자기 아버지의 얘기는 금시초문일 밖에 없었다. 도대체 자랑스럽지도 않은 그런 가족3대사를 까발리는 금진의 의도가 무엇인지, 마법에 걸린 것 같은 영국은 갑자기 위에 통증이 일었다. 명치부근을 후비는 것 같은 통증이 느껴졌다. 영국은 점심 약을 안 갖고 나왔을뿐더러 약 먹는 것 자체를 잊고 있었다는 생각에 기분이 사뭇 언짢았다. 죽을 먹어온 위에 오믈렛의 계란과 햄 말고도 소화불량을 일으킬 만한 양이었다. 의사의 지시대로 세 끼 식사를 시간 맞춰 한다면, 긴 공복을 채우는 소나기밥은 피할 테지만 불규칙동사인 그는 대체로 의사의 말을 지키지 못해왔다.

영국이 위를 문지르는 걸 모른 척한 금진이 차를 세운 곳은 압구정동의 한 건물 뒤 주차장이었다. 영국이 고교시절에 살던 동네였다. 금진이 들어가자고 한 카페 이름이 '밀라노'임을 보고 놀랐으나 영국은 속으로 다행이다 싶었다. 오늘 3시를 지시한 사람이 이상한 사람이어도 금진이 해가 되기보다 도움이 될 거란 생각이 든 때문이었다.

"네가 3시에 약속했다는 데가 이 카페냐?"

금진이 물어서 순간 영국은 그렇다고 고개를 끄덕였다. 금진은 에스프레소를 마시고 위 때문에 홍차를 주문한 영국은 실내를 휘 둘러보았다. 5분 전이었다. 혼자인 남자는 보이지 않았다.

"오늘 신영국을 만나서 기뻤다. 내가 며칠 후 외국여행을 떠나거든. 잘 있어라. 부모님 사고생각은 이제는 삭제하고, 여자도 만나고 바다도 보고 행복해라. 너도 네 동생도 고아가 돼서 불쌍하다. 둘이 사이좋게 잘 지내어라."

영국은 우연히 고교 동창인 너를 만나서 반가웠다고 의례적인 작별인사를 하였다. 꾸민 말 만은 아니었다. 거짓말일지라도 생각하지 않고 하는 말은 없으니까. 금진은 여행준비물 빠트린 것을 사야 한다고 악수를 하고 갔다. 영국의 시계는 3시 20분이었다. 25분. 30분. 혼자 들어오는 남자는 없었다.

오늘 3시. 압구정동 밀라노카페로 오시오!

명령한 남자의 문자는 환각이었던가. 분명 아니었다. 그렇다면 시간과 장소를 지시하고 나타나지 않는 자는 대체 무엇인가. 혹시 오는 도중에 차 사고를…? 교통법규를 잘 지키지 않는 겁 없는 서울 거리를 영국은 헤치고 다닐 자신이 없다. 그는 7년 유학 후 귀국한 후론 아예 차 운전의 용기를 잃었다. 택시를 타도 가슴이 후들거릴 정도였고, 10차선의 차도는 건너가는 것도 그에겐 공포였다.

헛걸음을 한 영국은 잠들 수 없었고, 여전히 창조에게선 전화 한 통 없었다. 다음 날도 비는 약해졌지만 그치지 않고 시름시름 내린다. 지친 영국은 몸살이 날 것 같은 무거운 몸을 일으켜 압구정동으로 갔다. 그는 미지의 불손한 자가 어저께의 지시를 무시한 채 나타나지 않은 밀라노카페에서 커피를 마시고 있었다. 오후 3시가 되자 영국의 핸드폰에서 문자 신호음이 울렸다.

'내일 오후 3시. 오이도 전철역으로 오시오!'

도깨비장난 같은 문자일지라도 영국이 간절히 찾는 창조와 연관이 있는 거라면. 그렇다면…? 영국은 자문자답한다. 어쨌든 내일을 기다리려면 오늘을 살아야 한다. 오늘을 살아내야 내일을 살 것이다. 내일의 지정장소엘 미리 가보기 위하여 영국은 자기가 자주 가는 오이도행 전철을 타기로 했다.

오이도는 영국에게 바다와 노을이고 신경과 병원에서 만나는 이화의 북미작품이 주된 갤러리가 있는 친근한 곳이었다. 오이도를 두 번째 만남의 장소로 지정한 자의 의도는 무엇일까. 목숨 같은 창조를 찾게 되는 곳이기를 간절히 바라며 피곤한 영국은 오이도역에서 내렸다. 내일 3시라고 지시한 오이도역 내부와 주변을 세밀히 관찰하였다. 그리고 그는 이화가 있는 오이도 갤러리를 향해 가고 있었다.

*

신문지 반절만 한 나무에 '노르웨이'라고 불로 지진 문패가 달린 실내엔 그리그의 솔베이지가 흐른다. 영국은 꼬리 저으며 환영하는 빨간 원피스 입은 강아지에게 안녕! 리본 단 머리를 쓰다듬어 주고 늘 앉는 바다를 향한 창가 자리에 앉았다. 반가운 마중인사를 하고 내실에 들어갔던 이화는 음식 쟁반을 들고나왔다. 새우와 채소를 넣어 된장으로 끓인 죽이었다. 여느 날 오도카니 해변 둔덕에 앉아 바다를 보고 있는 영국을, 3층 거실에서 내다본 이화가 준비한 음식이었다. 이곳에서 그가 커피 아닌 음식을 먹는 건 처음이었다.

파리나무십자가 소년합창단의 얼음물소리 같은 노랫소리와 피아노 선율에 잠기며 영국은 오랜만의 안온한 식사와 평화에 잠기었다. 이제 이화는 자기 정체성을 찾은 것인가. 병원에서 처방받은 항우울제가 어느 만큼은 결결이 찢기는 슬픔과 상실감을 다스려 준 건가. 곤한 영국은 긴 사념에 젖는다. 그는 모르는 것이 많다. 광주의 뼛가루를 오이도 바다에 뿌린 순미가 광주가 없는 아프리카 오지로 그렇게 빨리 돌아갈 줄을. 지금. 영국은 가지 말라고 왜 한 번도 순미를 붙잡지 못했는지 울고 싶은 심정이었다. 지금 이 순간. 그는 몹시 순미가 그립다. 보고 싶다고 외쳐도 대답 없는 외침일 뿐이었다. 짙은 후회가 간절한 그리움으로 사무쳐 영국의 마음을 할퀴었다. 순미도 창조도 영국의 곁을 떠나고 없다. 이 세상은 시간도 사람도 모두들 몰래 떠나간다. 눈 깜짝할 사이에 부모님이 탄 최첨단국 비행기 사고가 날 줄 누가 짐작했겠는가. 뜨거운 눈물을 글썽이는 그는 오직 감은 눈을 뜨지 못하고 있을 따름이었다.

이화가 탁자에 얼굴을 묻고 있었다. 아무 곳 아무 때나 잠으로 빠져드는 기면중嗜眠症인 이화의 슬픔이 그의 마음 저 바닥까지 닿는다. 이화는 얼마를 더 쓰라린 시간을 보내야, 사랑하는 사람을 잃은 상실감에서 헤어날 것인지. 언제쯤이나 약 없는 날을 견딜 수 있을 것인지.

그는 그녀를 번쩍 안아다 내실 침대에 눕혔다. 흐르는 음악은 그대로 놔두었다. 그는 창조의 일로 내일은 오이도역에서 중요한 날이란 메모를 남기고 그곳을 나왔다. 화가 왕상이 노르웨이에서 귀국하여 채 1년을 작업하지 못하고 세상을 떠난 화실에서 남편의 유수한 유화 작품 속에서 추억을 배우자로 동거하는 이화는 신경과 병원에서 만나곤 하는 쓸쓸한 영국의 병원 친구였다.

다음 날. 잠 없는 밤을 꼬빡 샌 영국은 앓아누웠다. 우기의 우울한 날들을 빗속을 헤매며 창조를 찾아다닌 영국은 병원에 갈 기운도 없이 누워 있었다. 창조의 담임선생이 전화를 했다. 창조의 성적이 전교 2등이라는 소식이었다. 예상하고 있던 기쁜 소식에도, 어떻게도 기운을 차릴 수 없는 영국은 때때로 아버지가 감기에 드시던 위스키를 렌지에 데워 커피잔 반을 마셨다. 데운 위스키가 들어간 속은 후끈하고 뻐개질 것 같던 두통이 멍해지는 기분이었고, 죽을 먹어온 위가 몹시 쓰렸다. 영국은 희미하게 오락가락하는 정신을 붙잡고 일어났다.

'내일 오후 3시. 오이도 전철역으로 오시오!'

그 도깨비 같은 미스터리문자가 지시한 날이 오늘인 것을 영국은 어금니를 깨물고 기억하고 기억하였다. 그동안 가출한 창조에 대한 불안에 치여 불면의 시간과 싸워온 영국은 열에 뜬 의식에 새삼 공포감이 덮쳤다. 누구인가. 실종된 창조와 연관된 자라고 생각할 수밖에 없는 음성 없는 자는 대체 누구인가. 압구정동 밀라노카페로 오라고 했던 놈이 분명하지만 왜? 도대체 무슨 이유로 목소리 없는 지시를 두 번이나…? 이번엔 자기가 자주 가는 오이도 전철역에서…?

악몽 같은 시간은 괴롭고 느린 시간을 타고 지나갔다. 영국은 금진을 만난 후로 자기가 살아온 세상과는 판이한 야생적인 생의 이면을 접하고 보니, 사람이 한층 두려웠다. 무섭고 싫었다.

3시였다. 영국은 갑자기 가슴의 동계가 느껴졌다. 창조를 납치한 자라면 창조를 데리고 오지 않고 돈부터 요구할지 모른다. 오이도 전철역으로 들어간 영국은 두려움을 깨물고 미리 둘러본 역을 휘둘러보았다. 혼자인 남자는 없었다. 그는 상승하는 공포감의 심장이 오그라들어 호흡곤란이 느껴질 정도였다. 왜 무슨 이유로 그 많은 학생들 중에 창조를 납치한 걸까. 거금을 요구한다면, 내가 부유하지 않다는 걸 모르는 그 설익은 범죄자는 대체 어떤 자인가…?

"야, 시간관념 한번 좋다. 역시 내 동창 신영국은 세련된 자야!"

영국의 눈이 황소의 그것만큼 커졌다. 검은 가죽점퍼에 검은 가죽캡을 쓴 금진은 능란한 형사가 범죄자 다루듯 무슨 의미인지, 영국의 한쪽 어깨를 잡고 세게 흔들어댔다.

"야, 신영국! 넌 나와 무슨 인연인 거냐? 저 개성 땅에서, 우리 할아버지 대부터 우리 아버지까지 종살이를 시키더니 이젠, 내 누이의 아들까지 뺏어가? 나쁜 놈! 창조 잘 돌보고 잘 공부시켜라. 최고대학 박사까지. 가능하면 미국 하버드대 유학까지. 알았지?"

납치범이 금진인 것을 깨달은 영국은 놀란 나머지 한마디도 못한 채 주위를 둘러보았다. 그때 창조가 큰형! 하고 부르면서 밖에서 영국에게로 뛰어왔다.

"창조야! 오 하나님 —."

"큰형. 걱정 많이 했지요?"

창조가 영국의 가슴에 얼굴을 묻고 두 팔로 껴안았다. 그때 금진이 큰 소리로 외치듯 말하였다.

"신영국! 내가 도끼눈으로 지켜볼 거니까. 명심해라. 창조는 이제 나보다 네 동생이니까. 사이좋게 잘 살아야 한다. 알았지!"

금진은 두툼한 봉투를 영국의 주머니에 넣고 밖으로 뛰어나갔다. 순식간의 일이었다. 영국이 나가보라고 창조를 밀기 전에 창조가 뛰어나갔으나, 금진의 차는 이미 속력을 내었다.

"형! 어디 아파요?" 창조의 울먹이는 목소리였다.

"이제 괜찮아. 창조를 찾았으니까. 너는 잘 있었지?"

역 부근의 빵집으로 가서 마주 앉은 영국에게 창조는 그동안의 경위를 자세히 말하였다.

"학교로 찾아온 아저씨가 우리 엄마의 동생이라고, 외삼촌이라고 했어요. 그 아저씨가 나를 억지로 차에 태워가지고 자기 집으로 갔어요. 그런데 핸드폰을 빼앗겨서 전화를 못 했어요. 큰형. 많이 걱정했지요…?"

"창조야. 그동안 거기서 매 맞거나 배고프지는 않았니?"

"그럼요. 외삼촌 집은 아주 좋아요. 전기 벽난로도 있는데, 전화가 없어서 큰형에게 전화를 못 했어요. 형이 많이 걱정할 걸 알지만, 전화가 없어서 못 했던 거니까 큰형. 용서해 줘요."

영국은 안도한 눈길로 고개를 끄덕이었다.

"외삼촌은 먼 나라로 간대요. 다시는 한국에 오지 않고 거기서 살 거

기 때문에 애쓰고 나를 찾았데요. 나를 엄마의 유골함이 있는 납골공원
에 데려가 주려고요. 돌아가신 엄마가 나를 부탁했는데, 삼촌은 결혼을
안 해서 나를 임시로 보육원에 맡겼던 거라고 울었어요. 소주 마시면서
아라누나! 아라누나! 하고, 엄마 이름을 부르면서 오래 울었어요. 외삼
촌 이름은 금진이고 엄마 이름은 금아라, 라고 했어요."

"외삼촌은 영국 큰형은 아주 좋은 사람이라고, 너도 열심히 공부해
서 영국 큰형처럼 박사도 되고 훌륭한 교수가 되어야 한다고, 머리를
쓰다듬어 주었어요."

"창조야. 외삼촌을 만나고 와서 다행이다. 이제 됐다! 집에 가자!"

영국은 키가 자기와 맞먹는 창조에게 말하였다.

"창조야. 너 바다에 가보고 싶다고 했지…?"

"큰형. 우리 바다에 가요. 아까 금진 삼촌과 잠깐 동안 봤지만, 오래
도록 보고 싶어요. 바닷새들이 날아다니는 것도 실컷 보고 싶고요. 빨
리 가요."

기뻐하는 창조를 데리고 영국은 자기가 늘 앉는 바다 둔덕에 나란히
앉았다. 초겨울 오후의 해는 바다의 섬 같은 구름에 반쯤 가려있었다.
창조는 외삼촌이 준 자기 엄마 사진을 영국에게 보여주며 마냥 행복한
얼굴이었다. 창조는 두 손으로 자주색 셔츠를 입은 젊은 엄마 사진을
고개 숙이고 자기 가슴에 품고 영국에게 말하였다.

"큰형. 나는 엄마가 돌아가셨다고 외삼촌이 말했을 때, 감사기도를

했어요. 나를 보육원 애들같이 엄마가 버린 게 아니니까요…? 외삼촌이 결혼을 안 해서 임시로 나를 보육원에 맡긴 거래요."

침착한 창조는 흥분하여 높은 목소리로 말하고 활짝 웃는다. 고른 치아가 어금니까지 보이도록 웃는 창조의 얼굴을 처음 본 영국은 활기차고 기특한 창조 어깨에 두른 손을 끌어당겼다.

—이 세상에 오직 나는 큰형과 둘뿐이라고 했어요! 외삼촌은 에디오피아로 떠난대요. 에디오피아 의사로 가는 전도사와 결혼했다고 했어요. 거기서 교회 짓고 평생 살 거래요. 잠깐이라도 서울에 오게 되면 반듯이 나와 큰형을 찾을 거라고 약속했어요. 공부 더 열심히 하고 영국형을 아프리카에 사는 삼촌보다 더 친형을 믿고 의지하라고 다짐했어요.

그렇다. 창조는 학생증에도 신영국의 동생 신창조이다. 신이 주관하는 개인사는 신묘하였다. 영국은 휴직했던 대학에 나가기 시작하고 한 달에 한 번씩 가던 병원에 3개월에 한 번 간다. 치료 의사가 같은 이화도 우울증과 기면증이 호전되어서 3개월 간격으로 간다고 연예오디션에 합격한 소녀처럼 펄쩍 뛰었다.

3층 화랑에서 영국을 내다보고 급히 뛰어온 이화는 영국 옆에 앉으며 '창조야 반갑다' 오래 본 사이처럼 인사하였다. 초겨울 오후 무리 지어 날아가는 바닷새를 외로운 셋이 나란히 보고 있는 영상은, 오직 하나뿐인 이 세상의 귀중한 한 컷이었다.

꽃신

〈1〉

 예술은 아파트 뒷길을 향해 급히 가고 있었다. 비 그친 하늘의 바람은 잔잔하고 햇볕은 온화하였다. 얼마 안 가서 혼자 벤치에 앉아있는 노인을 보게 되었다. 밤색 솜뭉치 같은 강아지를 보듬고 있는 노인에게 사뿐 고개인사를 하였다. 고지식한 표정처럼 눈가의 부챗살주름을 짝 펴며 답례인사를 한 분은 낡은 쥐색 베레모를 쓴 남성 노인이었다. 그녀가 움칠한 건, 할아버지가 강아지를 안고 혼자 앉아 있는 모습을 본 예가 없기 때문이었다.

 그녀는 멍울이 벌어지기 시작한 진분홍색 꽃이 소담스러운 철쭉나무 앞에 멈춰 섰다. 꽃구름인 양 뭉게뭉게 핀 철쭉꽃 무리를 매년 보지만, 신기한 눈을 거둘 수가 없었다. 초록색이 생생한 소나무들을 지나 담장 중간쯤에서 봉지를 풀었다. 물그릇은 그대로이고 밥그릇이 비었다.

살아있는 징표에 일주일 만에 온 그녀는 반가워 빈 그릇에 특식참치 캔을 따주고, 야양아! 하고 불렀다. 며칠에 한 번 때 없이 부르는 소리에도 쏜살같이 나타나곤 하던 노랑 고양이는 나타나지 않는다. 기다리다가 다른 곳으로 먹을 걸 찾아갔을 게 분명하였다. 작은 도장나무나 진달래 철쭉 꽃나무 숲에 숨었다가 튀어나오곤 하던 기쁜 해후가 없어 예술은 서운한 마음으로 아파트 정문을 향해 천천히 걷는다.

벚꽃들이 하얗게 떨어진 저길 끝에 하얀 신부 야스코가 꿈속처럼 보였다. 새하얀 드레스의 야스코가 팔을 끼고 있는 남자는 까만 연미복 차림의 정진이었다. 아, 앗…?

'예술! 너를 사랑한다. 믿어줘. 언제까지나, 너를…. 나는 졸업을 해야 하고 반듯이 여기서 만화가의 등용을 해야 한다는 걸 알지? 미안하다. 정말…' 정진은 자기를 믿어달라고 애소하였지만, 이미 다른 나무로 날아간 새였다. 정진과 예술은 일본에서 학비를 벌며 만화가의 고된 꿈을 꾸는 유학생이었다. 순후한 정진과 고단한 예술은 게이코와 친밀한 한일 간의 학우였다. 재벌가의 후손이기도 한 게이코는 예술을 친자매처럼 따르고 정진의 팔을 스스럼없이 끼는 순수한 학우였다. 게이코는 자주 유명식당을 안내하고 자기 집에 초대하는 친밀한 사이였다.

예술은 게이코가 창의성 감각이 독특하고 친절한 일본 학우로 여겼을 뿐, 조금도 정진을 향한 연심을 눈치채지 못하였다. 졸업을 기다렸다는 듯 정진은 게이코와의 결혼선포를 하였다. 결혼 언약을 하고 굳게 신뢰해 온 정진에게 도저히 믿을 수 없는 배신을 당한 예술은 정신이 혼미하여 아무 말을 하지 못하였다. 자기 마음처럼 믿었던 예술은 결코 정진의 변심에 긍정을, 인정은 더욱 할 수 없는 분노가 끓었다.

결혼피로연이 열리고 있는 게이코의 집 정원엔 벚꽃이 축복의 칸타타처럼 휘날리었다. 예술은 결코 그토록 어마어마한 흰 나비 떼의 군무를 본 적은, 환상적인 벚꽃 낙하를 본 적은 한 번도 없었다. 셋이 우동을 먹을 때도, 나란히 교정을 걸을 때도, 게이코가 웃는 눈빛으로 정진을 바라보고 팔을 껴도 예술은 이상하게 여긴 적이 없었다. 자기와 정진이 약혼한 관계임을 예의바른 게이코가 알고 있다는 신뢰감 때문이었다.

상상력이 뛰어난 게이코는 클래스에서 제일 먼저 만화계의 인정을 받고 유명세를 탈 것이라고 부러움을 샀지만, 배신을 한 아내가 되었을 뿐이었다. 환상적이고 애달픈 영화의 라스트 신 같은 정진의 결혼식 후, 예술은 귀국하였다. 학비 조달에 지친 몸이 폐결핵진단을 받은 때문이었다. 그녀는 때때로 학비에 쪼들리며 고단하던 그 시절이 그리울 때가 있지만, 다 읽지 못한 책장을 덮은 것 같은 정진의 배신기억은 완전하게 삭제되지가 않았다.

"어딜 그리 가시우…이, 꽃 잔치를 보시지 않구…"

"머리랑 어깨에 내려앉는 이 벚꽃 광경을 누려보시지 않구…"

나이 많은 백조처럼 나란히 앉아 쌀 튀김을 먹고 있는 두 노인의 하얀 머리 위로 벚꽃 잎이 쉴 새 없이 내려앉는 모습은 명화의 한 컷이었다. 멈춰 선 예술은 고개 숙여 인사하고 행복한 말을 하였다.

"두 분은 너무도 아름다우십니다."

진심이었다. 한 쌍의 늙은 백조같이 우아한 정경에 예술은 부러움이 밴 미소를 머금고 말을 이었다. "두 분은 참으로 평화롭고 행복해 보이십니다." 그녀는 그들 옆에 백 살을 다짐하곤 하는 자기 어머니가 앉아 있는 모습을 그려본다. 그 곁에서 살가운 문산 노인의 눈물짓는 영상이 떠오른다. 카메라를 메고 나왔다면 귀중한 작품의 셔터를 눌렀을 생의 빛나는 한순간이었다. 만화가 옆에 동화 삽화가의 이름표를 단 예술은 핸드폰에 머리도 옷도 하얀 두 노인의 귀중한 순간을 담았다. '인생은 참으로 아름다워라.' 두 노인은 사진을 찍기 위해 벗었던 안경을 다시 쓰고, 쌀 튀김을 먹는다. 둘이 번갈아 쌀 튀김 봉지에 손을 넣어가며 먹는 모습은 자기의 어린 소녀 시절처럼 그립고 사랑스러웠다.

똥그랗게 뜬 눈으로 자주자주 입원실 문을 쳐다보고 있을 어머니 모습에 마음이 바쁜 예술은 돌아서기가 미안하여 공손히 절을 하였다. 언젠가 만나게 되면 인화한 사진을 드리며 반가운 재회할 생각을 생각하며 돌아선 것이었다. 기쁜 그녀는 사분사분 걷는다. K병원 가는 버스 정류장은 아파트 부근에 있었다. 버스에서 내리자 배가 고팠다. 냉장고에 우유가 비어서 토스트 한 쪽도 안 먹고 나온 예술은 우동이 먹고 싶었다. 하지만 K대 병원 부근에 칼국수는 보여도 우동 집은 보이질 않는다. 눈앞에 연한 고기에 야채를 먹을 수 있는 샤부샤부 집을 그냥 지나칠 수밖에 없었다. 얼마 전, 그 식당엘 들어갔다가 잘못을 들킨 사람처럼 허둥댔던 기억이 등을 떼밀었다.

"1인분은 안 팝니다."

숯불구이 집에서도 같은 냉대를 당한 기분은 청양고추보다 혹독하였다. 홀로 세대가 팽배해가는 세태를 망각한 식당문화는 이상하게도 후진국이었다. 자주 들리는 카페의 유리문은 자동으로 열렸다. 점심시간이 지난 카페 안은 거의 젊은 층이었다. 예술은 어머니와 같은 방 환우인 문산 노인이 부탁한 치즈 케이크를 사고, 브런치 세트메뉴를 주문하였다.

어머니는 자주 눈을 흘기곤 하였다. '밥을 먹어야지. 노상 빵조각에 쓴 커피를 먹으니 살이 안 찌지. 하나 딸이 밥과 국을 푹푹 먹고 살이 통통 찌면 좀 좋을까…'

예술은 어머니가 고관절 수술 후, 누워 지내는 K병원의 층계를 차근차근 올라가고 있었다. K병원 엘리베이터는 항상 만원이어서 예술은 이상한 냄새에 자주 재채기가 나서 되도록 타지 않는다. 5층 어머니 입원실은 조용하였다. 오늘도 아침식사 시중 후에 간병인은 나가고 없었다.

왔구나…하고 어머니가 반기자 울어서 눈이 붉은 문산 노인이 반가운 고갯짓을 하였다. 두 노인은 전동침대를 올리고 등을 기대고 앉아 출입문을 쳐다보고 있었다. 예술은 문산 노인이 부탁한 치즈케이크 산걸 두 노인 사이에 있는 탁자에 꺼내놓았다. 초콜릿 한 개도도 가방에서 꺼내놓았다.

"문산 아우님, 나는 십 년 이십 년은 더 살고 싶소! 지팡이를 짚고서라도 가을 단풍이랑 봄꽃구경을 다니고 싶단 말이오!"

어머니 말에 문산 노인은 대꾸 없이 손수건으로 눈물을 닦는다.

"처음 입원한 날부터 줄곧 울더니 또 우는 거요? 이상도 하지. 옹달샘도 아니고 눈물이 어디서 그렇게 솟는단 말이오?"

입원실 문에 김명자 허영순 두 환자의 이름이 붙여져 있다. 그러나 예술의 어머니 김명자 씨는 허영순 환자를 그가 사는 문산 노인이라고 부른다. 그 문산 노인은 눈을 감아도 연노란 색 베 수의를 입은 채 꼼짝 않고 누워있는 남편 모습을 아무리 고개를 저어 봐도 소용이 없었다. 여보! 지 교수! 하고 남편을 부르지만, 대답이 있을 리 없다. 그런데, 자꾸 우는 이유가 뭣 때문이냐고 어머니가 묻자, 문산 노인은 가슴에 뭉친 후회가 체기처럼 내려가지를 않는다고 굵은 눈물을 주르르 흘리었다.

무슨 후회가 그토록 사무쳤는지 모르지만, 후회 없는 사람이 어디 있겠소? 남을 해치거나 배신을 한 일이 아니면 그냥 삼켜버리라고 어머니가 위로를 하였다. 그러자 문산 노인이 입을 열었다. 바로 얼마 전 정기검진 날이었다. 주치의에게 노부부는 혈압 당뇨 허리관절이, 그 연세에 양호한 편이라는 기쁜 말을 들어서 모처럼 택시 대신 버스를 타고 다정하게 손잡고 가뿐히 귀가하였다고, 애정고백을 들은 늙은 아내처럼 행복해하였다. 하지만 한 시간 뒤를 모르는 게 인생살이란 명언은 누가 누구에게 한 말이었던가.

불과 사흘 후였다. 날씨가 맑고 온화하였다. 허영순 노인은 남편에게 산책하러 가자고 권유하였다. 봄빛을 쏘여주고 싶은 생각에서였다. 그날따라 남편은 임진강 쪽 너머로 자주 고개를 꼬곤 하였다. 그녀는 남편에게 아이 달래듯, '개성의 부모님은 안 계실 거예요. 이미 하늘나라로 가셨을 거예요.' 위로의 말을 하였다. '남남 북녘사람들을 통 털어 백 이십 세 산 사람이 있단 소리를 들은 적은 없잖아요? 6·25전쟁에 부모 두고 남하한 숱한 사람들이 통곡하는 걸 이산가족 찾기 방송에서 봤잖아요?' 그녀는 골을 낸 아이를 달래듯 차근차근 말하였다.

대답 없이 걷던 온유한 남편은 아내의 손을 잡아 자기 코트 주머니에 넣고는 용기야! 하고 먼 나라에 있는 아들 이름을 불렀다. 그리고 하늘을 향하여 어머니. 아버지. 하고 외치더니 스르르 바닥으로 쓰러져 누웠다. 다시는 일어나지 못하였다.

119로 대형병원 응급실로 간 후 그는 눈을 뜨지 못한 채 사흘이 지나자 벼락 맞은 것 같은 장례를 치르게 된 것이었다. 부모형제 친척이 이북에 있고, 미국 대학 교수가 된 데려다 기른 아들과 교회에 알렸으나 워낙 조급한 상황이었다. 영결식엔 교회목사와 늙수그레한 여자 권사 몇 명과 지 교수의 제자 몇 명이 왔을 뿐이었다.

얼이 나간 허영순 노인은 화장터 언덕진 곳에서 넘어져 고관절이 부러지는 불상사를 당하였다. 의사와 마주한 허영순 노인은 말하는 어조가 불분명하지는 않으나 눈동자가 흔들리고 초점이 흐릿하였다. 섬망 진단을 받은 노인은 눈물을 닦으며 의사에게 호소하였다.

"아무리 정신을 차리려고 이를 악물어도 수의 입고 누워있는 남편 모습이 계속 보이는 악몽에 먹지도 자는 것도 할 수가 없습니다. 혼란스러울 따름이에요. 선생님. 꼭 미칠 것만 같습니다. 이날까지 살아오면서 미칠 것 같다는 말을 여러 번 내가 말하기도 하고 다른 사람들에게서도 들었지만, 정말 미칠 것만 같습니다. 금방 나도 남편처럼 눈 못 뜨고 죽을 것만 같다니까요. 정신이 조금이나마 났을 때면 남편이 수의 입고 누워있는 모습이 보여서 한시도 벗어날 수가 없어요. 눈을 아무리 꽉 감아도 눈물이 더 날 뿐이지, 그 모습을 벗어날 수가 없으니 어떡합니까. 선생님은 신경정신과 박사로 고명하신 의사신데요. 네에…?"

신경정신과 의사에게 허영순 노인은 날로 후회가 깊이 멍들뿐이라고, 그날 산책을 가자고 하지 않았으면…? 개성 부모님 얘기를 하지 않았으면…? 하는 후회뿐이라고 울먹임을 계속하였다. 그치질 못하였다.

알피니스트인 그의 아들은 한 달이 넘도록 문자조차 없다. '큰 사고를 당한 건 아닌지, 혹여 낯선 땅에서 큰 병이 생긴 건 아닌지, 아버지 사망 소식도 모르는 불효 아들 걱정에 심장이 절인 배추같이 돼 간다고 연약한 노인은 흐느껴 운다. 다음날부터 허영순 노인은 섬망 치료를 받기 시작하였다.

오늘도 5층 방은 조용하였다. 아침시중을 든 간병인은 나가고 없고 어머니는 식곤증에 눈을 감고 있다. 예술을 본 문산 노인은 눈물 없는 미소를 지었다. 예술은 공손히 인사하고 치즈케이크 한 쪽이 든 봉지를 중간 테이블에 놓고, 가방에서 초콜릿 한 개를 꺼내어 차가운 손에 쥐어 주었다.

의사가 금하는 음식물을 들키면 부탁한 환자보다 문병객이 질책을 받는다. 담당간호사에게 발각되어 호된 핀잔을 들은 터라 출입금지를 당할까, 예술은 극히 조심스러웠다. 당뇨약을 먹는 문산 노인이 초콜릿을 야금야금 우물거리는 걸 보면, 혈압약 먹는 어머니는 손아래 동생에게 하듯 막 야단을 치곤하였다.

"인천형님. 내가 얼마를 더 살겠다고, 눈 깜짝할 새에 남편을 잃고 이 병실에 실려와 갇혔는데, 어떻게 먹고 싶은 걸 못 먹는단 말입니까…?"

"글쎄, 그래도 문산 아우는 나보다 한참 나이가 아래니까, 의사 말을 들어야 한단 말이오."

"몸에 안 좋아도 나는 금지하는 걸 조금씩 먹을 랍니다. 아껴둔 좋은 옷에 값나가는 패물이 다 무슨 소용입니까, 모은 재물이 그득하면 그걸 뭣에 쓰겠습니까. 이제는 차리고 외출할 수도 없는 몸에 애물단지일 뿐이지요."

　말하면서도 그는 주르르 눈물을 흘리었다. 예술은 마음이 애잔하여 창가 앞으로 돌아섰다. 두 노인은 같은 병원에서 고관절 수술을 받고 일주일 전에 같은 병실에 입원한 환우였다. 대졸 출신으로 여교 국어교사를 지낸 문산 노인은 긴 한숨을 내뿜는다. 재활치료를 받아도 지팡이를 짚지 않고는 바로 걸을 수 없으리란 걸 인지하고 있는 그와 달리 고집 세고 학식 부족한 어머니는 걸어서 나가는 날을 위해서 의사의 말을 따라야 한다고 본인 희망을 주장하였다.

　두 노인은 전동침대에 비스듬히 기대고 앉아 대추차를 마시고 애들처럼 뻥튀기를 먹는다. 피곤한 예술은 커피를 먹고 두 노인의 입원실 분위기는 오늘도 비 오는 날의 덜 마른 빨래 같은 분위기였다. 어머니는 식곤증 졸음에 눈을 감고 문산 노인은 눈 깜짝할 새에 사별한 남편의 수의壽衣 입은 모습 생각에 손수건이 흥건하도록 눈물을 닦는다.

　그날의 날씨가 안온하지 않았으면 산책을 나가지 않았을 텐데…? 남편에게 개성에 두고 온 시부모님 얘기를 하지 않았으면…? 생각이 떠오르는 것마다 문산 노인은 거듭 후회가 치밀어 가슴이 불에 덴 것 같은 고통에 몸부림을 치곤한다. 오늘따라 이상하게도 문산 노인의 눈물은 그치질 않고 입원실 안은 우울한 냉기가 휘도는 분위기였다. 한참을 울고 난 문산 노인은 도무지 세상이 어떻게 돼가는 건지 알 수가 없다고, 입이 뚱해진 어머니에게 말을 시킨다.

"인천 형님. 미안하지만 초년에 과수가 됐다고 하셨지요?"

"그럼. 쟤가 유치원 다닐 땐가, 아무튼 오십 년이 훨씬 넘었지."

"참, 젊은 세월을 짝 잃은 외기러기로 외롭게 사셨군요. 얼마나 힘들었을까…?"

그 말끝에 문산 노인은 다시 눈물을 흘리며 남편은 유명대학 교수였다고 신상의 말을 꺼내었다. 하나뿐인 아들은 백 개의 우리나라 산을 타고 지금은 캐나다로 서양산을 타러 갔다고, 했던 말을 또 하였다. 그리고는 놀라운 수의 이야기를 꺼내었다. 그는 남편 장례 후에 자기 수의壽衣를 방바닥에 펼쳐놓고 오래도록 들여다보고 수의 위에 누워보았다고 새로 본 영화애기를 하는 것처럼 말하였다. 이생을 건너가고 싶은 생각이 불쑥 들 때면, 안동포 수의를 꺼내본다고 누워본다고 은밀한 비밀 얘기를 하였다.

아른아른 곱게 짠 안동포 수의 입은 내 모습을 상상하면 흡사 고급 예복같이 느껴지고 종내는 통곡을 터트리고 만다고, 오늘따라 문산 노인은 구슬픈 표정을 지었다. 어머니가 집에 수의가 있는 거냐고 묻자, 고개를 끄덕인 문산 노인은 긴 설명을 하였다.

남편의 팔순 생신 선물로 안동포 수의 선물을 보내온 것이다. 팔십 세에 수의 선물은 장수의 선물이라고 들었다고 해서 지금, 미국 대학 교수가 돼서 미국에 산다고 아들 자랑을 하였다. 그 아들이 남편 80회 생일에 장수의 선물로 안동수의 두 벌을 보내왔다고, 문산 노인의 목소리가 쨍쨍해졌다. 60대 아들은 이미 은퇴한 한국인 선배 교수에게 자문을 구하여 남편의 80회 생일선물로 장수의 안동포 수의 두 벌을 보내준 효자라고 칭찬을 했다. 그 바쁘고 유명한 효자 아들은 남편장례식 이틀 후에야 도착하였지만.

"우리 모자는 눈물 콧물 범벅을 했지만, 죽은 남편이 없으니 무슨 소용이요? 허무할 따름이었지—."

예술은 심란하여 창밖으로 고개를 돌리었다.

"인천 형님도 내 말 새겨들으세요. 수술한 엉덩이뼈가 다 아물어도 우리는 딴 사람의 도움 없이는 택시를 타고도 나다닐 수가 없다는 걸 아서야 합니다. 버스 타고 전철 타고 친구 만나러 다니던 때는 젊은 시절이었지요. 고혈압 같은 거 겁내지 말고 먹고 싶은 거 먹고 마음 편하게 사세요. 우리 나이가 얼마입니까? 고관절 수술한 늙은 목숨은 하루하루가 모래시계 같을 겁니다. 그렇게 빠르단 뜻입니다."

무슨 생각에 잠겼는지, 문산 노인도 어머니도 한동안 말이 없다. 예술은 열다섯 살인 노견 루미가 불러도 반응이 없을 때면 깜짝깜짝 놀라곤 하는 자신을 발견하고 목숨에 대한 불안한 경외감에 어깨가 내려앉곤 하였었다.

"그런데 왜 그렇게 우는 거요? 그 우는 사연일랑 후회 때문이라고 하던데, 어디 자세하게 들어봅시다. 전화기를 들고 다니는 이 좋은 세상을 두고 어찌 이생의 강을 건너가고 싶단 생각을 하는 거요? 난 도무지

학식이 없어서 그런지 뭐가 뭔지 잘 모르겠단 말이오. 마냥 길게 살고 싶은 내 생각이 맞는 건지, 자주 이생의 강을 건너가고만 싶다는 아우님 생각이 옳은 건지, 누구 말이 진짜인지 나는 통 모르겠단 말이요…?"

문산 노인이 침묵을 깨물고 있자 어머니가 심각한 어조로 말을 텄다.

"기왕에 수의 얘기가 나왔으니, 나는 문산 아우 있는 자리에서 우리 딸에게 말하겠소. 예술아! 내가 죽으면 절대로 베옷 입힐 생각일랑 말아라. 싫다. 아주 싫다. 한 줌 재가 될 걸 비싼 돈 주고 안동포 최고급 수의니 싸구려 중국 베 수의니, 다 부질없다. 교회 권사들 장례 치를 때 볼라치면, 죽어서도 애꿎은 허세를 부리고 돈 쓰는 자손들이 딱하기만 하더라…."

"예술아! 나는 네 결혼식 때 입으려고 해둔 분홍 뉴똥치마저고리를 입혀다오! 네가 일본에서 만화공부 끝나면 금방 결혼할 것 같이 말해서 서둘러 큰돈 들여 장만한 분홍색 고급 뉴똥비단 치마저고리 한복 말이다."

문산 노인과 눈이 마주친 예술은 엄마도 참! 하고 놀란 목소리가 튀어나왔다. 처음 듣는 엄마의 마지막 생의 고백에 예술은 뒤에서 누가 뒤통수를 세게 때린 것처럼 정신이 핑하였다.

"안방 반닫이 맨 아래 서랍에 한지에 곱게 싸서 구김 가지 않게 잘 간수해 두었다. 이건 문산 아우님 있는 자리에서 선언하는 거니, 예술아! 꼭 내 말대로 해야 한다. 꼭 엄마말대로 그 분홍색 뉴똥 한복을 입혀줘야 한다! 삼복더위거나 엄동설한이라도 다른 것은 부질없고 싫다. 꼭 그 분홍색 한복을 입고 싶다. 네 대신 내가 결혼하러 가는 날처럼 그 분홍색 치마저고리 한복 입고 이승의 강을 건너가고 싶다!"

불시에 허를 찔린 예술은 엄마! 하고 새된 소리를 또 질렀다. 고관절 수술 후, 갓난쟁이처럼 누워서 먹고 누는 것을 보면서도 어머니의 죽음을 생각해 본 적 없는 딸은 경악한 눈으로 응시하였다. 툭하면 앞으로 이십 년은 더 살아야지. 백 세 시대에 백 세까지 살고 봐야지, 하고 찬송가처럼 부르던 어머니였다. 그 마음속에 죽음이 똬릴 틀고 있다는 사실에 예술은 엉뚱한 돌에 맞은 개구리 심정이었다. 잠잠히 모녀의 이야길 듣고 있던 문산 노인은 수의 얘기 분위기를 깨려는 듯, 예술에게 귀엣말을 하였다.

저녁 식사에 맞춰 초밥 2인분과 맥주 콜라 한 병씩 사오라고 소곤거리었다. 어머니와 친밀한 사이가 된 그는 배달이 금지된 곳이라 예술에게 치즈 케이크와 초밥심부름을 시키었다. 문산 노인보다 어머니가 더 좋아하는 것들이었다.

첫아들 후. 왜 아이가 생기지 않았는지, 병원 신세를 지고 보니 자식 많은 노인네가 부럽다는 문산 노인 한탄에 목청 큰 어머니가 나섰다.

"예술아. 바쁘지만, 네가 아우님 아들을 좀 수소문해 봐라. 도대체 꿀 먹은 벙어리라니, 오죽 속이 탈까…?"

어머니 응원에 용기를 낸 문산 노인은 참아온 속내를 열어 보인다.

"갸는 산에 미친 아라요. 한 번 집 떠나면 한 달은 약과고, 돌아와야 온 거라요. 그래도 일주일이나 열흘에 한 번꼴로 전화를 했는데, 이번 에는 내가 입원한 것도 모르고 제 아버지 사망한 것도 모르는 불효자식 입니다. 2개월째 무소식이니, 무슨 사고를 당한 건 아닌지, 큰 병이 난 건지, 내 속이 숯검댕으로 탑니다."

손수건으로 눈가를 닦으며 노인은 간절하게 호소하였다.

"미안하지만, 우리 집에 좀 가볼 수 있었으면…? 내 컴퓨터를 열어보 고 아들 메일이 왔나 보고, 아들에게 메일을 보내주면 오죽 좋을까…. 아버지가 갑자기 돌아가셔서 정신없이 치른 장례식 날 엄마가 넘어져 서 수술하고 k병원에 장기입원을 하고 있다고 해주면…?"

"알겠습니다."

어렵겠지만 마음 약한 예술은 선선한 대답을 하였다.

"같이 살던 지 교수 제자가 독일로 사진 유학을 가서 나 혼자라고. 빨리 와야 한다고. 바쁜 사람에게 말 안 되는 부탁인 줄 알지만, 내가 더는 어떻게 잘 수도 먹을 수가 없는 지경이 돼서…"

하얗게 야윈 노인은 손수건을 눈가가 붙도록 가져가며 호소하였다.

중학생 때부터 서울 주변의 산을 타기 시작한 아들은 대학 졸업할 즈 음엔 우리나라 백 개의 산을 탔을 정도였다. 대학졸업 후 미국 유학을 갔지만, 보스턴 길에 널린 게 한국사람 박사공부 꾼들인데 그걸 해서 뭣에 쓰겠냐고 미국의 동서남북 산들을 타기 시작하더니 캐나다로 가고, 죽기 살기로 걷는다는 스페인의 산티아고 길을 수도승처럼 걷고 와서는, 일주일을 앓은 위인이라고 요.

열을 내어 많은 말을 한 노인은 잔기침을 하였다. 예술은 무어라고 거품 낀 말 대신, 빨대 꽂은 보리차물병을 가져다주었다. 그리고 그가 불러주는 그의 집 현관문의 전자키 번호와 컴퓨터의 e-메일 번호를 핸드폰에 입력하였다. 눈물을 거둔 그에게 예술은 말하였다.

"선생님 댁에 가서 컴퓨터를 열고 알피니스트 아들 홍진에게 메일을 보내겠습니다. 결과를 핸드폰으로 알려드리고 월요일에 오겠습니다."

병원 밥 대신 초밥과 맥주 한 컵에 불과한 어머니는 어서 조심해서 가라고 손을 저었다. 문산 노인은 고마움이 담긴 눈빛으로 고갯짓을 하였다. 힘겨운 오늘 하루의 책임을 다한 예술은 대형버스 의자에 고단한 몸을 기대이고 눈을 감는다.

〈2〉

예술은 처음 탄 경의선 전철로 파주에 가서 택시를 탔다. 주소를 내비게이션에 친 택시는 문산 노인의 집에 어렵지 않게 데려다주었다. 마을은 새소리 바람소리가 낙원일까 싶은 임진강 부근의 전원주택단지였다. 오래 비워둔 집은 곰팡내 비슷한 냄새가 휘돌아 먼저 창문들을 열어 놓고, 냉장고의 음식과 식료품들을 점검하여 상한 것을 쓰레기 버릴 비닐 자루에 담았다.

어느 날. 남편의 제자가 독일유학 떠나기 전까지 살림과 은행문제를 정리해 주어서 고맙고 편리했다고 문산 노인은 특유의 미소를 보였다. 은행왕래가 어려운 현금을 준비해 주고, 남편이 일찍 아들에게 양도해 준 부동산문서와 유가증권을 은행 금고에 저장해 둔 것도 확인해 주었다고 안심하던, 노인 방으로 가보았다.

옷장 속의 고급한 옷들이며 서랍장의 스웨터도 고급품이고 찬찬히 개켜둔 내의도 깔끔한 그대로였다. 예술은 자기 어머니의 험한 삶을 생각하며 넓은 서재의 책장을 살펴보았다. 부부의 각 서재인 듯 마주 있는 방문을 열어보았다. 어머니가 이름 대신 문산 아우라고 호칭하는 분 컴퓨터에 아들 홍진의 메일은 없었다. 지 교수 제자의 메일 두 개가 있을 뿐이었다. 내 마음이 이토록 호수의 얼음장 꺼지는 꿍음 같은데, 벼락 맞듯 남편을 사별하고 장기 입원한 문산 노인의 지친 마음은…? 어느 나라 산에 있는지도 모르는 외아들 무소식에 노인의 생명단축시간의 마음은 어떠하겠는가….

마음을 가다듬은 예술은 그의 아들 e-mail에 어머니의 사정을 상세히 썼다. 어디서 큰 사고를 당하거나 큰 병이 난 것은 아닌지, 어머니에게 연락을 끊어서 부친의 사망 사실도 모르고 어머니가 고관절 수술로 입원한 걸 모른 채, 지구의 어느 쪽 나라의 산을 타고 있는지…? 그가 큰 부상을 당하거나 큰 병이 난 것이 아니기를 어머니가 간곡히 바란다고 썼다.

홍진의 방은 산 사진들이 삼면 벽에 가득하였다. 정복한 그린란드와 노르웨이 빙벽에서 찍은 모습을 그녀는 오래도록 서서 응시하였다. 날짜가 선명히 찍힌 산 사진들은 오싹하도록 경이로운 세계였다. 지상의 신비한 세상이었다. 그녀는 허리가 땅기도록 빙벽을 타는 그의 모습 한 장 한 장씩 심사를 하듯이 골똘히 보았다. 사진 속의 내재해 있는 한 남자의 치열한 비의秘意를 경이롭게 느끼었다.

한 사람이 전생을 바친 결과물은 단연 그가 바친 정신의 꽃이고 열매일 것이 아니겠는가. 예술은 한 남자의 몰입한 생에 전율을 느끼었다. 산을 향한 그의 야성, 그의 애정, 정복욕을 넘어 명징한 소유욕이 폐부 깊숙이 스며들었다. 예술은 산을 향한 그의 집념과 갈급한 애욕에 갈채를 보내며 전신으로 발아하는 경의를 품는다. 충격, 그것이었다. 특출한 인간의 혼신을 바친 집념은 그 자신의 신기루를 창작해 낸 것이리라.

예술은 자기가 본 것을 문산 노인 핸드폰에 문자를 보내고 전화 통화로도 알려드렸다. 그리고 우아한 거실을 휘둘러보며 안락의자에 앉아 보온병의 남은 식은 커피를 먹는다. 마침내 작품의 마지막 수정을 꼼꼼히 하듯이 방마다 열어놨던 창문들이 잘 잠겼는지 낱낱이 점검을 하였다. 예술은 어려운 마지막 작업을 마친 기분으로 방마다의 커튼과 거실의 커튼을 꼼꼼하게 친다. 그리고 돌아가려고 문산 노인이 알려준 콜택시번호를 눌렀다.

그때였다. 끊길 듯 말듯 가느다란 소리가 이명처럼 귓가로 스며들었다. 무섬증을 느낀 그녀는 잠깐 동안 현관 안에 서서 귀 기울여 보았으나 더는 아무 소리가 없어 밖으로 나갔다. 현관문 잠금을 단단히 확인한 그녀에게 야산 쪽에서 기를 쓰는 동물의 소리가 들려왔다. 애절하게 반복되는 소리는 동물의 신음소리 같았다. 그건 생명체의 소리가 분명했다. 자기도 모르게 예술은 키 작은 소나무에 철쭉꽃이 어우러진 야산 아래로 다가가 보았다. 애소하는 소리는 시커멓고 큰 바위 뒤에서 들렸다.

기묘한 소리에 그녀는 공포를 깨물고 허리 굽혀 바위 뒤를 돌아다보았다. 놀랍게도 털이 하얀 몸에 까만 점박이 고양이가 옴지락거렸다. 젖을 물린 채 기진맥진 쓰러져있던 어미고양이는 그녀를 보자 후르르 몸을 털더니 그대로 늘어졌다. 숨을 거두고 말았다. 간난 새끼고양이 한 마리는 죽어있고 그 옆에 새끼 한 마리가 생명체임을 증명하듯이 어미에게 몸을 부비며 꼬무락거렸다.

새끼에게 젖을 물린 채, 며칠을 굶은 걸까…. 인기척을 느끼자마자 사력을 다하여 SOS를 친 어미고양이는 그대로 숨이 끊겨 무지개다리를 건너가고 말았던 것이다. 별 하나가 고독한 예술의 가슴으로 떨어졌다. 그녀는 죽은 어미고양이를 쓰다듬어 주며 약속을 하였다.

"한 마리 남은 네 새끼를 배곯지 않고 눈비 맞지 않게 잘 길러줄게.

약속할게. 얼마를 굶었는지, 너의 희생한 일생은 참 훌륭하였다. 이제는 새끼 걱정 말고 잘 가거라! 배고프지 않고 불안하지 않은 세상으로…"

예술은 휴대용 휴지 여러 장으로 죽은 새끼와 어미고양이를 각각 꼼꼼하게 쌌다. 그리고 잘생긴 단풍나무 밑을 나뭇가지로 깊게 파고 떨어진 나뭇잎들을 깔았다. 죽은 어미고양이와 갓난 새끼의 몸을 나뭇잎들로 두껍게 덮어 주고 정성껏 흙을 덮어서 묻어주었다. 난생처음 경험한 동물과의 교류로 그녀의 가슴은 찡하게 울렸다. 이 감정은 애달픈 것인지 슬픈 것인지 동화 작가 예술은 가슴을 붙안고 망연히 하늘을 올려다보고 오래도록 서있었을 따름이었다.

삼십 분을 기다린 콜택시가 왔다.

그녀는 한 마리 남은 새끼고양이를 손수건에 싸서 귀한 물건인 양 두 손으로 감쌌다. 갓난쟁이 고양이는 조용하였다. 안심한 그녀는 처음 보는 아늑한 전원풍경과 임진강을 둘러 달릴 때, 이미 새끼고양이 목숨이 끊긴 걸 알지 못하였다. 집에 가서 우유를 어떻게 먹이는 게 좋을가….곰곰이 생각한 끝에 미안해도 상식이 풍부한 군 출신인 옆집에 도움을 청할 수밖에 없다고 생각하였건만, 갓난 새끼고양이는 이미 죽은 것을 알지 못했던 예술은 너무도 어이가 없어 울지도 못한다.

먼 곳. 너무 멀어서 보이지 않고 말소리가 들리지 않는 곳에 있다 해도, 등산에 미친 듯 몰입한 그의 아들은 늘 자기 어머니 곁에 있음을.

순간 예술은 깨닫는다. 정녕 누구라도 서로의 사랑은 한 곳을 향해 있음을. 그녀는 뜨겁게 인식한다. 차창 밖의 먼 산 그림자를 보며 예술은 산 사나이 홍진의 이미지를 그려본다. 먼 불빛은 그를 쉬지 않고 계속 걸어가게 할 것임을.

〈3〉

집에 오자마자 새끼고양이가 죽은 걸 알게 된 예술은 악! 소리칠 만큼 놀랐다. 허리가 아프도록 작업에 매달린 끝에 산보 삼아 이삼일에 한 번씩 나가서 정이 든 들고양이 야양에게 먹이를 주워 온 걸 생각하며 그렇게 다정하게 기르고 싶은 간난고양이가 죽었다니…? 울고 싶은 심정이었다. 간난고양이를 어저께 문산 노인 뒷산에 새끼 한 마리와 어미를 묻어준 것처럼 그녀는 오그라드는 기분으로 야양이를 만나곤 하는 소담한 소나무 밑에 정성 들여 묻어주었다.

어미와 간난고양이의 목숨이 끊긴 걸 마주한 느낌은 도저히 설명할 수 없는 기분이었다. '목숨' 슬프고 아득하였다. 말을 하지 못할 뿐 자기 새끼를 위한 동물의 사랑 또한 인간과 무엇이 다른가. 자기 동화작품을 끝마침 하듯 예술은 뜨겁고 고단한 마음을 다하여 고양이 어미와 간난고양이를 애정을 다하여 묻어준 기억은 어떤 작품에도 삽입치 못한 특이하고 귀중한 체험이었다.

오늘은 어머니의 생일날이었다.

새벽녘에야 작업 손을 놓은 예술은 쌀 생일케이크와 갈비찜을 여행
용 백 팩에 지고 택시를 탔다. 오늘 어머니는 더없이 밝은 모습이었다.
문산 노인 표정도 해맑았다. 보통 때 울퉁불퉁한 간병인은 어머니가 좋
아하는 찹쌀순대를 몰래 사오고, 문산 노인은 담당 간호사에게 특별 부
탁을 하여 작은 장미꽃바구니를 배달시켰다. 담당 간호사는 두 노인이
심심풀이로 먹는 커다란 보리쌀 튀김 비닐봉지를 빨간 리본으로 묶고
어린아이들이 춤추는 귀여운 생일 카드를 달았다.

문산 노인은 부럽다고 어머니를 향하여 유치원 아이같이 손뼉을 친
다. 어머니는 간병인이 사온 찹쌀순대를 보고 입이 벌어졌다.

'음식 먹을 때 쩝쩝거리지 마라. 화통 같은 목소리가 정신 사나우
니 전화는 나가서 받아라. 먼지 난다. 신발 찍찍 끌지 말고 걸어 다녀
라-.'

어머니의 충고를 야단치는 걸로 아는 다혈질 간병인이 다소곳할 리
가 없다. 매번 그녀의 중얼거림은 도우미의 경계선을 넘는다. 그럴 때
면 문산 노인은 괜히 어색하고 미안해서 눈길을 비끼곤 한다. 그 방의
세 사람은 그렇게 하루하루 병이 낫기를 고대하며 새날을 맞곤 하였다.

문산 노인이 쌀가루로 만든 케이크는 처음 먹어본다고 생신 축하한
다고 오만 원짜리 두 장을 어머니에게 주었다. 어머니는 내가 여기서
돈을 뭣에 쓰겠냐고 사양을 하였다.

"속바지 주머니에 딸이 준 돈 봉투에다 잘 넣어두시라고요. 늙고 병든 우리가 돈 없으면 얼마나 처량하겠습니까. 형님도 나처럼 돈 좋아하는 거 다 압니다."

오래간만에 문산 노인 얼굴에 웃음이 피었다.

"인천형님. 이생 떠날 때도 돈이 있어야 하지요. 저승길 건너는 우리의 빈손을 누가 반기겠습니까."

"그럼. 그럼. 천국이고 이 세상이고 돈이 제일이지. 세 살배기도 다 아는 돈이 제일인 세상 아닌 감….."

기쁘고 피곤한 예술은 두 노인이 만족해한 어머니 생일 축하가 끝나가는 창밖의 하늘을 보고 벽시계를 보았다. 어머니는 생일날 맥주가 맛있어서 그런지 졸음이 온다고 이른 잠자리에 들었다. 축하 맥주에 기분이 좋아진 문산 노인도 잠자리에 들며 예술에게 어서 가라고 손짓을 한다.

어머니의 생일을 만족하게 치른 예술은 크게 효도한 충족감을 안고 귀로 버스에 올랐다. 집에 들어간 그녀는 입은 채로 침대로 갔다. 〈여덟 가지 색의 무지개〉 원고 삽화 기한에 밀려 며칠 밤을 샌 예술은 어머니 생일 치레에 녹초가 되었던 것이다.

다음 날 새벽 4시.

꿈에서 깬 간병인은 이불을 박차고 일어났다. 직업의식이 밴 습관으로 그녀는 두 노인의 잠든 모습을 들여다보고 커튼을 젖혔다. 자욱한 안개가 창턱까지 차올라 있었다. 다시 커튼을 치고 누우려다가 경직되고 말았다. 문산 노인의 숨소리는 나는데, 인천 노인의 코 고는 소리가 없었다. 얼굴을 바짝 대고 숨소리를 들어본 간병인은 철퍼덕 바닥에 주저앉고 말았다. 호흡은 없고 이미 손은 차가웠다.

간병인은 화통소리를 질렀다. 꼭두새벽에 K병원 5층 입원실은 화재 소동이 난 듯 벌컥 뒤집혔다. 의사와 간호사들이 달려오고 호흡곤란을 일으킨 문산 노인은 산소호흡기를 꽂는 소동이 벌어졌다. 그는 억장이 터지는 배신감을 쓸어내리며 일인극의 독백을 하듯 끊임없이 중얼대었다.

"인천형님. 어휴 무정한 형님! 나 혼자 어떻게 하라고요…? 나를 혼자 두고, 이렇게 야속한 배신을 때리다니… 형님! 이게 무슨 배신자요? 해쓱하게 야윈 문산 노인은 쉴 새 없이 불평을 토하며 눈이 빨갛게 붓도록 눈물을 닦는다. 무아지경인 예술은 이윽고 무서운 사태를 인식하고 어머니의 침대가 비어있는 방을 뛰쳐나갔다. 담당 간호사에게 물어 어머니를 옮겨간 곳으로 뛰었다. 이미 시신은 냉동고에 있다고, 출입금지라고 쌩한 제지를 당하고 말았다.

도깨비에 홀린 듯 새까만 절망의 날은 가고 거짓말 같은 새날이 왔다. 예술은 정신없이 아파트를 뛰어나가서 택시를 탔다. 예술은 병원 장례식장의 청년을 따라 학질에 걸린 듯 몸을 부들부들 떨며 염습 실로 갔다. 청년에게 예술은 어머니의 간곡한 유언을 호소하였다. 그녀는 어머니에게 한복수의를 입게 해달라고 영안실 청년에게 눈물 콧물로 애원하였다. 그건, 건강한 어머니가 문산 노인을 증인으로 세우고 딸에게 한 유언이었다고.

예술의 간청에 고인의 마지막 수의 입은 모습은 입관 전, 상제에게 허락된다고 안내 청년은 호의를 베풀 듯 말하였다. 부모형제 친척이 없는 예술의 어머니는 교회에서 목사와 권사 몇 명이 다녀갔을 뿐, 예술은 자기 지인들에게는 알리지 않았다. 모두들 바쁜 사람들이고 바쁜 세상이었다. 노모의 급사망은 설명하기도 기운이 딸리고 번거로워 예술은 고독하기 한량없는 홀 상제가 되었다. 우주 만물 어떤 것, 누구에게도 공평한 시간은 쉼 없이 흘러 비참하고 비정한 하루가 지나갔다.

자기 정신이 나간 예술은 염습하는 곳을 유리창 밖에 선 채 고개 숙여 응시하고 서있었다. 옷을 다 벗긴 어머니의 나신을 한 장의사가 씻기기 시작하였다. 안간힘을 쓰고 유리창 안을 주시하고 서있는 예술의 시야에 다른 장의사가 시신의 구멍을 눈에서부터 막기 시작하였다. 그걸 본 딸은 무릎이 꺾이어 바닥에 쓰러지고 말았다. 영안실 직원이 와서 일으켜 주고 말하였다.

"아홉 개의 구멍을 다 막았으니까, 괴롭고 힘들어도 부탁하신 마지막 한복수의 입은 모습 전에, 속옷을 입힐 겁니다. 홀 딸 상주의 딱한 사정이라 특별대우입니다."

302

뭐가 특별대우란 말인가. 사고력이 흙탕물 웅덩이처럼 휘저어진 예술은 안간힘을 쓰고 어금니를 깨물었다. 몸의 구멍을 다 막은 후에 시신에게 속바지와 적삼부터 속옷을 입히기 시작한다고 하였다. 플라스틱 인형처럼 뻣뻣한 어머니는 일곱 가지 속옷을 입고 하얀 인조견 속치마 위에 분홍색 비단 한복 치마저고리를 입었다.

영안실 청년의 호의로 예술은 어머니와 이 세상에서의 마지막 인사를 하러 염습실로 안내되었다. 어머니가 문산 노인 앞에서 딸 예술에게 판사가 선고 하듯이 신신당부한 분홍색 치마저고리 한복수의를 입고 꼼짝 못하고 누워 있는 어머니에게 예술은 엎어지고 말았다. 남자친구와 일본 만화대학으로 유학 간 딸이 졸업하고 와서 결혼할 거라는 말에 서둘러 장만한 분홍색깔이 자르르한 딸의 결혼예복을 입은 어머니는 꼼짝 못 하는 시신이었다.

어머니 얼굴은 굳기 시작한 석고상처럼 표정이 일그러진 모습이었다. 제정신일 수 없는 예술은 직원의 안내로 낙숫물 같은 눈물로 어머니의 차디찬 양쪽 뺨에 입술을 찍었다. 그리고 커서는 해 본 적 없는 어머니 입술에 입맞춤을 하였다. 온몸으로 우는 딸 상주의 뒤에서 누군가의 굵은 목소리가 들려왔다.

"이제는 시신을 베줄 꼰 끈으로 일곱 번 묶는 매듭(염)을 하고 나서 입관을 할 거요. 그러니까 더는 보지 않는 게 좋을 거요." 밀쳐내듯이 말하였다. 홍수가 난 눈물로 예술은 자기가 결혼식에 입어야 할 분홍색 한복을 수의로 입은 어머니에게 다시 엎어지고 말았다.

　엄마아ー! 엄마아아ー! 계속 몸부림을 치며 광란을 그칠 줄 몰랐다. 김명자의 얼굴은 세모꼴 모자모양의 덮개가 씌워졌다. 그때서야 생각이 켜진 예술은 꽃신 신은 어머니 발의 꽃신을 움켜쥐고 바닥에 고개를 찧고 찧었다. '시집가는 날, 빛깔 고운 비단 한복 입었지만, 꽃신을 못 신었다고, 한 맺힌 어머니의 넋두리가 빛살처럼 떠오른 예술은 꽃신 신고 차디차게 굳은 어머니 두 발에 연거푸 고개를 찧고 입술을 찧었다. 통렬한 딸의 울음은 눈물겨운 영안실 청년이 끌어낼 때까지 그칠 줄 몰랐다. 이것이 인생이다. 소낙비 같은 이명이 예술의 정신을 휘갈겼다. 이것이 인생이다. 쎄 라비.(Cest La vie).

주목나무

수나는 루미와 호수로 간다. 구름다리를 건너 로맨틱한 영화의 라스트 씬을 닮은 메타세콰이어 길을 걸어간다. 심호흡을 한 번 크게 하고 난 수나는 쫄랑쫄랑 행복해하는 루미의 빨간 줄을 잡고 마냥 단 자판기 커피를 마시면서 걸어가고 있었다.

　팔각정 앞에서 발걸음을 멈춘 수나는 멀리 핏빛으로 물든 서편 하늘가를 바라보고서 손목시계를 보았다. 늘 앉은 은행나무 옆 벤치로 가서 앉자마자 냉큼 루미가 옆자리로 뛰어올랐다. 루미의 머리를 쓰다듬어 준 수나는 자전거 길을 좌우로 뒤돌아보았다. 핸드폰이 울리지 않는 건 방호가 운다는 신호였다. 못 올 일이 생겼으면 전화를 했을 테니까.

　방호는 핸드폰을 사준 수나에게 학교에서 칭찬받은 일이나 보육원에서 야단맞은 일 같은 걸 시시콜콜 다른 아이들이 엄마에게 이르듯 문자를 보내곤 하였다.

엷은 하늘색을 띤 호수는 잔잔하였고 키 큰 은행나무 앞 감귤 빛 가로등은 먼 능선 너머로 스러져 가고 있는 노을을 잠재우고 있었다.

"루미야!"

방호가 헉헉대며 자전거를 타고 왔다. 한참이나 루미를 쓰다듬고 뽀뽀하고 나서야 방호는 수나를 바라보았다. 수나의 어린 남자 친구는 씩씩하게 인사한다.

"고향에 잘 다녀오셨어요? 아줌마의 중학교 때 친구도 만나셨어요?"

"물론. 아줌마하고 제일 친한 친구라 일 년에 한 번씩은 꼭 만나러 가는데."

"아줌마 친구는 왜 산에서 사세요? 그 친구분이 여기로 아줌마를 만나러 오신 적도 있어요?"

"나무를 좋아해서 아줌마 친구는 산을 내려오라고 하지 않아. 나무들하고 새 소리랑 바람을 타고 노래하는 숲이 좋아서 단 하루도 떠나고 싶지 않대."

"그 아저씨도 결혼 안 하셨어요?"

"그 아저씨는 나무하고 결혼한 거나 마찬가진 걸."

"주왕산에서 나무 공부 많이 해오셨어요?"

"그럼. 나무는 살균과 면역기능이 있는 피톤치드라는 성분을 내뿜기 때문에 마음이 아픈 사람까지 고치는 치유능력이 있다는 걸 배웠지. 피곤할 때 호수의 나무 길을 걷는 게 몸과 마음에 아주 유익한 거래."

"나하고 아줌마하고 루미처럼요?"

"그래 그러니까 일주일에 두 번씩 만나기로 하자. 방호 얼굴 한 번 더 보면 아줌마보다 루미가 더 좋아할 테니까."

방호가 네, 하고 고개를 끄덕이자 수나는 미소를 지으며 산책용 크로스 백에서 비스킷과 캔 콜라를 꺼내었다. 방호는 원장님이 못 먹게 하는 아몬드 초콜릿을 보고는 얏호! 하며 얼른 껍질을 벗기었다.

처음 본 날, 중학교 일학년인 방호는 이 벤치에 혼자 앉아 있었다. 컴퓨터 게임하다 보육원의 돌고래방 선생님에게 혼나고 나온 참이다. 현란한 그래픽 화면은 현실에선 맛볼 수 없는 가상세계의 즐거움을 느끼게 해준다. 일시적으로는 공부와 성적 스트레스를 해소해 주기도 하지만 계속하다 보면 중독성이 생긴다는 걸 방호도 안다고 했다.

"하지만 전 정말 지칠 때 조금밖에 안 해요. 우리 학교에서 아마 젤 조금 할 거예요. 그런데도….."

"그렇게 말씀드려. 솔직하게."

아무리 호소해도 아니 많으신 원장님은 깜깜하다. 절대로 게임은 안 된다고 쾅쾅 못을 박으신다. 절대로 성적이 떨어지는 걸 용납하지 않는 원장님은 게임을 하면 성적이 떨어진다는 못 박힌 생각을 갖고 계신다고 했다.

수나는 한동안 말없이 방호의 얼굴을 바라보았다. 처음 호수 벤치에서 방호를 보았을 때, 속으로 전류 같은 게 흘러 몸을 부르르 떨지 않을 수 없었다. 자석에 끌리듯 그녀는 낯선 아이에게 다가가 인사를 했다.

이 세상에 비슷하게 닮은 사람이 있다고는 해도 어쩜 저토록 똑같을 수가 있겠는가. 맑은 이마와 우뚝한 콧날과 깨끗한 입매도 그러려니와 무엇보다도 빙긋이 웃는 모습이 너무도 똑같았다. 어디선가 불현듯 재준이 나타난 게 아닌가 하여 수나는 자기 눈을 의심하며 눈을 감았다 뜨기를 몇 번이나 반복했는지 모른다.

간식을 다 먹은 방호가 고개를 쳐들고 말한다.

"저 소나무들은 키가 커서 좋겠어요. 항상 하늘을 바라보며 사니까요? 20미터도 더 넘게 보여요."

"지적 호기심이 강한 방호는 호수를 걸을 때마다 이름을 알고 싶어 했다. 저 키다리 소나무 종은 적송이야. 상록수이고 침엽수야. 보통 산에서 흔히 볼 수 있는 육송과 바닷가에서 사는 해송과 껍질이 차츰 희게 되는 백송이랑…. 아마도 100종은 더 될 거야."

소나무 실력이 바닥나자 수나는 1,000미터 고산에서 자라는 깃발나무에 대해 말하기 시작하였다.

"방호야, 깃발 나무에 대해 들은 적 있니? 1,000미터나 되는 고산에서 사는 나무 이야기?"

"몰라요. 얘기해 주세요."

"최악의 기후조건을 견디느라 강풍에 가지가 한쪽으로 쏠려서 깃발처럼 된 나무인 거야. 그런데 그 나무가 천상의 소리를 내는 최상의 악기 재료로 쓰인대. 무슨 말인지 알겠어? 고난을 이긴 자만이 귀한 일에 쓰이는 거란다."

수나의 말에 방호는 고개를 주억거리었다.

수나는 즐거워 꼬리 흔드는 루미의 줄을 잡고 걷기 시작하였다. 방호는 자전거를 끌며 걷는다. 어둠이 내리는 호수의 숲길을 워킹하는 사람들 속에 섞여 수나는 산 나무의 나이 알아보는 법을 말해주었다. 잘려서 죽은 나무의 나이는 나이테로 알 수 있지만 산 나무들은 가지가 하나씩 위로 올라가며 생가는 걸로 나이를 세는 거라고 얘기해 주었다.

방호의 제의에 따라 말꼬리 잇기 하듯 서로 번갈아 가며 키 큰 나무 이름 말하기를 하며 호수 길을 걷는다.

잣나무 전나무 미루나무 상수리나무 떡갈나무 굴참나무 길참나무 돌참나무 층층이나무 삼나무 주목나무 바오밥나무 적송나무 메타세콰이아….

수나에게 재준의 이미지는 한 그루의 나무와 중첩된다. 그들은 언제나 고향 주왕산 중턱에서 몰래 만나곤 했다. 책가방을 던진 채 나무 사이로 불어오는 바람에 머리카락을 흩날리며 작은 새처럼 날아다니곤 했다.

사방이 산으로 둘러싸인 작은 마을 어귀에 서면 언제나 수나의 귓가엔 어딘가로 떠나는 기차의 먼 기적 소리가 들리는 듯했다. 지금의 방호 나이였던 그들은 언제고 함께 서울로 가 보자고 손을 꼭 잡곤 했다.

여전히 수나의 마음속에는 격랑이 일고 먼 곳으로 떠나고 싶은 집시의 넋이 웅크리고 있다. 재준이 열다섯 나이에 주목나무 밑에 한 줌의 재로 뿌려진 후로는 더욱더 방랑의 혼이 그녀를 놓아주지 않았다.

어느 여름의 저녁나절, 그들은 서울 가서 전차를 타고 노을을 보러 노량진으로 갔다. 한강 다리 중간 지점까지 걸어가서 혼미하도록 노을을 바라보았다. 울고 싶도록 황홀한 시간이었다.

그때 그림 솜씨가 있던 수나는 화가가 되고 싶었고, 재준은 첼로를 켜고 싶어 했다. 깊은 산 그림자에 묻힌 아이들에게는 너무도 먼 신기루 같은 꿈일 뿐이었다. 지금 그는 어디쯤 가고 있을까. 수나는 첼로 선율을 들을 때마다 그 커다란 첼로를 단 한 번도 안아보지 못한 채 한 그루 주목나무가 되어버린 재준을 생각한다.

그가 떠난 날이면 다녀오는 주왕산. 그를 품어 안은 주목나무는 여전히 말이 없고, 능선은 아득하고 꿈만 같다. 그가 사는 천상의 세계에도 강물은 흐르고 처절하도록 찬연한 석양은 그의 영혼이 안식하고 있는 주왕산의 주목나무에도 피보다 짙은 붉은 빛을 흩뿌리고 있을까.

팔각정 호수 앞에 셋이 나란히 앉아 쉬고 있을 때였다. 수나는 입술을 깨문 채 먹빛으로 잠겨가는 수면을 응시하고 있었다. 모든 것이 허망하였다. 생은 한 치 앞을 모른다고 하지만….

곤한 새벽잠을 깨우듯 방호가 수나를 불렀다.

"아줌마. 산에 사는 아줌마 친구는 어떤 나무가 제일 좋대요?"

"어릴 때부터 주목나무를 제일 좋아했어."

"주목나무가 어떻게 생겼어요? 이 호수에도 있어요?"

방호의 눈이 커졌다.

"주목나무는 아주 높은 산에 사는 침엽수야. 이런 호수엔 없지."

수나는 아련하고 아득한 눈길로 밤나무에서 떨어진 재준의 마지막 얼굴을 그려보았다.

"수나야, 어저께 시내에 갔다가 액세서리집에서 붉은 나무로 된 십자가 목걸이 봐 두었거든."

재준은 밤나무 숲에서 영근 밤 따는 아르바이트를 하러 가면서 말했다.

"그래서…?"

수나는 물론 재준의 말이 무엇을 의미하는지 알고 있었다.

"네 생일 선물로 그 십자가 목걸이 사줄게. 선물은 미리 말하는 게 아니라지만, 뭐 너하고는 초등학교 일학년부터 친구니까."

"고마워. 이담에 어른이 될 때까지 그 목걸이 걸고 다닐게. 하지만 재준아, 너 밤 가시에 찔리면 얼마나 아프다구. 덧날 수도 있으니까, 조심해야 돼. 저 나무 저렇게 높은데 정말 올라갈 수 있겠어? 떨어지면 난 몰라."

"괜찮아. 나무에 올라가서 작대기로 밤송이들을 후려치면 밤이 후드득 우박처럼 떨어지던데, 뭐."

그날 재준은 밤나무 꼭대기까지 겁 없이 올라갔고, 그렇게 하늘까지 갔다. 재준은 붉은 나무 십자가 목걸이를 영영 그녀의 목에 걸어주지 못했다.

재준을 주목나무 밑에 심고 온 날, 수나는 그 목걸이를 샀다. 노을이 내릴 때마다 목걸이 위로 붉은 주목나무 그늘이 드리워져 그녀의 목에 불그스름한 별이 새겨지는 것 같았다.

수나는 어린 재준을 빼어 닮은 방호의 손을 잡았다. 붉은 나무가 된 보고 싶은 재준이 방호의 눈망울 속에서 빙긋 웃고 있었다.

시간의 강을 건너는 자들을 위한 悲歌.
-「시간을 건너다」와 「호수공원 이야기」의 의미와 구조

이태동(서강대학 명예교수)

1.

영국 시인 토마스 그레이는 그의 시 「시골 묘지에서 쓴 비가」에서 '아무도 가지 않은 들판에 수많은 꽃들이 피고 진다'고 노래했다. 이러한 경우는 숨겨진 문학작품들에도 적용될 수 있는 표현 인듯하다. 하지만 문학 작품은 풀꽃과 달리 언어로 씌어진 것이기 때문에, 그것이 훌륭하다면 반드시 빛을 보게 된다.

숨은 꽃과도 같은 작품 「시간을 건너다」는 그 제목이 말해 주는 것처럼, 요람에서 무덤까지 인간이 건너야 하는 시간의 바다를 소설공간으로 설정하고 있다. 물론 이것은 소설 장르의 거의 모든 작중 인물들이 온갖 어려움을 극복하고 건너야만 하는 운명적인 시간의 바다이다. 그러나 인간 개인은 각자 나름대로의 이상적인 목표를 가지고 항해하지만, 시간은 제한되어 있고 헤쳐 나가야만 할 길이 기혹할 정도로 험

난하기 때문에 그것의 실현이 불가능하다는 사실을 발견하게 된다. 그래서 의식 있는 예술가들은 작품을 통해서 이렇게 부조리한 존재의 길을 대체할 수 있는 새로운 비전을 상상력의 힘으로 제시하려고 한다.

일반적으로 소설의 주인공들이 문이 없는 시간의 감옥에서 벗어나기 위한 길에서 발견하게 되는 운명적인 모순된 삶의 현실은 철학에서는 물론 문학에서 여러 가지 형태로 논의되어 온 그것과 그 문맥을 같이 하고 있다. 이를테면, 플라톤은 다음과 같이 말했다. "인간은 이데아와 등지고 동굴 바닥에 사슬로 묶여 있기 때문에, 세상의 '근원적인 실재'에 대해 지각하는 모든 것은 감옥의 벽에 던져진 그림자의 움직임뿐이다." 그러나 아리스토텔레스는 플라톤과는 달리 변증법적 갈등 관계를 통해서 존재의 근원적인 본질이 나타난다고 했다. 그에 의하면, 인간은 이데아와 등지고 있는 것이 아니라 그것에 접근하려는 운명을 지니고 있다. 즉 "궁극적인 현실(ultimate reality)"은 플라톤이 구체적인 물질세계와 전혀 관계가 없는 순수한 이데아로 구성되어 있다고 주장했지만, 아리스토텔레스는 현실(실재)이나 자연이 변하지 않는 것이 아니라, 발전적으로 변화하는 것으로 보았다. 다시 말하면, 그는 이데아에 해당되는 형상(形象, form)은 질서 있는 원칙에 따라 구체적인 물질을 통해서 그것 자체를 지속적으로 나타낸다고 했다. 이것은 마치 씨앗에 숨겨져 있는 형상이 시간의 진행 속에서 잎새와 꽃, 그리고 나무의 모양으로 그것 자체를 나타내며 창조적으로 발전한다는 것과 같다. 포스트모더니즘 시대를 열었던 자크 데리다 역시 플라톤과 헤겔이 주장하는 이데아와 관련 있는 로고스중심주의를 부정하고, 경험세계를 초월해서 존재한다는 "고정된 중심"은 없다고 했다.

고전주의 철학의 입장이든, 그것과 반대되는 해체주의적인 시각에서 보든, 인간은 인식론적으로 진실을 추구하려는 욕망을 갖고 태어났지만, 그것에 도달하지 못하고 사멸하는 운명에 놓여있다. 그래서 프란츠 카프카는 어떤 편지에서(1911년 12월 18일) 스스로 존재의 감옥의 수인囚人이라고 말하며 다음과 같이 썼다. "나는 텅 빈 방 공간으로 인해 모든 것으로부터 단절되었다. 그래서 나는 그것의 한계선에 도달하지도 못했다." 또 그는 1921년에는 다음과 같이 썼다. "모든 것은 환영幻影"이다. 가정, 사무실, 친구, 거리, 여자, 더 가까이 더 멀리 떨어져 있는 환영들, 그러나 가장 가까운 진실은 문이나 창도 없는 감방의 벽에 내가 머리를 기대고 있다는 것이다. 또 그는 어떤 아포리즘에서, "예술은 진실 앞의 현란한 맹목盲目이다. 괴상하게 일그러진 얼굴에 나타난 빛이 진실이다. 그러나 그것 이외에는 아무것도 없다"고 썼다.

2.

작품 「시간을 건너다」에서 사건 전개의 계기를 마련한 인물은 국외자로 등장한 W라는 이름의 화가다. 그가 국외자가 되어 그림을 그리기 시작한 것은 그가 자란 고아원이 감옥과 같이 닫혀있는 암담한 세계와 같다는 것을 느꼈을 뿐만 아니라, 그 속에서 살고 있는 사람들의 삶 속에 애정이 고갈되어, 강자가 연약하고 순박한 개와 같은 약자에 대해 잔혹한 학대를 가하는 행위에 대해 눈을 뜨고부터이다. 왜냐하면 그는 상상력의 힘으로 그리는 그림 속에서 부조리하고 잔인한 현실과 대체할 수 있는 새로운 이상적인 세계에 대한 비전을 담을 수 있다고 생각했기 때문이다.

"초등학교 3학년부터 호시탐탐 탈출을 꿈꾸며 잠들었다. 중학생이 되고는 실제로 고아원 담을 넘기도 했다. 기차역 의자에서 꼬부랑 잠을 잤어. 가을밤이 그렇게 추운 걸 그때 첨 알았거든. 이틀 만에 겨들어 갔을 때 똥개 순이가 정신없이 내 얼굴을 핥으며 반가워하는 거였어. 앞 다리 하나가 불구인 바둑이는 부엌 아줌마부터 원생들의 구박덩이였다. 불쌍한 순이를 돌봐줘야겠다는 마음에 동정심이 멍들었지. 그때부터 공부를 파고들고 미술부였던 난 그림을 열심히 그렸다. 다행히 전국 고교미술대전에 특선을 따는 바람에 미댈 장학금으로 다니게 된 기쁨보다도, 새끼 네 마리 낳은 구박덩이 순이를 두고 떠나는 슬픔은 말로도 그림으로도 어떻게 할 수 없는 사무침 때문에 내 가슴을 주먹으로 얼마나 쳤는지 몰라―."
    …
"그러니까 동물의 천적은 사람이라는 걸, 알지―? 야생의 포식 동물에게서도 가장 큰 천적은 인간인 거야. 옛날 서양의 부자 놈들은 투우를 하며 즐겁다고 소를 괴롭히며 즐기고 꿩 사냥을 하며 여우 늑대 사냥놀이

를 하며 낄낄거리던 놈들은 지금 시대도 다르지 않지만, 사실은 귀족이
아니고 돈 많은 야만인인 거야. 영장류인 인간이 무기로 동물을 죽이고
괴롭히는 놈들은 모두 사람을 해한 것과 같은 형벌을 적용해야 한단 말
이야. 가장 친한 반려라고 애완견을 물고 빨며 귀여워 죽겠다고 호사를
시키다가도 병이 들거나 싫증이 나면 휴지 조각 버리듯 기르던 개 고양
이를 버리는 인간들의 인격과 비양심도 마찬가지로 중죄를 줘야 한단 말
이야ㅡ."

"나는 인간들이 입술에 달고 사는 사랑을 믿지 않아, 알지ㅡ? 배신 세
상에서 제일 믿을 게 못 되는 게 남녀의 그 사랑이라는 걸ㅡ."

이러한 시각에서 볼 때 "3인 추상화 전시회"를 열었던 화가 세 사람,
구주현, W. 그리고 구주현의 약혼자 전미가 모두 다 모순된 현실에 대
해 불만을 품고, 그것을 개선하고자 나름대로의 방식을 가지고 새로운
이상을 추구하고 있는 인물들이다.

그런데 W가 전시회 도중 미대 동창인 절친한 친구 구주현을 배반하
고 그의 약혼자인 전미가를 "꿰어" 강원도 산속으로 들어가게 된 것은
그림 속에서 구주현이 추구하는 세계가 옳지 못하다고 생각했기 때문
이 아닐까. 그것이 아니라면 그들은 그림 판매에 대한 질투심 때문이라
고 말하지만, 그것보다는 심각하게 문제시하는 현실을 바라보는 그들
의 시각의 차이에서 오는 심리적 갈등은 물론 그림에 대한 대중의 반응
에서 오는 좌절감의 반작용으로 생각할 수도 있다.

"인간 위주의 일관된 소재의 나선작법은 내 작품에 붉은 딱지가 월등하게 붙었다. W의 도시 건축물에 대한 강렬한 색채와 직선 구도가 독특한 대형 작품은 의외로 꽃 주제의 소품 위주인 전미가보다도 판매 성적이 저조했다. W는 분개했다. 상한 자존심으로 나의 약혼자 전미가를 꿰어 판매 대금과 전시장에 남은 내 그림까지 챙겨가지고 수달처럼 자취를 감췄던 것이다."

위에서 언급한 사실에서 볼 수 있듯이 인간중심으로 한 나선작법 이미지로 되어 있는 구주현의 그림은 진화론적인 발전 방법을 택한 반면, W의 강렬한 색채의 직선 구도를 가진 도시 건축물의 그림은 급진적이고 공격적이다. W와 구주현의 약혼자였던 전미가가 구주현을 배반한 "돌발광란증"은 현실에 대한 돈키호테식의 반항으로 생각할 수 있다. 우리가 판에 박힌 습관적인 편견에서 벗어나 세르반테스의 돈키호테를 "미친 바보가 아니라 인간적인 의미에서 영웅이라고 볼 수 있다면, 그는 영웅적인 개성을 발휘하며 정의를 추구하는 고통스러운 이상주의자"로 볼 수 있기 때문이다. 이러한 사실은 전미가가 약혼자였던 화가 구주현을 "사랑한다"고 말하면서도 설명할 수 없는 이유로 서울을 떠나 음악 예술의 나라 이태리로 떠난 것이나, W가 강원도 산속으로 들어가 남편으로부터 버림을 받은 "성악과 출신의 세련된" 또 다른 여자와 함께 살면서 그녀가 떠날 때까지 행복을 나타내는 꽃들을 주로 그린 것으로 뒷받침된다. W가 생각하고 있는 이상적인 세계는 앞에서도 언급한 것처럼 강자가 약자를 억압하고 학대하지 않으며 사랑의 꽃을 피울 수 있는 곳이다. 그는 고아원에서 구박을 당하는 순이를 돕기 위해 그림을 그리며 꿈꾼 세계를, "3인 추상화 전시회" 이후 산속에서 우연한 인연으로 만난 집을 나온 버림받은 그 여인과의 삶에서 구체화하려고 했다.

W는 무슨 생각에선지 여자 이야기를 꺼내었다. W는 어스름 봄밤, 작업 붓을 놓고 허리를 펴려고 나갔다가 기절할 뻔했다. 저쪽에 시커먼 물체가 있어 다가갔더니 사람이었고 여자였다. 숨을 쉬는 여자를 업어다 방에 뉘었더니 헛구역질을 하고 계속 노란 액체를 토해 내는 거였다. 묽게 끓인 죽을 먹인 여자는 앳된 40대였다. 정신이 든 여자는 W를 쳐다보며 말문을 열었다. 뉴욕 로마에도 가보고 런던 파리, 덴마크 노르웨이까지도, 남미의 아르헨티나 칠레 등 지구의 끝까지 가 봤지만, 이제 서울은 죽어도 싫다고 고개를 저었다.

"무서워요. 자작나무 산에서 살고 싶어요." 하고 W의 나무집에 눌러앉은 여자는 W와 5년 가까이를 산나리꽃처럼 살았다. 그녀가 이른 새벽, 실뱀처럼 사라진 이유를 도무지 이해할 수 없어 미칠 지경이라고 W는 딸꾹질을 하듯이 흐느꼈다. 그리고 중요한 비밀을 고백하듯이 말하였다.

"그 여자, 제자와 바람난 음대 교수 아내이고, 성악과 출신의 세련된 여자야—."

그러나 서두에서 밝힌 것처럼, 인간은 운명적으로 시간과 공간 속에 갇혀 있는 존재이기 때문에, 현세에서는 인간의 욕망을 영속적으로 충족시킬 수 없다. 현실세계의 아름다움은 W와 같은 화가들이 생각하고 있는 것처럼 영속적인 것이 아니고 순간적인 것이고 변화하는 것이다. "성악과 출신의 세련된 여인"이 W와 함께 산속에서 5년 동안 행복한 삶을 살았지만, 결국 그를 떠난 것은 완전한 영속적인 사랑을 발견할 수 없었기 때문일 것이다. 그녀기 남해로 갔을 것이라고 W가 말한 것은 짙은 남색 하늘과 바다가 있는 그곳이 천국으로 가는 마지막 정착지로 W는 생각했기 때문일 것이다. 실로 남해는 죽음을 상징하는 바다에 인접한 "땅끝" 마을이 있고, 하늘을 오르는 "사다리가 끊어져 내리는 듯한" 햇빛이 눈부시도록 밝고 찬란한 해안 도시이다.

'사다리를 다오. 사다리를.' 위대한 소설가 고골리는 죽어가면서 왜 사다리를 원했던 걸까. 그가 닿고자 했던 곳은 어디였을까. 어지러이 휘도는 안막 속의 영상을 나는 응시하고 있다. 허리 잘려 쓰러진 사다리가 하늘의 빛처럼 무수한 입자로 쏟아졌다.

또 남해는 사랑의 프러포즈를 했을 만큼 화자를 좋아했던 소꿉친구였던 의사 허동경이 결혼한 남편으로부터 배반을 당하고 내려와 환자들을 치료하고 있는 춘풍 보건소가 있는 곳이기도 하다.

그런데 화자인 구주현이 W의 간청에 못 이겨 W의 잃어버린 여인을 찾아 남해로 내려가는 자신에 대해 불평을 하지만, 그 역시 W와 더불어 "3인 추상화 전시회"를 열기 위해 그림을 그리며 새로운 세상을 함께 꿈꾸었던 인물이기 때문에 W와 같은 처지에 놓여 있는 고통 받는 인간은 물론 피조물인 개들이 운명적으로 처해 있는 잔인한 현실적 상황에 대해 깊은 연민을 느낀다. 그래서 그는 남해로 "W의 여자"를 찾아가는 길 위에서 뇌질환을 앓고 있는 W를 생각하며 병들어 아픈 개들까지 치료하기 위해 헌신적인 노력을 기울인다.

 잔뜩 술 취한 W가 자기의 분신이라고 남해로 여자를 찾으러 가자고 조를 때였다.
 "미친놈, 네게는 분신인지 뭔지 모르는 여자를 왜 내가 찾으러 가나-?"
 "너는 나의 친구니까. 엉-."
 "내가 네 친구 일진 몰라도 넌 나의 친구가 아니란 말야. 정신 차려. 나쁜 놈아-."
 "나는 나쁜 놈이지만, 지금 너는 나의 하나뿐인 진짜 친구라고, 정말."

이를테면, 남해로 가는 도중 옆에 앉혀 놓은 W의 강아지 로즈가 "믿을 수 없을 만치 차분해서 말을 시킬 정도"가 되자 W처럼 개에게 인간이나 다름없는 애정을 느낀다. 2시간 운전을 한 후, 로즈가 차에 배변을 할까 두려워 서해 바다의 바다 낚시터가 있는 어촌마을에서 차를 세우고 로즈로 하여금 소변을 보게 한다. 그때 그는 또 한 마리의 개 허스키가 사람에게서 버림을 받고 고통스러워하는 것을 발견하고, 사랑하는 여자를 떠나보내고 뇌질환으로 병원으로 실려가 무균실에서 고통을 받고 죽어가는 W를 생각하며 그놈을 사람처럼 돌보게 된다.

  낯선 곳이 신기하여 둘레둘레 즐기고 있던 놈은 갑자기 자동차 몰고
주인이 달아날 때, 혼비백산하여 목줄이 매인 버드나무 둥치를 미친 듯
이 돌았을 게 뻔했다. 튼튼한 가죽 목줄은 죽을힘을 다해도 끊어지지를
않았던 증거로 놈의 패인 목에 붉은 목걸이처럼 피가 엉겨 붙어 있었다.
주인의 자동차가 시야에서 사라졌을 때의 놈의 절망감이 의식되자, 의지
하고 살던 여자의 도주를 이겨내지 못하고 끝내 머리 핏줄이 터져 쓰러
진 W의 모습이 오버랩 되어 나는 개 앞에 쭈그리고 앉았다. 불끈 부아가
돋았다. 오그리던 내 가분이 부르르 떨리며 W의 목소리가 귓가에 스민
다.
  "그 여자가 분신처럼 살뜰하게 기른 강아지야. 귀여워해 줘. 이젠 내
분신같이 됐지만."

구주현은 허스키를 로즈와 함께 차에 싣고 가는 도중, 놈의 상처에
흘리는 피고름이 뒷좌석의 방석을 흠씬 적시는 것 같아, 아픈 소리를
지르는 놈을 차에서 내려 풀밭에 눕히고 주저앉아 환부의 고름을 입으
로 빨아내기까지 하며 사람에게도 할 수 없는 정성을 보인다.

  그리고 그는 치료를 한 허스키와 로즈를 태우고 남쪽으로 가는 자동
차에서 노숙을 하는 도중, 피부병에 걸려 사람들이 버린 치와와로 보이
는 또한 마리의 어미 개와 강아지 새끼 두 마리를 발견한다. 그리고 그
는 이들 치와와에게도 로즈와 허스키에게처럼 같은 애정을 느낀다. 그
리고 그는 남해에 도착해서, 동물 병원을 찾아 병든 개들에게 치료를

받게 한다. 수의사는 허스키의 경우, 나이가 너무 많고 골반종 암세포가 신장에까지 전이되어 있다고 말하며 안락사를 시키는 것이 좋겠다고 말한다. 그러나 구주현은 수의사의 제안을 거절하고 자기에게 기어올라 안기는 허스키를 로즈와 치와와 세 마리 개들과 함께 차에 싣고 고향에서 같이 자란 닥터 허동경의 춘풍마을 보건소로 향한다.

구주현은 500년이 된 느티나무 옆에 있는 시골 보건소를 찾아, 허동경 의사를 만나 정담을 나눈 후, 뇌질환을 앓고 있는 W에 관한 이야기를 하며 그의 여인을 찾는 데 도움이 되어 주기를 부탁한다. 그때 동물의 울부짖는 소리가 들리고 허스키가 비참하게 죽는 것을 바라보게 된다. 그는 다른 개들을 허동경에게 맡겨두고, 아파트로 돌아와 동물화장을 찾아 상자에도 넣지 않고 화장을 하는 참혹한 슬픈 광경을 목격하며, 유년시절 고향에서 자동차에 치여 죽은 진돗개 덕구를 겨울 산에 묻던 할아버지의 모습을 회상한다.

할아버지는 곰방대를 피우고 나서야 구덩이를 파기 시작했다. 산이 얼어 힘이 많이 들었다. 이불보로 둘둘 감아서 염을 한 죽은 덕구를 가마니에서 꺼내어 구덩이에 넣고 그 위에 흙을 덮었다. 덕구를 전나무 아래에다 묻은 할아버지는 다시 곰방대 한 대를 피웠다. 어린 나는 할머니를 잃은 단짝인 덕구마저 죽어 혼자가 된 염소수염 할아버지가 불쌍해서 빨강 파랑색 양철지붕들이 옹기종기 모인 강 건너 마을을 한 없이 바라보며 서 있었던 기억이 눈앞을 흐리게 하였다.

그리고 "고불고불한 불쌍한 W의 개를 무릎에 앉히고," 수목장樹木葬을 하기 위해 가루가 된 "죽은 허스키의 종지"를 싣고 한강을 건너 달리는데, W가 숨졌다는 전화를 받게 된다.

3.

지금까지 살펴보았듯이, 이 작품의 많은 부분은 W에 대한 이야기와 로즈와 허스키 그리고 치와와 같은 애완동물의 사랑에 대한 이야기를 병치시켜 놓고 있지만 후자에 대해 더 많은 공간을 할애하고 있다. 그래서 일반 독자들은 이 작품을 얼핏 애완동물에 대한 사랑 이야기로 읽을 수 있다. 물론 그러한 점이 없지 않다. 그러나 화가 구주현의 애완용 개에 대한 남다른 애정과 사랑은 부조리한 실존적 상황에서 고통을 받고 함께 살다가 비통하게 죽어가는 사람들이 서로의 상처를 치료하고 위무하며 사랑하는 것이 도덕적으로 할 수 있는 유일한 길이란 것을 은유적으로 나타내기 위한 탁월한 전략으로도 읽을 수 있다.

구주현은 W와 함께 생의 변증법적 변화과정의 풍경 속에서 아름다움은 순간적으로밖에 느낄 수 없고, 문이 없는 닫힌 세계에서 떨어지는 풀잎처럼 죽어가야만 하는 운명적인 인간과 그리고 개와 같은 피조물에 대해 저항할 수 없는 연민을 느낀다. 그리고 그가 이렇게 부조리하고 잔인한 "시간을 건너"는 길 위에서 할 수 있는 최선은 사랑이란 것을 깨닫고 그것을 실천하는 모습을 보인다. 그래서 그는 미대에서 만남의 인연을 가진 W와 그의 일부라고 생각하는 로즈 그리고 길 위에서 만난 썰매 개 허스키 그리고 치와와 세 마리에 대해 믿기 어려울 정도로 헌신적인 사랑을 보인다.

화자 구주현을 찾아와 자기가 의지하며 함께 살았던 여자를 찾아달라고 애원하는 W가 뇌질환으로 병원으로 실려 가 병세가 악화되어 무균실로 옮겨갔으나 죽게 되었다는 소식과 길 위에 버려진 썰매 개 허스키가 구주현의 도움으로 동물병원에서 치료를 받다 죽게 되는 과정을 병치시킨 것은 소설 구성의 차원에서는 물론 미학적으로 대단히 주목할 만 한 일이다.

왜냐하면 전자의 움직임이 후자의 그것에 투영되고, 또 그것의 반대 현상도 일어나기 때문이다. 이것보다 더 중요한 것은 여기서 보여주고 있는 작가의 전략적 수사학이 낭만적인 색채가 짙은 이 작품을 자칫 감상感傷의 늪으로 빠질 수 있는 위험에서 구해주고 있다는 것이다.

결론적으로 작가가 이 작품에서 생명체가 죽는 참혹한 모습을 적나라하게 그린 것은 인간이 서로 나누고 의존할 수 있는 것이 사랑밖에 없다는 것을 강조하기 위함일 것이다. 그러나 이것은 현대소설에서 기대하는 미학적 효과보다는 졸라의 자연주의 소설이 기대하는 효과에 한정될 수 있다는 아쉬움이 있다.

호수공원 이야기

작가 김녕희의 「호수공원 이야기」는 우리들에게 적지 않은 호소력을 보이는 것은 인간이 단절된 상태에서 만날 수 없는 오지 않는 사람을 기다리는 아픔을 세련된 시적 언어로 형상화하고 있기 때문이다. 실제로 이 작품은 그리움의 대상을 만나는 것이 아니라 만나지 못하는 그리움 그 자체를 담고 있다. 주인공인 양자는 운명적으로 일본에 온 한국 신문 기자를 만나 깊은 사랑에 빠진다. 그러나 지성이라는 기자는 해직 기자이기 때문에 도망을 다니는 처지여서 함께하지 못하고 이별을 해야만 한다.

부모를 속이고 병원에 병가를 내고, 몇 달 치의 월급을 가불하고, 차곡차곡 쌓아온 적금 통장을 헐어서 허위허위 찾아간 지성의 남미, 부에노스아이레스의 화려한 플로리다 거리에서 요코는 행복했다. 고혹적인 오렌지색 가로등 불빛에 취하고 포도주에 감겨 탱고를 추는 거리의 남미

사람들 열기에 휩쓸려 탱고도 무엇도 아닌 춤을 춘 그 뜨거운 기억…. 그 돌아가지 못할 시간은 고독한 그녀의 정감에 애달픈 그리움으로 감긴다. 탱고 카페에서 아사도 고기 맛과 핏빛 포도주에 취해 뜨거운 남미 군중에 섞여 환희로 타던 열정은, 정녕 봄비에 휘날리는 벚꽃처럼 흐르는 세월에 쓸려 갔는가. 부끄러움 없는 함박웃음을 불꽃처럼 터트린 그 축제의 계절은 소슬한 삶의 시간을 따라 영영 쓰러졌는가. 공항에 비가 내리고 있었다. 스산한 겨울비는 차갑고 기약 없는 작별은 눈물겹기만 하였다.

그녀는 그를 위해 일본에서의 병원 일을 그만두고 한국으로 귀화까지 했으나 그로부터 아무런 소식을 듣지 못한다. 취재를 위해 지성과 일본에 함께 왔던 영찬이 그녀에게 집요하게 구혼을 했으나 그녀는 거절하고 사뮈엘 베케트의 〈고도를 기다리며〉의 주인공처럼 돌아오지 않는 지성을 한없이 기다리며 산다.

그런데 여기서 무엇보다 중요한 것은 양자가 오지 않는 지성을 기다리며 자기와 같은 상황에 처해 있는 사람들은 물론 동물에게 보이는 애정의 손길이 조용히 도덕적인 감동을 일으키고 있다는 사실이다. 누가 버린 강아지를 집으로 데려와 리라라는 이름을 지어주고 함께 생활하는 그녀는 6·25전쟁 당시 이북에 두고 온 딸을 처절하게 그리워하며 북쪽 하늘을 향해 연을 날리는 베레모 노인을 공원에서 만나 소주병을 나누며 그의 아픔을 함께 나누는 모습을 보인다. 그리고 그녀는 일어학원 강사로 일을 하며 호스피스 자원봉사를 하다 임종의 슬픔을 보고 우울해서 밖으로 나왔을 때, 우연히 공원 벤치에서 만난 보육원 고아 방호에게 "친절한 아줌마"로서 어머니와 같은 역할을 한다. 그녀는 한 달에 한 번 정기적으로 방호를 만나 공부를 잘할 수 있도록 용기를 불어넣어줌은 물론 삶의 아름다움에 대해 눈을 뜰 수 있도록 도와준다. 그녀가 방호와 함께 관광 목적으로 북한산과 남산을 찾았을 때, 아이가 경이에 차서 아름다운 산속에 있는 나무들의 이름을 확인하며 걸어가는 모습은 한 편의 서정시와 같은 느낌을 준다. 또 그녀가 공원에 나타나지 않는 베레모 할아버지를 찾아 방호와 함께 신의주까지 철로가 연결되었던 문산역으로 가는 기차를 타고 가는 풍경은 동화적인 색채를 띠고 있지만, 순수한 인간의 애정이 넘쳐흐르는 삶의 아름다운 편린이다.

시간의 물결 속에 넘을 수 없는 벽으로 인해 헤어진 사랑하는 사람들에 대한 처절한 그리움과 아픔 그리고 그것을 위무하는 것을 주제로 한 이 작품이 하나의 예술로서 우리들에게 느껴질 수 있는 것은 작가 김녕희만의 독특한 시적인 언어와 그것에 상은하는 탁월한 은유 때문이다. 이 작품의 중심이 되고 있는 호수공원은 분노의 고함소리가 들리는 시끄러운 광장과는 달리 평화와 사랑 그리고 위로의 공간이기 때문에, 주제의식을 시적으로 형상화하는 탁월한 은유적 이미지가 되고 있다. 베레모 노인이 북쪽의 딸을 그리며 날리는 가오리연의 실(연줄), 피리 소리 그리고 하모니카 소리 등도 그리움을 나타내기 위해 작가 김녕희만이 발견해서 사용한 은유들이다. 그래서 우리가 "소설에 반대되거나 서

사시에 반대되는 서정시로서 단편이 문학예술의 최고의 예술이다"라는 애드가 앨런 포가의 말을 기억하면 이 작품은 예술 작품으로 평가할 만하다.

그러나 이 작품이 결함이 없는 것은 아니다. 공원이나 연鳶줄의 이미지는 좋지만, 술과 피리 소리, 하모니카, 소나무 움막 그리고 "클레맨타인" 등으로 이루어진 이미지들은 그렇게 바람직한 것이 못 된다. 이러한 것들은 작품을 감상感傷의 늪, 즉 센티멘털리즘으로 빠뜨려 작품을 조잡하고 얇게 만들 위험을 보이고 있기 때문이다. 그리고 작가는 이 작품에서 너무나 많은 것을 담고 있기 때문에, 단편으로서의 미학을 스스로 상실하는 위험 또한 보이고 있다. 작가는 이 짧은 소설 공간에 일본 징용 그리고 군사정권의 억압 등, 한국 전근대사를 열거하고 있으며, 이것은 호스피스에 대한 언급만큼 진부한 느낌을 주고 있다.

어떤 측면에서 이 작품은 알퐁스 도데의 작품, 「별」이나 「마지막 수업」같은 신선한 느낌을 주는 부분도 있다. 그러나 앞에서 말한 것같이 좁은 소설 공간에 넘쳐나는 일상적 요소들이 다른 한쪽에서 빛나는 간결하고 깨끗한 경이로운 아름다움을 억압하고 있는 것이 아쉽다.

김녕희 작품평

인간의 숙명적 한계와 실존적 극복의 과제

홍성암(소설가, 전동덕여대 교수)

작가 김녕희는 단편 「우기의 문」 「수평의 서단」)으로 현대문학 2회 추천완료를 통해 1961년에 데뷔하였다. 그 이후 김녕희는 『고독한 축제』(1968. 현대문학사 간행)를 비롯한 『혼자하는 내기』(1974. 융성사) 『오진시대』(1987. 청한문화사 현) 세계사) 『결박당한 남자』(1992. 신원문화사) 등, 4권의 창작집과 15권의 장편소설, 그리고 3권의 수필집과 꽁트집 등의 왕성한 창작 활동을 해 왔다. 그 결과 한국소설문학상(1987.) 류주현 문학상(2015.)을 비롯한 여러 문학상을 수상한 비중 있는 작가 활동을 이어오고 있는 현역 작가이다.

　　이번 창작집 『시간을 건너다』의 단편 중, 소재의 취급 방법이나 창작의 기법적 측면에서 「지니의 초상」과 「호수공원 이야기」 그리고 「검은 노을」의 세 작품을 유심히 들여다보았다. 이들 작품의 구조적 특성을 통해서 작가의 일관된 세계관 내지는 창작 기법을 살필 수 있었다.

김녕희 작가는 작중인물의 수난사를 전기적 방법으로 기술하고 있다. 이러한 서술 방법은 인간의 삶 자체를 시련과 수난의 양상으로 파악한 것이라 할 수 있다. 절대적인 우주에서 불완전한 인간의 삶이란 결과적으로 숙명적인 한계를 지니게 되는 것이다. 이런 수난과 고통을 극복해 가는 과제가 숙명적으로 인간에게 주어져 있음에 치중한 것이다.

「지니의 초상」은 한국 미혼모에게서 태어나 고아원에 기탁되었다가 미국 자동차의 고장 디트로이트로 입양되어 간다. 고아원 서류의 한국 이름 진희는 미국식 이름 지니가 되어 세계적인 자동차회사 GM(제너럴 모터스)의 고급 간부인 양부와 예일대 출신의 수학교사인 양모 가정에서 길러지게 된다. 입양아 중에서는 지적가정에서 부유하게 사립고등학교엘 다닌 행운아이기도 하다. 하지만 지니의 인생역정은 우리나라 입양아들의 슬픈 인생사를 엿볼 수 있는 양상의 스토리를 함축하고 있는 것이다. 예일대 출신의 지적인 양모의 사망으로 예일대에 갈 희망이 꺾인 지니는 양부에게 빈손으로 쫓겨나 공장 노동자로 전락하고 만다.

노동에 서툰 새내기인 그녀는 공장의 최저임금으로 지하 원룸의 하위생활조차 유지하기 힘들 정도였던 것이다. 때마침 한국의 가족을 데려오기 위한 영주권이 필요한 한국 이민 남자와 돈이 필요한 지니는 계약결혼을 한다. 하지만 야간 트럭 장거리운전을 하는 박은 자기의 혈육

이기도 한 지니와의 아들을 미국인 변호사에게 몰래 입양을 시키고 그는 도주하고 만다. 아들의 병을 위해 난생처음 서울행 비행기를 탄 지니는 자기를 낳은 한국엄마를 찾으러 가는 길이란 한미 혼혈 미국 대학생을 만나 지혜를 얻는다.

자기의 아이가 둘 있는 변호사는 지니의 아들과 한국 여자 아이를 입양한 변호사이므로 지니는 그에게 자기 아들을 달라고 할 결심을 하게 된다. 자기를 버린 한국 땅을 밟은 지니가 바닥에 주저앉는 장면은 보는 이의 가슴을 뭉클하게 만든다. 이름도 생년월일도 없이 교회 문간에다 갓난쟁이인 자기를 버린 무지하고 잔악한 한국미혼모의 인생은 어디로 어떻게 흘렀을까.

단편 「호수공원 이야기」는 인생의 여러 단면의 모자이크를 느끼게 하는 소설이다. 일본 여자 요코가 한국인 해직기자 애인이 남미에서 소식을 끊은 암담한 사랑임에도 끝없이 기다리고 기다리는 편집증적 삶은 의외로 애달프다. 오사카병원 간호사 출신인 고독한 그녀는 고단한 학원의 일어 강사직을 겸하며 임종을 앞둔 노인 환자들의 호스피스 봉사를 다니는 박애주의적인 인물이다.

양자(요코)는 지성을 기다리는 집념으로 끝내 한국 국적을 딴 지독한 일본 여인이었다. 한편 엄마를 애타게 기다리는 신중하고 의젓한 보육원 소년 방호는 한 달에 한 번씩 양자의 집으로 가정체험을 온다. 그녀는 12살 방호의 정신적 후원자가 되고 호수공원의 그녀가 늘 앉는 은행나무 앞에 버려진 유기견을 데려다 지극정성으로 기르는 마음 따뜻한 성정의 귀화한 일본 여인인 것이다.

자기 엄마를 기리는 방호는 호수공원을 산책하는 사람들 눈에 요코가 엄마로 보이는 것의 안도감과 흐뭇한 자랑을 느낀다. 방호가 강아지 리리의 목줄을 끌며 셋이 나란히 행복한 호수공원 산책을 즐기는 대목의 따뜻한 정경은 가슴 저릿한 풍경이다.

방호는 양자와 난생처음 기차를 타고 호수공원에서 −나의 사랑 크레멘타인−을 피리로 불던 노인을 찾아가고 있는 길이었다. 갑자기 심각한 얼굴인 방호는 자기를 보육원에 두고 간 엄마가 왜 한 번도 자기를 보러오지 않느냐고 심각한 질문을 하는 것이다.

순간, 소식을 단절한 지성의 무정한 추상에 젖어있던 고독한 양자의 심금은 걷잡을 수 없는 난타를 당한다. 눈보라 치는 차창 밖을 보며 그녀는 일본 오사카에서 함박눈 내리는 퇴근길에 급성맹장염을 일으킨 한국의 해직기자 지성과 영찬을 만난 회오에 가슴을 일렁일 때였다. 느닷없는 방호의 질문에 방호에게 관심과 애정을 기울이는 양자라 할지라도 12년 동안이나 자기가 보육원에 두고 간 아들을 보러오지 않는 여자의 생의 대해 무슨 변호의 말을 할 수 있겠는가.

또한 「검은 노을」에서 서이화가 중3 때 어머니의 강권으로 미국 이민 후, 부모의 이혼으로 삶의 뿌리를 잃고 가혹한 세상을 헤매게 된 삶의 양태가 하나 같이 인생의 고난과 숙명적인 과정을 표출하고 있다. 김녕희 소설의 주인공들은 수난과 시련이 불행과 고통의 연속이어도 하지만 끝내 완전히 절망적인 것은 아니다.

「지니의 초상」의 지니는 잃어버린 아들을 찾을 것이라는 희망을 지니고 있고 양자는 지성과의 사랑을 성취할 수 있는 기회가 언젠가는 찾아올 것이라는 기대를 갖고 있다. 「검은 노을」의 이화도 남편의 급사를 겪은 트라우마로 기면증을 치료하러 다니는 병원에서 만난 주영국의 도움을 기대할 수 있는 환경이 되고 있는 것이다. 결국 인생의 암담하고 비극적인 조건에서도 한 가닥 희망을 남겨두는 작가의 휴머니즘적 세계관의 결실이라고 하겠다.

이들 작품의 중심 구조는 비극의 플롯에 가깝다. 어쩔 수 없이 주어지는 외부적인 환경과 본인의 성격적 결함에 의해서 창출된 운명이기 때문이다. 「지니의 초상」에서 지니가 미혼모에 의해서 버려지고 또 자신이 낳은 아들이 생부인 박에 의해서 미국인 가정에 몰래 입양되는 사건은 불가항력적인 외부적 환경이다. 「은행나무의 노래」에서 돌아오지 못하는 사람을 끝없이 기다리는 양자의 편집중적 삶도 그렇다.

「검은 노을」에서의 이화는 갑작스런 화가남편의 죽음으로 인한 충격으로 기면증이라는 희귀한 병을 앓고 있다. 멀쩡히 있다가 갑자기 잠이 드는 희귀성의 질병을 앓게 된 환경은 선택된 것이 아니라 외부로부터 주어진 것이기 때문이다. 이러한 비극은 주인공의 성격적 결함으로

인하여 더욱 극복하기 어렵게 된다. 지니의 연약하고 내성적인 성격에 대해서 양모 드보라는 "앞으로도 시련은 파도자락처럼 끊임없이 닥칠 것이다. 그때마다 눈물 대신 도전 정신을 다지고 그 정신으로 노력하고 열심히 공부해야 한다." 하고 조언한다.

「호수공원 이야기」에서도 양자는 "고도는 오지 않는다"는 영찬의 비아냥을 들으면서도 끝내 병적일 만큼 애인을 기다리는 고집을 꺾지 않는다. 이는 스스로 선택한 성격적인 결과라고 하겠다. 「검은 노을」에서 서이화의 인생의 고난은 어떠한가. 돌연한 남편의 죽음으로 어느 시간 어느 장소를 불문코 갑자기 잠에 빠지고 마는 기면증 환자가 된 삶이다.

김녕희의 소설은 제재적인 측면에서 매우 글로벌한 특성을 지닌다. 「지니의 초상」의 미국인 양부모에게 입양된 지니의 미국 생활, 일본인 이시하라 요꼬[良子] 석양자石良子가 한국인으로 귀화해서 살아가는 모습, 그리고 「검은 노을」의 서이화가 중3 때 미국으로 이민을 갔다가 노르웨이에서 술꾼 화가를 만나 살게 되는 이런 서술은 소설공간의 확대라는 측면에서 관찰할 수 있게 된다.

「시간을 건너다」에서 주인공 화가는 배신자인 옛 화가 친구 W의 위급한 뇌졸중수술을 해주고 보호자의 책임을 도맡아 생명회생을 돕는 인간애를 보인다. 또한 병들어 버림받은 개들의 생존회복에 심신을 드리우나 끝내 목숨이 끊어진 개를 안고 비탄에 잠긴 모습과 동물화장장의 장면은 읽는 이의 눈시울을 적신다.

작가는 작중인물들의 기구한 삶을 서술하면서 주인공의 삶의 영역을 세계적인 영역으로 확대하여 다룬다. 그만큼 현재의 한국 사회가 글로벌화 되어 있다는 것을 느낄 수 있게 된다. 그런 공간적 확대는 사물에 대한 인식과 감각의 확대도 동반하기 마련이다. 김녕희 작가는 작중인물들의 행동, 의식, 사고 체계에 있어서 한국적인 것과 이국적인 것을 적절히 혼용하여 감각의 새로움을 시도하고 있다고 하겠다.

작가는 글로벌한 사건의 진실성과 현장성을 강조하기 위해서 많은 디테일을 사용하고 있다. 작품에서 전개되는 다양한 사건들이 실제로 체험되는 종류라는 것을 독자로 하여금 느낄 수 있도록 세밀한 부분까지 자세히 기술한다. 「지니의 초상」에서 지니가 미국에서 전기공장 노동자로 일하는 모습이나 「은행나무의 노래」의 양자가 남미의 라플라타 강 강가에서 지성과 만나는 장면, 그리고 「검은 노을」의 서이화가 생활의 기반을 잃고 병원의 사체 세척부로 전락되는 양상 등이 모두 실제의 체험으로 느껴질 정도로 세밀히 묘사되고 있다.

그런 점에서 작가는 정통적인 이야기꾼의 태도를 지니고 있는 것이다. 그런 면에서 소설의 본령에 매우 충실한 서술이라고 말할 수 있다. 독자가 작품의 내용에 깊이 빠져들 수 있게 하는 흡인력이 되기 때문이다.

요즘 세태는 문화적 환경의 다양성으로 독자의 시선을 끄는 많은 종류의 영상매체가 등장하고 있다. 그러다 보니 고답한 예술의 영역인 문학이 독자를 잃고 있다는 우려의 소리가 크다. 소설이 널리 읽히기 위해서는 무엇보다 스토리의 재미가 있어야 하고 그러기 위해서는 이야기성을 회복해야 한다고 본다. 이번 김녕희의 단편집『시간을 건너다』의 작품들은 감성적인 문장의 독특성과 소설 본래의 이런 영역을 잘 파악하고 있어서 다양한 인생의 진지한 의미와 박애적인 고독한 실체를 추구하는 독자의 기대에 충분히 부응하고 있다고 본다.

고독한 축제

초판 인쇄 2023년 8월 23일
초판 발행 2023년 8월 25일
저 자 김녕희
발행인 김호운
편집주간 김성달
사무국장 이월성
발행처 사단법인 한국소설가협회
등 록 제313－2001－271호(2001. 12. 13)
주 소 04175 서울 마포구 마포대로 12, 한신빌딩 302호
전 화 02) 703－9837, 팩 스 02) 703－7055
전자우편 novel2010@naver.com
한국소설가협회홈페이지 http://www.k－novel.kr
인 쇄 유진보라
총 판 한국출판협동조합 02) 716－5616
ISBN ｜ 979－11－7032－099－9 *03810

정가 15,000원

사단법인 한국소설가협회는 소설가로만 구성된 국내 유일의 단체입니다.